Narratori Feltrinelli

Sarah Savioli
Il testimone chiave

Prima edizione in "Narratori" giugno 2021

Stampa Grafica Veneta S.p.A. di Trebaseleghe - PD

ISBN 978-88-07-03445-9

FSC
www.fsc.org
MISTO
Carta
da fonti gestite in
maniera responsabile
FSC® C021883

Nomi, personaggi, luoghi e circostanze sono frutto dell'immaginazione dell'autrice, ogni riferimento è da considerarsi pertanto puramente casuale.
L'unico fatto reale è che, come la protagonista, l'autrice parla agli animali e alle piante, ma essi non le rispondono e non se la filano neanche di striscio.

Il testimone chiave

Ai bruchi,
che respirano, crescono e vivono
al di là del fatto che un giorno
possano diventare farfalle.

Un clic.

E nella serra le gocce d'acqua cominciano a cadere sulle foglie, si uniscono per accarezzare i fusti fino a terra e là scivolano fra i grani di sabbia e terriccio.

Acqua fino alle radici assetate che poi torna in alto, ancora alle foglie in un sospiro unico di luce e di verde.

Poi un'ombra, qualcosa al di là del vetro, un dondolio appena accennato e che dura solo pochi istanti.

Si arrende presto il vecchio, oggetto della lotta fra il suolo che continua a tirarlo a sé per dimostrare che quel suo corpo stanco non è fatto per l'aria, e l'aria alla quale la questione non interessa affatto.

Ecco, il vecchio non si muove più.

E se il respiro del mondo prosegue uguale a sé stesso da sempre disciolto nell'acqua, la vita dell'uomo invece si ferma. E si trasforma nel ricordo e nel racconto di altri.

1.

Cosa ci faccio in questo posto? Cosa?!
Mi guardo intorno disorientata.
Nulla qui mi è famigliare.
Sono stanca, spossata, le braccia e le gambe pesano come se fossero di pietra, ogni sforzo ormai mi sembra inutile e vorrei solo avere la forza di fuggire.
Non ce la posso fare, stavolta è davvero così.
La vista inizia a offuscarsi.
Devo resistere, non ho altra scelta, un'altra scelta non c'è.
L'orologio sembra essersi bloccato e il tempo mi ha congelata in questo incubo.
Voglio che tutto finisca.
Voglio andare via.
Via di qua.

Sostanzialmente sono in palestra.
Sì, per la schiena.
Sono accartocciata come una foglia secca e il medico mi ha intimato di fare esercizio fisico, fisioterapia e ginnastica.
"Ha presente pilates, signora? Stretching?"
Ho presente, certo che ho presente.
E infatti gli ho chiesto se per favore fosse possibile una strada meno ardua, tipo un'operazione dolorosissima da ripetere due o tre volte a distanza di qualche mese.
Mi ha detto di no, mi ha anche sgridata. Mi ha ringhiato che non si capacitava del fatto che, messa come sono, io non

avessi già iniziato a fare dell'attività motoria mirata e mi ha assicurato che quando comincerò, vista la mia decennale incuria, sarà l'inizio di un percorso molto, molto lungo.

Be', questo percorso per cominciarlo forse posso anche cominciarlo. Proseguirlo, poi è tutto da vedere.

Così sono al giorno due di frequentazione della palestra e ne ho già abbastanza.

A dir la verità mi sentivo di averne già avuto abbastanza al minuto quattro del giorno uno, però siccome sono una donna ostinata, tenace e ho già pagato dieci sedute di fisioterapia più palestra, penso che arrivare almeno al giorno tre sia un dovere morale.

"Cos'è che devo fare con questo coso?"

"Guarda, Anna, devi muovere i piedi avanti e indietro tenendo i maniglioni come se facessi sci di fondo. Così. Ecco, brava."

Sì, ma se facessi sci di fondo, cosa che non faccio, osserverei il panorama, starei all'aperto, al fresco, sentirei l'aria profumata di resina.

Qui sono al chiuso, in un posto intriso da un vago sentore di sudore e plastica riscaldata, c'è un megaspecchio che mi costringe a vedermi unticcia, paonazza e con una faccia scontenta che stento a reggere persino da sola.

Inoltre la donna di fianco a me, mentre corre sul tapis roulant, mi umilia con i suoi glutei scultorei.

Ha la mia età se non qualche anno in più ed è tutta fasciata da una tutina nera e fucsia. Corre, compattissima: non palesa nemmeno un po' di budinosità del seno, fenomeno che mi sembrerebbe rispettoso delle leggi della fisica nonché dell'autostima martoriata del novantanove per cento delle altre tette di quarantenni. Invece no, la mia compagna di palestra è di marmo. E non suda.

Io, per quanto magrina, se mi muovo ho tutto il mio esiguo materiale che fa come la pelle del muso di un mastino napoletano in corsa. E poi traspiro. Lei invece no: in questo momento palestrativo è assolutamente concentrata su quello che fa. Forse è questo il segreto: con il potere della mente, l'attività fisica si fa più intensa, la muscolatura si rinforza e l'effetto è questo rassodarsi armonico e tonico con il sudore che sublima in un gradevole aroma di violaciocca.

Allora provo a concentrarmi, ci provo dieci secondi: nessun effetto positivo, se non che mi scappa da ridere e forse anche la pipì.

Quindi, davanti la mia immagine disperata allo specchio, di lato la Barbie vivente, in alto un televisore trasmette in muto la faccia contrita di un presentatore guitto e ipocrita, tutto intorno un brodo di bassi musicali martellanti. Cosa faccio? Dove guardo? Cosa ascolto?

"Fatto. Ho finito."

"No, Anna, hai fatto due minuti. Devi farne almeno quindici, cara. Sei già stanca?"

"Sì. Molto, moltissimo. Distrutta," dico con la mia migliore espressione da cane bastonato.

"Allora vedi che ne hai proprio bisogno? Poche storie, ragazza. Dai che dopo ti faccio fare delle altre cose."

Altre cose? Ma tu sei pazzo.

Il mio fisioterapista Alberto non è cascato nell'astuto trappolone degli occhi commoventi.

È bravo, l'ho cercato con attenzione. Alessandro, mio marito, mi chiedeva: "Hai parlato con quelli della palestra Salus?". "Sì, ma non mi hanno convinto." "E con il fisioterapista di Marina?" "Sì, ma non mi è sembrato preparato." Con questa scusa ho astutamente temporeggiato, ma alla fine il fisioterapista l'ho trovato un po' troppo capace e deciso a fare il suo lavoro e adesso lo pago pure per farmi soffrire così.

Quando è finito lo strazio e posso finalmente andarmene, sento tutti dire che dopo ci si sente benissimo, in forma, tonici, l'umore migliora, ma io invece riesco solo a pensare che avrei potuto stirare tutti i panni che avevo nella cesta.

"Anna," Alberto mi chiama mentre mi sto arrotolando attorno alle sbarre del tornello d'uscita, "a casa fai almeno due volte al giorno gli esercizi di stretching che ti ho insegnato."

Lo guardo e si mette a ridere.

"Una volta sola dai, ma almeno una è importante."

"Alberto, io non ti vorrei mentire..."

"Ci vediamo giovedì," e se ne va scuotendo la testa.

Fuori il sole è uno schiocco di frusta.

In effetti è fine giugno, quasi mezzogiorno e non potrebbe che essere così.

Una lucertola si arrostisce sul muretto che separa il parcheggio dalla vetrata che dà sulla sala attrezzi nella quale fisicati e fisicate corrono su tapis roulant soffiando come treni a vapore.

"Scusa. Scuuusa..."

È la lucertola.

"Sì, cara."

"Sai dirmi, di grazia, perché quei bipedi fanno così? Cosa cela cotanto comportamento?"

"Bella, non chiederlo a me, io gli umani non li capisco proprio."

Quando arrivo a casa ho sete, fame e l'irrefrenabile desiderio di assumere una posa assolutamente insalubre.

Banzai alla facciaccia mia è coricato sul divano ed è lungo un metro e mezzo.

Gli allungamenti, lo stretching, lo yoga. Questo dorme ventitré ore su ventiquattro, l'ora che resta si riempie di crocchette e guardalo lì.

A me cadono le chiavi per terra e nel chinarmi a prenderle mi sembra di morire.

"Umana, cos'hai fatto? Ti hanno picchiata?"

"Quasi, Banzai, quasi. Ho fatto ginnastica e sono messa male come un tronco di legno."

"E voi che cosa c'avete contro i tronchi di legno?" chiede piccato il ficus.

2.

La mia vita procede come al solito e continuo a comunicare meravigliosamente con piante e animali, per cui deduco che la mia macchietta nella testa non si sia ridotta di un millimetro.

L'altro giorno mi ha borbottato qualcosa persino la roccia di un costone, ma forse era il lichene che vi si trovava attaccato. Mah, ho ancora molto da imparare.

Di buono c'è che è finalmente iniziata l'estate e io d'estate rinasco.

Sarà il sole, sarà il caldo che asciuga l'umidità che ho assorbito nelle stagioni precedenti, sarà che presto andrò al mare che è il mio ambiente naturale.

Ancora un mesetto, poi per quindici giorni niente afa umidiccia di pianura, niente battaglie con Luca che non vuole andare alla scuola materna, poi non vuole fare sport, poi non vuole dormire, insomma poi non vuole. E niente palestra, niente Cantoni che insiste per farsi aiutare a smascherare fedifraghi impenitenti. Non che d'estate le corna passino di moda, tutt'altro. È che se io non sono in zona, Cantoni non può fare altro che arrangiarsi. Per fortuna, dopo tempi tanto bui, grazie al lavoro indefesso del capo investigatore e di Tonino, e a qualche buon caso risolto brillantemente, la situazione economica dell'agenzia sembra essersi rasserenata e i bilanci cominciano a essere accettabili. La faccia seccata di Cantoni comincia a mancarmi, saranno almeno due giorni o tre che non litighiamo seriamente. Noi siamo professionisti seri dello scontro di testa con rincorsa e quindi il battibecco è un livello base di ultrapacificità dal quale partono delle tempeste come si deve, litigi che stappano le coronarie e accendono il sistema nervoso anche nelle sue ramificazioni solitamente dormienti. Comunque fra poco anche le litigate dovranno aspettare.

Mi attende la spiaggia.

A questo mio entusiasmo corrisponde però la disperazione di mio marito Alessandro, uomo da montagna e clima freddo.

Per lui di positivo c'è che Luca più cresce più gli somiglia nella sua passione per il fresco e le altitudini, cosa che fra qualche anno sposterà l'ago della bilancia delle ferie di famiglia lontano dai granelli di sabbia. Lontano per padre e figlio che andranno dove sarà di rigore una felpina anche ad agosto e dove l'imponente spettacolo delle vette perennemente innevate farà loro pensare al ritorno dell'inverno. E io comincerò ad andare al mare, da sola.

"Come state? Da voi ci sono quindici gradi? Ma bene, bravi. Mi mancate molto, io sono qui in spiaggia e cuocio un ovetto su una ciabatta lasciata due minuti al sole, ciao!"

Dopo di che mi farò una ragione della lontananza alzandomi quando voglio, andando a letto quando voglio, nutrendomi unicamente di gelato e stando in riva al mare in serenità e silenzio.

Silenzio che per me è un concetto relativo anche in una spiaggia deserta.

I pesci non li sento, stanno sott'acqua, e mentre quelli negli acquari si annoiano e pur di rompere la routine fanno qualche parola a pelo d'acqua, quelli liberi in mare mi rimbalzano proprio. In compenso i gabbiani sono dei pettegoli inaspettati, spesso cinici e ignoranti.

I cormorani invece sono scostanti, anche se l'anno scorso uno aveva deciso di prendermi come sua confidente. Che poi gli affari di un cormorano non sono proprio qualcosa di interessantissimo. E quelli che passeggiavano guardavano incuriositi lo spettacolo di una donnina seduta sul bagnasciuga con di fianco un cormorano che ogni tanto partiva a pescare e tornava ad appoggiare un pescetto ai miei piedi neanche fosse un cane da riporto.

Altre novità?

Be', dieci giorni fa Luca ha compiuto cinque anni e nonostante l'impegno non siamo riusciti a trovare il regalo che desiderava, un pupazzo di Torakù. Il problema è che, a differenza dei suoi coetanei che adorano i personaggi principali e vincenti dei cartoni, lui si focalizza sui comprimari, cosa che a livello di merchandising si traduce in pezzi rari introvabili.

Ha accettato di buon grado il nostro fallimento, ha giocato con quanto gli abbiamo preso come ripiego e ci ha consolati dicendo che ci vuole bene nonostante tutto.

L'altra sera, prima di dormire, mi ha detto: "Mimi, penso che quand'ero giovane ero più felice".

Luca resta il tipo pragmatico di sempre, ma ha già cominciato ad avere la nostalgia dei bei tempi andati. Non so bene da chi abbia preso questa malinconia.

Forse è così, semplicemente così.

Ha una cosa che si chiama "indipendenza di pensiero" che noi genitori siamo ben poco predisposti a concedere come possibile per i nostri figli. Dobbiamo sempre trovare una radice, una somiglianza con qualcosa che è nostro o che in qualche maniera viene da noi.

Invece no: si nasce, si cresce, si impara e si è chi si è.

E noi genitori dovremmo semplicemente accettare, gestire il nostro stupore e capire che, con i nostri figli, il percorso che facciamo si arricchisce di molte più finestre sul mondo.

Dopo essere passata a prendere Luca a scuola, andiamo direttamente a casa di mio padre e Caterina, la sua compagna.

Quest'ultima infatti ha fatto montare nel giardino una piscinotta di due metri per due con corredo di salvagenti-formine-barchette-pistole ad acqua e bestiolini di plastica galleggianti di tre differenti dimensioni.

Ovviamente il tutto è per Luca e per poterselo vedere scorrazzare per il giardino il più possibile.

Lui rispetto a questa novità piscinesca è carico come una molla, anche perché ieri gli ho regalato una pistola ad acqua di quelle che fanno un pisciolino di venti centimetri, ma con la quale gli ho dato il permesso di schizzarmi quanto vuole.

Peccato che l'ignaro creaturo non sappia che ho tenuto per me un fucile a pompa lungo come un braccio e che tirerò fuori alla sua prima innocente innaffiata.

Così la battaglia in piscina, come previsto, diventa un evento campale.

Mio padre è non pervenuto e, alla fine del pomeriggio, Caterina tutta vestita è ben più grondante di Luca e me che siamo immersi in piscina e in costume.

Fra lo scif sciaf dell'acqua e gli urletti di noi tre matti in libertà non sento il cellulare.

Quando noto la telefonata di Cantoni lo richiamo, ma proprio in quel momento Caterina viene inseguita da Luca armato del mio fucile caricato al massimo.

"Anna, ti ho chiamata tre volte. Sento una donna che urla... dove sei?"

"Sto per fare una ceretta inguinale. Ora tocca a quella prima di me. Avevi bisogno?"

Silenzio. Sono riuscita a lasciarlo nel dubbio per qualche secondo.

"E io che ti ascolto anche! Domani mattina passiamo a prenderti alle nove e mezzo."

"Perfetto. Ci sarò."

"Bene," e mette giù.

Dove andremo, cosa faremo non mi è dato di sapere.

Intanto, appena ho appoggiato il telefono al sicuro e all'asciutto, Luca e Caterina, che hanno stipulato una malefica alleanza, mi rovesciano un secchiello d'acqua sulla testa.

Non avrò pietà e la mia vendetta sarà memorabile.

Dov'è la pompa per irrigare?!

3.

Alle cinque e mezzo la prima luce del mattino comincia a rischiarare il cielo.

Quando mi alzo, sento gli effetti nefasti degli esercizi in palestra, ma non con l'intensità che temevo. Che il buon fisioterapista avesse ragione?

È troppo presto perché io possa fare pensieri razionali e trarre conclusioni che non mi diano ragione anche se ho torto.

La mattina, fra consegna di Luca alle maestre e rientro a casa senza traffico, si avvia in maniera incredibilmente liscia, così salendo sull'auto di Cantoni trillo un affabile: "Ma buongiorno!".

"Annare', ma buongiorno a voi! Quanto siete bella con quella camiciola azzurra. Oggi splendete proprio," mi saluta allegro Tonino.

"Anna, vien' acca' che ti do un bacio!" mi saluta anche Otto, l'alano arlecchino, e dal baule si allunga per leccarmi la faccia.

Cantoni grugnisce senza nemmeno voltarsi.

"Grazie, cari. Cantoni, non mi vezzeggi? Non mi dici, che so, Anna, ora che ti vedo questa sarà una buona giornata?"

"Parti, dai," fa Cantoni a Tonino.

Sempre di cattivo umore quest'uomo, sempre. Ma la fa una colazione adeguata?

"Allora, i nostri clienti sono i figli dell'imprenditore Luigi Barani che una settimana fa si è impiccato lasciando una parte del suo patrimonio alla signora ucraina che aveva cura di lui.

Ovviamente la progenie se n'è avuta a male e vogliono sapere se e in che modo la donna lo abbia plagiato per poter impugnare il testamento con delle prove in mano. Oggi incontriamo uno dei figli nella casa paterna. Tutto chiaro?"

"Come no, Cantoni."

"Ma questa ucraina era proprio la badante?" chiede Tonino dando una strombazzata di clacson alla macchina davanti che si era appisolata al semaforo.

"No, Barani era autosufficiente e non aveva bisogno di assistenza continua. La donna andava a fare i lavori di casa per qualche ora al giorno e preparava pranzo e cena. E poi la spesa, le faccende domestiche e burocratiche come pagare le bollette. Era una tuttofare. Tonino, cortesemente, non suonare alle macchine ferme al semaforo."

Dubito che Tonino riuscirà a ottemperare alla richiesta perché lo strombazio automobilistico fa parte del suo stare al mondo in maniera vivacemente interpretata e, se non suonasse il clacson alle altre auto, si sentirebbe come di trascurarle.

"Ma non teneva figli quest'uomo, Cantoni?"

"I figli evidentemente avevano il loro da fare," risponde lui guardando fuori dal finestrino.

Seduta nel sedile posteriore, resto in silenzio con il musone di Otto appoggiato su una spalla e aspetto solo di vedere quale strano testimone dovrò incontrare.

Mentre giriamo in direzione di uno dei quartieri residenziali della città, avviso Tonino che forse il mio fascino sarà un po' offuscato dal fatto che adesso la mia camicia azzurra è coperta di bava di cane.

La strada è ombreggiata grazie ai giovani alberi di buona volontà che la separano da una pista ciclabile che dove viviamo è una rarità. Nel centro cittadino non esistono e le biciclette sfidano marciapiedi, dislivelli, parcheggi selvaggi e buche in una battaglia eroica, ma impari: è l'unica cosa possibile in una città vecchia, maltrattata dalla disperazione prepotente di un traffico esploso e mortificata da politiche stanche. In questa zona invece tutto è più nuovo, progettato su spazi più ampi. Ai lati delle strade fioriscono, circondate da fazzoletti di terra, delle casette singole che man mano che ci si addentra nel quartiere si evolvono in ville con parco-giardino sempre più ampio. Graziose, belle o bellissime, in una progressione ben definita: medie, grandi o mastodontiche. Giardini meravigliosi con getti che irrorano prati intonsi e tagliati con precisione millimetrica, circondati da alte recinzioni in sbarre metalliche più o meno lavorate, quasi che l'importante sia mostrare al prossimo quegli spazi verdi più che viverli. Anche la ciclabile è desolatamente vuota. Nei parchi gioco che punteggiano le vie non gioca nessuno anche se le scuole primarie e secondarie sono chiuse da più di una settimana, così sono luoghi tristi come sanno diventarlo solo i posti fatti apposta per i bambini, ma per bambini che non ci sono.

"Aè, quante buchette belle ci farei in questi prati!" borbotta Otto incantato.

"Buchette! Con quelle zampe parlerei più di trincee o pozzi di trivellazione," ma la disquisizione fra me e Otto finisce in una tipica frenata alla Tonino, ossia con il bloccarsi improvviso di un moto già sincopato di suo. La villa di fronte alla quale parcheggiamo è fra quelle più imponenti, ma ha una semplicità ricercata che le lascia un nonsoché di gentile.

Cantoni scende, Tonino e io abbassiamo i finestrini perché Otto possa respirare nella sua momentanea cuccia motorizzata che è la macchina all'ombra. Non lo lasciamo certo a far la guardia all'auto di Tonino: solo un pazzo ruberebbe una station wagon di quattordici anni color marroncino metallizzato, piena di peli del cane, di coperte del cane, giochi del cane e dei denti di cane con attaccati ottanta chili del cane medesimo.

Il fatto è che entrare a casa d'altri con un enorme alano arlecchino è fuori discussione e lui pazienta il tempo che serve pur di starci vicino durante i giri d'agenzia. Poi in ufficio da solo non ci vuole più stare da quando ci sono Tarta e Rughina perché dice che quando Tarta si arrabbia fa davvero paura.

Il citofono di fianco al cancello non riporta nessun nome, ma subito dalla porta di casa esce un uomo che, con passo nervoso, ci viene incontro lungo il viale.

Ha un atteggiamento così seccato da farmi temere di essere arrivati in penoso ritardo senza rendercene conto. Invece siamo in orario perfetto.

L'uomo ha una cinquantina d'anni e occhiali scurissimi e fascianti che danno al volto teso un'aria vagamente insettoide. Veste in maniera finto-rilassata, quella tipica di chi solitamente vive in giacca e cravatta e non riuscirebbe a scendere sotto a uno standard di abbigliamento pari a una polo firmata con colletto rialzato nemmeno se dovesse tinteggiare un garage.

Non ci porge la mano, non si presenta. Capiamo di doverlo seguire in casa, ma l'attenzione e la cortesia dedicataci è la stessa che concederebbe a degli operai venuti a sistemare una conduttura che hanno rotto per errore con un colpo di piccone.

Fortunatamente l'ingresso si presenta ben più accogliente del suo ospite e la grazia dell'esterno dell'abitazione si riflette all'interno in un arredamento delicato e in una casa di design che non ha rinunciato a essere nido.

Il passo dell'uomo è spedito, e lui continua a non dire una parola, finché non si ferma in una sala ampia e luminosa. La luce proviene da una delle pareti a vetrata che dà su una grande serra-giardino interna piena di piante lussureggianti, ma nella stanza esplode in un vuoto angosciante. Tutti i mobili sono stati spostati verso i muri e quel pavimento lasciato solo ricorda gli spazi arrangiati alla meno peggio di quando eravamo ragazzini e volevamo ballare. Le librerie sembrano le uniche a lottare contro quella deflagrazione di dolore continuando a sostenere i ricordi di tutta una vita: cestini di creta fatti da mani bambine, foto di famiglia e brutti doni che hanno l'inestimabile valore dell'affetto delle persone care, un vecchio paio di occhiali graffiati. Ma in un angolo, un tavolino abbandonato di lato e con una gamba spezzata è la frattura insanabile che ricorda che lì, per quanto i mobili possano tornare al loro posto, mai niente sarà più lo stesso. E sul soffitto, una delle travi centrali in legno chiaro, ha un segno netto sulla vernice fatta per resistere al sole e all'umidità, ai tarli, certo non allo strofinio di una corda robusta.

"Signori, scusate la fretta, ma è sopraggiunto un problema al lavoro e dovrò tornare quanto prima a Milano." La voce dell'uomo, che non ha levato gli occhiali scuri nemmeno in casa, rotola con una leggera eco nella stanza nuda.

“Non si preoccupi, non le faremo perdere più tempo del necessario,” risponde Cantoni. E mentre lui e il nostro ospite parlano, mi guardo intorno: sulla libreria una foto ritrae due ragazzini su uno sfondo montano. Il più piccolo ha degli occhiali neri con una montatura spessa e malinconicamente fuoriluogo. Il viso dietro alle lenti ha, anche se in un suo curioso modo infantile, la medesima piega indurita e insofferente dell'adulto che è diventato e che ci ha accolti. Lì, a dieci, dodici anni al massimo, già mostrava quasi un fastidio nei confronti del resto del mondo, ma negli anni, il colorito pallido e un vago sovrappeso da malessere dell'animo, hanno lasciato il posto a una struttura segaligna e muscolare da uomo nervoso che non può fare a meno di portare con sé un problema alla vista. Il fratello più grande, invece, nella foto ha un sorriso stropicciato, un movimento teso alla ricerca di un qualche tipo di felicità. È a suo modo etereo e sfuggente e appoggia una mano sulla spalla del piccolo come nel tentativo di tenersi ancorato e non volare via.

“Non c'è suo fratello?” chiedo.

“No, lui vive all'estero,” e guarda nuovamente l'orologio da polso sul quale compaiono grandi numeri digitali, poi prosegue: “Qui è dove dieci giorni fa mio padre si è tolto la vita. Ha scostato parte dei mobili, ha attaccato la corda alla trave, ci ha messo sotto il tavolino e lo ha scalciato quando è stato il momento”.

La voce di Andrea Barani è come gli occhiali che ha addosso: scura e necessaria. Il suo distacco mi lascia così smarrita da farmi cercare Tonino e il suo quintale di umanità consolante.

“Intorno alle dieci di mattina mio padre è stato trovato da Oxana che ha chiamato l'ambulanza, ma lui era ormai morto da ore.”

“La signora Oxana veniva tutti i giorni?” chiede Cantoni.

“Sì, portava la spesa, restava a fare qualche faccenda domestica e controllava che mio padre prendesse le medicine per il diabete.”

Andrea Barani risponde questa volta con un tono da archiviazione pratica gravosa.

“Da quanto tempo la signora lavorava per suo padre?”

"Abbiamo trovato Oxana tramite un'agenzia cinque anni fa, dopo la morte di mia madre."

Alla parola *madre* la bocca dell'uomo prende una piega strana, quasi avvertisse una fitta di dolore.

Esattamente quella piega mancata prima, ma è il cedimento di un istante solo.

"Cinque anni sono tanti."

"Sì, non ci ha mai dato problemi. Si è occupata di lui e, grazie al fatto di avere la patente, lo accompagnava anche alle visite. Le ho ritirato le chiavi di casa la mattina stessa nella quale ha trovato mio padre. Era inutile che tornasse qua visto che non aveva più del lavoro da sbrigare. Poi abbiamo anche scoperto lo scherzo di mio padre sul testamento."

Andrea Barani usa il plurale e non capisco se sia un *maiestatis* o segnali la volontà sua e del fratello. Quel fratello e figlio che non si è nemmeno presentato per parlare con chi si occuperà di capire che cosa è successo al padre.

Andrea Barani guarda nuovamente l'orologio con un gesto teatrale del polso, poi toglie un pelucco immaginario dalla sua polo firmata.

In quel momento si sente raspare contro una porta. Andrea sbuffa, seccato va ad aprire e nella sala si fionda un cane carlino. I carlini solitamente sono creature accattivanti, adorabili e dall'indole mite, e invece questo è brutto, storto e agguerrito come pochi altri cani al mondo. Inizia ad annusare le nostre gambe in uno stato di eccitazione imbarazzante, poi tutto a un tratto si blocca e borbotta: "Un alano, lo sento... un alano... alano...".

"Scusate, è il cane di mio padre. Lo avevo chiuso nello studio per il tempo del nostro colloquio, ma a forza di raspare rovina la porta. Da quando mio padre è morto sono stato costretto a prenderlo con me, ma ancora qualche giorno di pazienza e gli troverò una sistemazione."

È palese che Andrea tolleri a malapena il cagnetto e la cosa non mi stupisce visto il suo fare asciutto in contrasto con l'irruenza appiccicosa della bestiola.

"Adoro i carlini!" pigolo mentre il cane più strambo del

pianeta mi stampa il muso piatto contro un polpaccio. "Se non vi spiace lo porto in giardino mentre finite di parlare."

Cantoni e il cliente fanno finta di non avermi nemmeno sentita, ma Tonino mi sorride.

Appena il cane e io usciamo, mi chino per presentarmi educatamente e lui mi interrompe brutale.

"Bella, io sono Carl, Carl il carlino. Dimmi subito dove hai nascosto l'alano o scateno l'inferno."

Lo guardo. Sotto a un paio di occhi spropositati per quel muso piccolo e schiacciato, c'è un ammasso poco chiaro di naso umido e bocca con tre denti di sotto che spuntano fuori dandogli un'aria più ridicola che aggressiva. Non è il risultato di un ringhio, è solo fatto balordo così. Il totale del cane, denti storti compresi, lo farà ammontare a sei-otto chili di roba: quale sia l'inferno scatenabile da un coso del genere mi sfugge.

"Carl il carlino, ma tu sei nato brutto così o lo sei diventato?"

"Donna, fai poca ironia: ho il mio fascino. Ripeto, dimmi dov'è l'alano!"

"Carl il carlino, tu eri il cane del signor Luigi, vero?"

"Guarda che scateno l'inferno... tre..."

"Dai, collabora. Voglio solo farti qualche domanda."

"Due..."

"Carl..."

"Uno!"

Il cagnotto fa tre giri su sé stesso, trotta via a poca distanza in una specie di rincorsa, poi zompa tutto storto verso di me, arriva contro la mia gamba e comincia a montarla con foga e la lingua di fuori, uno spettacolo orribile. Ringrazio di aver messo i pantaloni.

"Carl il carlino!"

Non si riesce a guardare, gli vengono perfino gli occhi storti.

"Ok, ok. Ferma lo scatenamento dell'inferno!" Il cagnotto si siede soddisfatto. Questa forma di ritorsione disgustosa proprio non me l'aspettavo. "Tu rispondi a qualche domanda, poi parliamo dell'alano di mia conoscenza e mi spieghi anche come mai tutto questo interesse. Cosa ti hanno fatto gli alani?"

"Ero il cane di Luigi. Cosa vuoi sapere, donna?" taglia corto lui.

"Carl, mi spiace costringerti a ricordare la sera nella quale è morto il tuo padrone, è un dolore che non ti farei affrontare se..."

"Il vecchio ha tirato le cuoia, ce ne faremo una ragione. Femmina, il tuo polpaccio è molto affascinante." Ecco, ho appurato che posso chiedere di Barani al cagnaccio senza timore di ferire il suo piccolo cuore. "Non ti azzardare a venire vicino alla mia gamba! E raccontami cosa hai visto."

"E cosa ho visto?! Il vecchio come al solito prima di andare a letto era andato a sedersi sul divano della sala a leggere per una mezz'ora e io me ne stavo in caccia di qualche leccornia. Oxana quando andava via lasciava a entrambi una cena sufficiente e corretta. A me metteva la ciotola piena nella serra. Ma ti pare che dovevo mangiare quelle crocchette dietetiche? Ti sembro grasso?"

Guardo il suo corpo tozzo e preferisco non rispondere.

"Per fortuna il vecchio Barani si scordava fuori dal frigo gli avanzi che con calma mi spatolavo io, poi mi recuperava e mi metteva nella serra-giardino fino a mattina. Mi ci chiudeva, il vecchiaccio, solo perché per un paio di volte mentre dormiva, ecco... aveva un braccio fuori dalla coperta e... la penombra, un momento di passione trascinante... A proposito, volevo chiederti se nel frattempo, la tua gamba..."

"Carl, sei ripugnante. Vai avanti. E no, la mia gamba no."

"Noiosa perbenista." Sbuffa. "Va bene, quella sera stavo scassinando la pattumiera, quando è suonato il campanello. Strano, nessuno veniva mai, soprattutto a quell'ora, c'era buio e il vecchio aveva orari da pollaio di campagna. E vabbè, facessero quello che volevano gli umani, io mi sono messo a scalare il mobile con il lavabo, c'era il piatto con le briciole di cotoletta che il fetente non mi dava, mi toccava leccare i piatti sporchi lasciati da lavare per Oxana. Poi ho sentito parlottare e, visto che al lavabo non ci arrivavo, sono andato a curiosare."

Il cane si ferma, la sua attenzione è volata via, verso la nostra auto nella quale emerge il musone di Otto che osserva cosa sto facendo.

"Carl!" lo richiamo "Carl, allora?" e lui si volta verso di me, ma ha sul muso un'espressione sottilmente perfida che mi turba un po'.

"Ho visto Barani in piedi e con la testa bassa di fronte a una persona che stringeva una corda fra le mani. Barani ha preso la corda, in silenzio ha spostato il divano e un mobiletto, ha spinto in centro alla sala il tavolino. Senza dire una sola parola c'è salito, ha sistemato la corda alla trave, si è messo il cappio già pronto attorno al collo, ha scalciato il tavolino e si è impiccato. Fine della storia."

"Come, fine della storia? E poi?" esclamo, sconvolta.

"E poi la persona che era venuta portando la corda si è seduta sul divano tenendo dei fogli in mano, è rimasta a guardare il vecchio appeso, dopo se n'è andata. Ma ti rendi conto che io sono dovuto restare a digiuno tutta la notte fino all'arrivo di Oxana, con la ciotola con le mie crocche già chiusa nella serra?"

"Tu hai visto chi ha spinto al suicidio il tuo padrone, Carl," dico, disgustata dalla bestia che ho davanti, ma anche consapevole che è il nostro testimone chiave.

"Sì che ho visto proprio bene chi è stato, umana," e si siede fissandomi con una luce furbesca negli occhi porcini.

4.

Guardo il sedere di Carl il carlino ruotare nella corsa sgangherata che lo riporta in casa.

Il sole inizia a battere intensamente. Decido di aspettare fuori, esco dal cancello del giardino e vado verso la macchina da Otto. Come apro la portiera, lui scende e stira le zampone. Poi appoggia la testa a cassetta di fiori contro la mia pancia, il suo modo gentile di dirmi che è il momento di farci una coccola.

"Amico mio, temo che adesso, quando usciamo, dovremo lasciarti in ufficio. Tenerti in auto per un quarto d'ora in inverno è fattibile, ma in estate c'è troppo caldo e non va bene anche se con tutti i finestrini spalancati e all'ombra. Ti garantisco che Tarta sbraita, ma non è cattiva. Ci sono in giro individui ben più pericolosi, sai?" gli dico mentre lui, gigantesca macchina pelosa e mitezza fatta cane, comincia a canticchiarmi *Malafemmina*.

Grande e grosso com'è, Otto è un fifone assolutamente inconsapevole della propria forza.

Tonino dovrebbe tenergli un corso sull'essere enormemente buoni, enormemente grossi, ma anche enormemente minacciosi all'occorrenza, così eviteremmo che, ogni volta che si spaventa, finisca per infilarsi tremante sotto l'auto senza riuscire a saltarne più fuori.

Mentre mi godo la mia romantica serenata canina, Cantoni e Tonino escono dalla villa.

Mi avvicino per salutare Andrea Barani che non solo mi

dedica l'attenzione cortese che dedicherebbe a un tafano di passaggio, ma dal cancello di casa ci guarda salire in macchina più per assicurarsi che partiamo che non per salutarci.

Carl il carlino nel frattempo si fionda fuori dalla porta e contro la cancellata.

Fissa Otto che, intimidito, sale da solo sull'auto e si nasconde.

La serietà immobile di Andrea Barani e la disarticolata follia del brutto cagnetto sono tanto in disarmonia da rendere la loro immagine affiancata vagamente grottesca.

Tonino parte e Cantoni mi osserva con aria interrogativa.

"Anna, sei pallida. Stai bene?"

"Annare'," si volta allarmato Tonino. "Tutto a posto?"

"Sto bene, vi ringrazio. Però devo dirvi che pare che il signor Luigi non si sia proprio suicidato."

Quando finisco il racconto di Carl, Cantoni esclama: "Allora sappiamo chi è la persona che a detta del cane avrebbe istigato al suicidio il Barani!".

"Be', più o meno... lo sa Carl il carlino."

"E non lo dice, Annare'?"

"Diciamo che non dà nulla per nulla ed è un tipo un po' originale nelle sue richieste."

"Gli animali psicopatici li trovi tutti tu, Anna?"

Cantoni comincia a sbuffare già innervosito.

"In che senso originale?"

"Originale nel senso che è un carlino sessuomane e vuole avere soddisfazione dei suoi impulsi per ora sfogati solo contro le gambe dei passanti e in pericolosissimi tentativi falliti sui gatti del vicinato. Se non lo accontentiamo non dirà una parola."

"E vabbuò, Annare'. Questo qua lo portiamo in vacanza da un amico mio che tiene quattro cagnette e lo facciamo contento."

"Non proprio, Tonino. Carl ha una richiesta specifica. Vuole due giorni d'amore. Con un alano. Preferibilmente femmina, anche se ha chiarito che su questo aspetto non si formalizza."

Cantoni dà una manata sul cruscotto e Tonino esplode in una risata vagamente isterica.

"Tonino, santo cielo accosta," esclamo. "Otto sta per vomitare!"

Mentre infilo le chiavi nella toppa e penso con sollievo alla piscinetta nel giardino dei nonni dove passare un pomeriggio a mollo con Luca, sulla soglia vengo travolta dal bip continuo della segreteria telefonica di casa.

Mia sorella Lavinia ha chiamato il mio numero fisso per otto volte in un'ora e mezzo avendo cura di lasciarmi sei messaggi nei quali sostanzialmente dice: "Non ci sei ancora? Non preoccuparti, non è urgente. Però richiamami appena puoi".

Perché lei mi chiami così raramente sul cellulare è qualcosa che sfugge alla logica, ma ha a che fare con la sua visione per la quale io sono un essere fisso, immutabile, radicato nella mia casa e lì raggiungibile all'occorrenza.

In compenso lei è talmente poco stabile e ondivaga che l'ansia che abbia fatto qualche pasticcio o sia in lacrime in una stanza d'albergo qualsiasi in una città qualsiasi fa sì che io la richiami immediatamente senza nemmeno andare a fare la pipì che mi premeva già cinque minuti dopo che sono uscita da casa stamattina.

"Lavi, cara, dimmi tutto!" Sono pronta a una possibile crisi di pianto della durata di quarantacinque minuti.

"Ciao Anna, volevo solo chiederti una cosa veloce. Sabato sera avete già degli impegni?" se ne esce tutta pimpante.

"No..." Resto stupita. Non è una domanda da mia sorella. Lei di solito è quella del "driiiin" al campanello e "Scusa, ma mi devo sfogare." E poi il sabato? Il sabato è una delle sue serate di feste, conoscenze e public relations. Noi invece abbiamo il solito brodino, pigiama e nanna a orari da casa di riposo. Apparteniamo a due universi incompatibili e non comunicanti. Come si spiega dunque questa domanda?

"Allora vengo da voi a cena con Claudio."

"Claudio?" ripeto un po' stordita mentre l'adrenalina da tensione crolla, scivolo seduta per terra, comincio a sentire più intensamente lo stimolo della pipì e il mio gatto Banzai viene immediatamente ad accoccolarmisi addosso, proprio sulla vescica.

"Sì, si chiama Claudio e penso sia l'ora di presentarvelo."

"Certo, Lavi, scusa, ma questo Claudio da quanto lo conosci?"

"Da due mesi, ma non conta il tempo, è un uomo unico, stupendo, e per me è davvero importante."

"Certo, certo. Va bene, Lavi..." sono incapace di dire qualsiasi cosa e sussurro un "ci sentiamo il giorno prima così ci mettiamo d'accordo per l'orario."

"Grazie, Anna, ti dico già tutto ora: arriviamo alle venti. Prima non riusciamo e dopo cena andiamo al cinema. Non vedo l'ora. Ti abbraccio. Un bacio a Luca."

Clic.

Mette giù. Quando vuole, come vuole, con chi le pare. Come sempre.

Fatto sta che ci porta un uomo a cena.

Un uomo. A cena. Da noi. Ce lo vuole presentare.

Di questo Claudio non mi ha mai parlato e comunque non ci ha mai voluto presentare nessuno ed erano tutti amori della sua vita, anche se solo per dieci giorni.

Sono confusa, stordita, allibita, non so se riuscirò a staccare Banzai ancorato con le unghie ai pantaloni e se arriverò in tempo in bagno.

E poi sabato che diamine cucino?!

Continuo a restare su questo pensiero assolutamente secondario anche mentre preparo il mio solito frugale pranzo solitario costituito dagli avanzi della sera prima. Se devio l'attenzione con un pensiero futile, forse evito di andare nel panico. E in quel momento Caterina mi invia un messaggio nel quale si scusa, ma nel pomeriggio lei e mio padre hanno delle commissioni da fare. Oggi niente piscinetta. Niente sollievo dalla calura, pazienza, ma la cosa mi insospettisce.

Solitamente loro due non fanno nulla insieme fuori dalle mura domestiche. La mia famiglia ha deciso di sconvolgermi, sia mai che non mi bastino un caso difficile e un cane perverso. Comincio a temere che cosa mi riserverà Luca all'uscita dalla scuola: se gli altri mi hanno solo indebolita e sono vittima di un complotto, quello che darà il colpo di grazia sarà senza dubbio lui.

Invece pare che la mattinata di mio figlio sia andata bene e mi viene riconsegnato da maestre con l'espressione beata di chi vede l'abbacinante luce dei giorni di ferie in arrivo.

Luca accusa il fatto che per oggi non faremo i giochi nella piscina con un broncetto di ben ventidue secondi, dopo di che il pensiero deludente rotola nell'oblio del passato remoto e sulla strada di casa mi enumera e descrive la sua visione teorica di ogni tipo di cacca di animale presente sul pianeta.

E intanto plip plop, un messaggio di mio marito. Arriva tardi, più tardi del solito anche stasera.

La nostra discussione di ieri sera è ancora nell'aria.

Quando si diventa grandi, niente broncetti da pochi secondi, niente oblio. Solo il vago senso di amaro per il troppo detto, per il troppo non detto, per quello che non si è capito e per ciò che non si vuole più avere la pazienza di capire.

5.

"Mimi, perché mi dai sempre le verdure da mangiare?"
"Perché fanno bene, amore."
Suona il telefono. Sempre quando sto dando la cena a Luca, questione dai contorni già complessi che ha della guerra psicologica vera. È Cantoni, quest'uomo mi sabota.
"Mimi, a me non fanno bene le verdure, sono sicuro."
"Fidati della mamma. Pronto, Cantoni, dimmi."
"Anna, domattina passo a prenderti alle nove e mezzo. Hai avuto qualche idea per far parlare il cane?"
"Sì che ti fanno bene, Luca, sennò poi per far la cacca ci vogliono i candelotti di dinamite. No, Cantoni, nessuna idea. Anche sottoporlo a tortura penso sia inutile, la bestia potrebbe prendere la cosa come un divertente passatempo sadomaso."
"Mimi, cos'è un santommaso? E perché mi dai sempre quelle verdure frullate?"
"Pensaci, pensaci ancora, Anna. Datti da fare. A domani."
"Certo Cantoni, stanotte conto in un'illuminazione divina. Perché vedo che le mangi più volentieri delle altre verdure, Luca. Vuoi che cambiamo un po'?"
Clic.
"A domani, Cantoni, eh? Al solito ha già messo giù. Maleducato. Luca, anziché la solita verdura vuoi dei pomodori? Carote? Insalata? Zucchine?"
"No."
"Allora dimmi tu che verdure vuoi, tesoro."

"... mh... vorrei le patate, quelle croccanti che stanno nei sacchetti. Cosa vuol dire santommaso?"

"Luca, non sono proprio il massimo le patate. Soprattutto quelle fritte dei sacchetti."

"Ma perché, mimi? Le patate sono verdure, no? Non hanno mica le zampe, non fanno i versi, crescono nell'orto."

"Luca, il concetto è che ci sono cose che fanno bene, altre meno. Alcune, come le patate, vanno mangiate solo ogni tanto. E di rado quelle fritte e chiuse nel sacchetto."

Mi guarda poco convinto.

Quando sono lì lì per fargli un discorso sui carboidrati, le fibre, i grassi vegetali e animali più nel tentativo di stordirlo che non di fargli comprendere le cose, mi dice:

"Mimi, non ho tanto capito, ma ora sono sicurissimo che mi farebbe molto bene un pezzo di cioccolato. Il cioccolato visto che mi hai spiegato che si fa con un seme è una verdura, no?".

"Non proprio, amore mio."

"Ma vegetale o è albero o è fiore o è frutta o è verdura. L'ho imparato dai cartoni. Cosa vuol dire santommaso?"

Quando torna a casa, mio marito sembra essere più stanco che arrabbiato. Ne sono sollevata, non avrei la forza di riprendere la discussione della scorsa sera e forse lo stesso vale anche per lui. Così, poco prima di dormire, lui mi racconta di qualche episodio capitato al lavoro e io gli riferisco della strana telefonata di Lavinia. Solitamente l'argomento "sorella" è un tema sul quale mi accaloro, ma alla fine so anche che Alessandro è divertito dalla mia illogica pretesa di dare un senso alle sue azioni assolutamente casuali.

"Penso che mia sorella sia incinta."

"Come mai?" mi chiede lui infilandosi sotto al lenzuolo mentre io sono seduta in posizione zen, quella che di solito ho sul letto quando sto per ingaggiare una conversazione dai risvolti ontologici inaspettati della durata di almeno due ore.

"Ma perché ci vuole presentare questo Claudio. Non lo ha mai fatto. Hai mai visto a cena uno dei suoi amori? No, dunque ci dev'essere una motivazione forte. Quindi è incinta."

"Lo dicevo io di sterilizzarla," interviene Banzai che finge di dormire in fondo al letto.

"Forse è solo innamorata per davvero e ha trovato qualcuno che la ama a sua volta con rispetto," dice Alessandro con la sua solita razionalità, incurante del fatto che mia sorella invece funziona su piani metafisici completamente scollegati dalla comune materia.

"È impossibile. Qui ci dev'essere qualche cosa che non va. Forse non è incinta, ma è plagiata da un nullafacente nullatenente senza scrupoli che vuole approfittare di lei. Qui c'è da chiamare i carabinieri."

Alessandro ride. È il primo sorriso da ieri.

"Non può essere un uomo normale? Guarda che tua sorella è una donna bella e intelligente. Forse adesso è finalmente maturata, ha imparato dalle esperienze passate e ha deciso di puntare a situazioni con un minimo di equilibrio."

"Sì, sì. Hai ragione. Sabato faccio il risotto coi funghi."

"Bene, brava. Anche perché ci sono trentacinque gradi e il novanta per cento di umidità, e un risotto tirato con i funghi è proprio quello che ci vuole."

"Ecco. Cosa preparo? Se è un brav'uomo, magari cucino male e poi lui lascia mia sorella."

"Se in sua presenza cominci a parlare con il ficus e il gatto, può essere che lui lasci tua sorella. Sul cucinare sei bravissima, però il risotto con i porcini, che apprezzo, sia chiaro, lo teniamo per ottobre."

"L'insalata di riso è dozzinale... un cous cous?! Una pastasciutta con sugo di verdura e un carpaccio? O forse faccio il pesce, è più raffinato."

"Anna, sto ancora digerendo la cena e tua sorella e il suo uomo verranno fra tre giorni. Possiamo parlare di cibo domani?"

"Santi numi, ho solo tre giorni!"

"Dormiamo, Anna."

"Sì, dormiamo."

Mi stendo e spengo la luce. Banzai si mobilita per sistemarsi bene sui nostri piedi.

Riaccendo la luce.

“E se è nullafacente nullatenente e senza scrupoli e l’ha pure già messa incinta?”

“Anna, non essere così pessimista...”

“Be’, con il cavolo che io a questo qui gli preparo una cena di pesce. Bastardo ignorante, è già tanto se lo ospito in casa. E poi l’odore del pesce fa venire la nausea alle donne in gravidanza.”

Alessandro si alza, prende in braccio Banzai, me lo appoggia sul petto e gli dice: “Amico gattone, falla tacere senza sgozzarla. Domani giuro che ti do la tua pappa preferita”.

“Questa è corruuusss...”

Non riesco a parlare. Banzai mi ha appoggiato le zampe anteriori sulla bocca.

“Umana, non credere che ciò che faccio, io lo compia per una questione di mera corruzione. Il fatto è che zittirti è un sommo piacere e già di per sé una ricompensa.”

6.

"Dai dai dai, Luca, che è tardi! Dai che devo essere a lavorare per le nove e mezzo!"

"Tì, mimi, mi metti tu le scarpe?"

"Sì, Luca. Basta che poi andiamo."

Alle nove e mezzo arriveranno Cantoni e Tonino, sono le otto e mezzo e non siamo ancora fuori di casa.

Tra l'altro mentre fremevo per andare e Luca si perdeva nuovamente nella sua cameretta dicendomi: "Aspetta, mimi. Devo prendere prima un giochino", ci si è messo anche Banzai.

Mi ha vista nervosa, con le chiavi dell'auto già in mano e il piede che batteva per terra.

"Non capisco questa fissazione che avete per il tempo, voi umani," ha avuto il coraggio di dirmi.

"E io non sono nemmeno una degli umani messi peggio," gli ho rispetto pensando ad Andrea Barani. "Comunque, caro Banzai, se dovessi andare a caccia forse avresti un pochino di ansia in più."

"Quanta inutile acredine. Per ritorsione e per darti un importante insegnamento sulla calma, non posso esimermi dal lasciarti qui, sul pavimento del soppalco, una palletta di pelo," e ha vomitato.

"Ma Banzai! Adesso?"

Riesco comunque ad accompagnare Luca e arrivare alle nove e ventiquattro a casa, correre all'ingresso e vedere l'auto di Cantoni che entra nel viale. Sono le nove e ventisei. Cerco di calmare il fiatone.

"Buongiorno, Anna. Sali in macchina."

"Buongiorno, Cantoni, come mai stamattina mi hai fatto aspettare così tanto?"

Speravo che ci fosse anche Tonino, invece è alla ricerca di informazioni sulla famiglia Barani. Dove, come e se in modo legale è il mistero di sempre.

Avrei potuto chiedere a lui cosa cucinare per la cena di sabato perché su queste cose è sempre sul pezzo. Di certo non posso chiederlo a Cantoni che sulle questioni private invece è affabile come un varano di Komodo. Su quelle poi che riguardano mia sorella ne ha anche tutte le ragioni: tempo fa l'investigatore integerrimo si era disintegerrimato con lei aprendo una relazione extraconiugale che aveva lasciato strascichi anche nella mia vita.

In più, come al solito, lui è di cattivo umore.

"Il figlio di Barani ha inviato copia del testamento?" gli chiedo. Annuisce.

"La donazione per la signora Oxana ammonta a un totale di trentaduemila e quattrocento euro."

"Mh… Anche qualche centesimo per caso?"

"Lo so che è una cifra molto strana, Anna. Lo so senza che tu me lo faccia notare."

"Ecco, bene. Ma poi trentaduemila e quattrocento euro a fronte di un lascito totale di...?"

"Trentaduemila e quattrocento euro a fronte di un lascito totale fra liquidi e beni mobili e immobili superiore ai cinque milioni di euro."

Ancora un attimo di ottundimento, poi mi parte la valvola come alle pentole a pressione.

"Cantoni, ma è una pidocchiata!"

"Non siamo qui per dare un giudizio di merito, ma per accertare che non ci sia stata circonvenzione e dolo."

"Circonvenzione e dolo? Ma se devo irretire un vecchio solo lo irretisco almeno per metà del patrimonio, no? Sennò che spreco di energia e di cattiveria è? Cantoni, questa dei figli Barani, lo ribadisco, è proprio una pidocchiata."

"Anna, il nostro lavoro è un altro."

"Però ne convieni che i figli stanno facendo una cosa miserabile? "

"No, non ne convengo. Una truffa, tra l'altro ai danni di una persona anziana, è inaccettabile al di là del suo peso economico. E comunque atteniamoci ai fatti e a rispondere a quanto ci è stato richiesto dai nostri clienti."

Vero. Se truffassero i miei suoceri o mio padre e Caterina anche per uno spillo mi incazzerei come una bestia, già solo per principio.

Sospiro.

"Cantoni, comunque non mi viene da sospettare la signora Oxana per l'istigazione al suicidio di Barani, non certo per una cifra così ridicola."

"Piantala di escludere a priori le cose. E poi ricordati che non è la grandezza degli eventi a giustificare le peggiori brutalità sul prossimo, ma la piccolezza degli uomini."

Vero. Di nuovo vero.

"Senti, ma non è che qua ci troviamo di fronte a una di quelle situazioni tipiche da film giallo con i figli che uccidono il genitore per l'eredità? Non è che cinque milioni di euro siano pochi."

"Anna, al momento non abbiamo gli elementi per escludere nulla."

"Casomai Andrea Barani nasconde un presente torbido fatto di debiti con la mafia cinese. Dai, Cantoni, non guardarmi così, sto scherzando. Però indaghiamo su di lui e il fratello?"

"Ovvio che cercheremo di capire quale sia la condizione economica dei figli Barani: le cifre in ballo in questa eredità sono imponenti. Tieni presente che però noi non siamo delle forze dell'ordine e non possiamo indagare la situazione patrimoniale con i loro mezzi, non possiamo fare richiesta di estratti conto alle banche, per esempio."

"E quindi?"

"E quindi è una pista che cercheremo di approfondire, ma

richiederà tempo e ricerche non facili visto che entrambi i figli vivono da anni fuori dalla nostra città. Stiamo contattando qualche collega che possa supportarci a Milano e che possa avere qualche informazione sullo studio di consulenza informatica di Andrea Barani. A prima vista, tutto sembra piuttosto solido e tranquillo, ma non possiamo fermarci a una prima impressione."

Sbuffo. Come al solito sbatto i denti contro il muro di realtà fatto dalle nostre scarse risorse quando ci troviamo di fronte a casi complessi. Cantoni e Tonino hanno piena percezione delle nostre possibilità come agenzia privata e, mentre io mi perdo nel mio immaginario da telefilm, loro lavorano con una tenacia e una pazienza ammirevoli.

Proprio quando sto per chiedere dell'altro figlio Barani, Cantoni tira fuori l'elemento più imbarazzante della questione.

"Anna, hai avuto qualche idea per il carlino? Ieri ho cercato i riferimenti degli allevamenti di alani nella zona e Tonino sentirà se c'è una femmina disponibile."

Mi scappa da ridere: penso al discorso preparatorio che mi troverò a fare per convincere a collaborare la cagna prescelta e spero solo che lei abbia senso dell'umorismo e stomaco forte.

"Certo, Cantoni, che qualche anno fa mai avresti pensato di ridurti a cercare partner per cani."

"Senza dubbio. E non mi sarei nemmeno aspettato di trovarmi le tartarughe, animali che odio, fisse in ufficio. Ed essere minacciato di bombardamenti defecatori da stormi di merli, aspettare in auto che tu smetta di chiacchierare con le vacche nei prati e molte altre amenità."

"Senza di me ti divertiresti molto meno, suvvia."

Lui grugnisce e decido di prenderlo per un sì: quando il senso di qualcosa non viene del tutto palesato, tanto vale sbizzarrirsi sull'interpretazione.

"Cantoni..."

"Eh."

"Dove stiamo andando?"

"Da Oxana. Vediamo che tipo è, sentiamo la sua opinione."

"Mi pare giusto. Cantoni..."
"Eh."
"Perché non mi dici mai dove stiamo andando? Non mi sento partecipe, alle volte è qualcosa che mi mortifica, sai?"
"Non ti dico dove stiamo andando perché così non ti senti partecipe, alle volte ti mortifichi e ho la speranza che ti offenda e stia zitta per tre minuti di fila. E comunque siamo arrivati. Il palazzo è quello lì."
"Cantoni..."
"Eh."
"Io prima o poi ti faccio bombardare davvero dai merli."

La palazzina ha il marchio di fabbrica degli stabili nati negli anni settanta e si perde fra altre coetanee tristemente identiche. Con il suo rigoroso color mattone si differenzia giusto per la targhetta con un numero civico attaccato di fianco alla porta principale spalancata e dalla quale esce un forte odore di ammoniaca.

Dodici appartamenti, dodici campanelli con qualche nome italiano e altri di origine straniera. Siamo in quell'area di confine fra chi di generazione in generazione si arrabatta per arrivare a fine mese con decenza e dignità e chi è arrivato da lontano senza nulla e in anni di fatica ha raggiunto il paradiso di quattro mura riscaldate in inverno. L'amore mantenuto giorno per giorno passa dai gesti di cura, da un portaombrelli dai colori allegri appena dentro all'ingresso comune, da scale lucide e piante curate sui ballatoi, tutto in quella dolcezza tipica di quando ciò che si ha non è mai dato per scontato.

Cantoni suona in corrispondenza di un nome italiano e una voce femminile risponde: "Arrivo giù".

Dopo qualche minuto, spunta dalla porta una signora di millecinquecento anni racchiusi in trentacinque chili di peso scarsi, appallottolata su una sedia a rotelle spinta da una donna alta e massiccia.

"Scusate, ma io stamattina ho la mia signora Pina e non posso lasciarla sola. Facciamo una passeggiata, signora Pina, che non c'è ancora troppo caldo."

La signora Pina guarda nel vuoto con occhi liquidi e non

so se abbia compreso le parole di Oxana. E mentre io comincio a sudare con addosso il mio vestitino leggero, lei è in gran parte avvolta da una copertina fiorata e sembra un uccellino appena uscito dall'uovo.

Oxana sistema le ruote della sedia a rotelle con un gesto tanto veloce da tradire una pratica di anni, poi posa con delicatezza sui predellini i piedi di Pina avvolti in ciabatte soffici e colorate.

"Signora Oxana, abbiamo solo qualche domanda," dice Cantoni mentre noto un velo di tristezza nel suo sguardo che cerca di sfuggire dalla figura dell'anziana.

Oxana è l'esempio classico e stereotipato di badante ucraina: colori chiari, lineamenti e forme regolari che in gioventù devono averla resa bellissima e fra i quali ora restano più che altro i segni di una vita troppo dura e la struttura forte degli alberi sopravvissuti agli incendi. Cantoni non è un uomo basso, ma Oxana in altezza lo raggiunge e in larghezza lo doppia. Spinge la sedia a rotelle e la sua preziosa passeggera sul selciato sconnesso apparentemente senza fatica, avendo cura di sollevare le ruote ogni volta che il percorso presenta delle asperità. Vede i sassi, evita le fratture del terreno, non lascia che nulla crei sobbalzi per la carrozzina e la sua occupante.

"Voi chiedete, ma io non so cosa dire, non so se ho cose utili per voi. Pina, dopo il giretto tu bevi un goccino d'acqua, va bene?"

La signora Pina ha lo sguardo fisso e non risponde.

"Lei è a conoscenza della donazione del signor Luigi e anche del fatto che i suoi figli non hanno preso bene la cosa, vero?" Cantoni come al solito non ci gira intorno, ma, a differenza della consueta durezza, qui la sua asciutta schiettezza ha invece i tratti di una forma di rispetto per il tempo prezioso altrui.

"Sì, lo so. Ma non sapevo nulla della scelta di Luigi. Mi ha detto un notaio, io non sono andata neanche alla lettura del testamento e mi dispiace per la rabbia dei figli, ma non c'entro nulla. Dice il signor Andrea che ho imbrogliato Luigi, ma non è vero." Risponde fermando il suo incedere poderoso per sistemare la copertina di Pina appena scivolata di lato. Non è arrabbiata, la signora Oxana. Mi sembra solo amareggiata, ma con un senso di resa da persona che a questo tipo di sentimento ci ha fatto il callo.

"Lei quali compiti svolgeva di preciso a casa del signor Barani? Era la sua domestica o una badante? Il figlio non è stato in grado di darci spiegazioni chiare." Cantoni in parte bluffa, in parte no.

"Non badante. Luigi era in gamba, appena poteva faceva tutto da sé, ma era un uomo solo e malato di diabete. Io facevo pulizie, spesa grossa e pesante e cucinavo. Il mio contratto era di tre ore al giorno, dalle 10 alle 13. Ma alla fine andavo anche al pomeriggio alle volte: per le sue medicine o stirare. O se c'era da portare a una visita, io lo portavo, ma in amicizia. Mica dicevo le ore, se poi un giorno andavo più tardi non c'era problema. Lui poi con la sua malattia ogni tanto non stava bene e non poteva stare solo. Allora restavo se trovavo qualcuno per le mie vecchiette e poi rimanevo più a casa quando stava meglio."

No, Oxana non era una badante: era una factotum, ma soprattutto una persona amica.

"Come mai secondo lei Luigi le ha fatto questa donazione?" le chiedo.

Appena sente la mia voce, dalla sedia a rotelle la signora Pina si volta verso di me con una velocità che mi stupisce e che spezza tutto d'un tratto quell'immobilità che credevo irreversibile. Poi altrettanto velocemente si perde di nuovo nel vuoto.

"In Ucraina ho due figli, maschio e femmina. Mia figlia ha un bimbo piccolo ed è separata dal marito. Il maschio è autista di furgoncini per una ditta."

Guardo Oxana. Quanti anni ha questa donna? Un'età indefinibile, qualche anno più di me, ma non poi troppi... lei è nonna e io ho un figlio che va alla scuola dell'infanzia. Quando io alle tre del mattino facevo l'imbecille per festeggiare un esame all'università passato con ventidue trentesimi, lei probabilmente stava allattando il secondo figlio fra un turno di lavoro e l'altro.

"Due anni fa ho fatto miei conti: per comprare un furgone usato per mio figlio, una licenza tutta sua e fare lavorare mia figlia con lui come segretaria, mi ci volevano trentaduemila e quattrocento euro. Ho cominciato a risparmiare i miei soldi e lavorare di più. Luigi mi aiutava a gestire i risparmi e mi dava consigli, che lui di affari si intendeva. Mi diceva sempre, Oxana, tu devi fare così, Oxana, non devi fare questo che è rischioso... Signora Pina, comincia il caldo, andiamo a casa fra poco che tu bevi un cucchiaino d'acqua, da brava."

Cantoni sorride.

"E quei trentaduemila e quattrocento euro alla fine il signor Luigi ha deciso di lasciarglieli in eredità."

"Io non lo immaginavo mai. Mi aveva detto tante volte che mi voleva prestare i soldi, ma ho sempre detto no, che non li volevo. Mi aiutava a capire le banche e mi bastava. Poi ho il mio lavoro e guadagno."

"Ora però l'impiego dal signor Luigi non c'è più," dico e di nuovo la signora Pina mi punta addosso gli occhi.

"Già subito trovato un lavoro in sostituzione. Poi ho la mia signora Pina, vero Pina? Dormo con lei e sto fino alle nove del mattino da tanti anni. Poi di giorno va al centro diurno per anziani e io faccio altri lavori."

"Ma ora potrebbe rilassarsi giusto un po', Oxana, i soldi per i suoi figli li ha ricevuti da Barani e potrebbe lavorare meno, prendersi del tempo finalmente anche per sé."

Lei mi guarda con i suoi occhi di un azzurro chiaro, quasi più un grigio metallico.

"No, no, io amo il mio lavoro. E poi chi pensa alla mia signora Pina di notte?" e accarezza la testa di capelli bianchi e radi dell'anziana "E i miei vecchietti di giorno. Io nella mia vita ho sempre lavorato, so solo lavorare, ho solo il mio lavoro."

"Signora," interviene Cantoni, "Luigi era un uomo depresso?"

La donna gira la sedia a rotelle per riprendere il viale in direzione di casa.

"No. Luigi non era depresso, ma un uomo vecchio, stanco e con una malinconia grande per la moglie morta. Poi quello che aveva in testa e in anima non lo posso sapere, ma lui aveva un grande progetto da finire."

Cantoni e io ci guardiamo. Quale progetto?

"Lui stava per aprire un grande spazio tutto dedicato alla sua signora per mettere i quadri di pittori."

"Stava per inaugurare uno spazio espositivo?" chiede Cantoni.

"Sì. Per l'anniversario di morte della moglie lui avrebbe aperto questo... spazio. Mancavano pochi mesi e aveva tutto pronto. Io avevo i miei sogni per i figli, ma anche lui aveva i suoi sogni per sua moglie. E una persona che ha sogni per qualcuno che ama, è difficile che si arrende. Ma io non so, io sono ignorante e non so le cose dell'anima."

"Signora, sa dove si trova questa sala espositiva e chi se ne occupa?"

"Certo, accompagnavo sempre il signor Luigi lì. Vi dico, se volete."

Tira fuori dalla tasca un vecchio cellulare con il retro tenuto insieme alla bene e meglio con dello scotch, poi inforca un paio di occhiali da lettura dalla montatura in plastica rossa e ci dà il numero di chi si stava occupando della sala da esposizione.

"Luigi si scordava sempre a casa il cellulare. Così Melli, quello che curava i lavori, chiamava me."

Poi ci spiega con precisione dove si trova la sala.

Un progetto, una celebrazione importante, persone coinvolte, tutte cose alle quali il figlio non ha fatto alcun cenno. Forse non ne sapeva nulla, forse non lo riteneva significativo.

Un passo dopo l'altro, siamo nuovamente di fronte all'ingresso del palazzo.

"Oxana, secondo lei il signor Luigi si è suicidato?" La donna accenna un sorriso.

"Io l'unica cosa che so di questa vita è che della vita non so nulla, che non so nulla del dolore degli altri, della solitudine. Per me Luigi aveva il suo progetto e le sue tristezze e non so chi fra i due è arrivato prima al traguardo delle sue decisioni. Ma se devo dire cosa mi sembrava quel pomeriggio che l'ho accompagnato dopo il giro alla sala per quadri e sono andata via, io ho salutato un uomo che voleva fare un regalo all'amore di tutta la sua vita. Ma c'è quello che vogliamo e c'è quello che riusciamo, fra loro c'è tutto quello che non possiamo."

A quel punto sento qualcosa che carpisce con forza la mia mano. La signora Pina mi ha afferrato con le dita ossute mettendoci un'energia inimmaginabile per un corpo così esile. Mi fissa con un sorriso vacuo.

"Marietta, come stai tesoro bello?" mi chiede. "Hai letto il libro che ti ha dato la maestra?"

"Signora Pina, cosa dici? Non è Marietta," interviene Oxana evidentemente abituata a questo tipo di scena.

"Non si preoccupi. Signora Pina, mi chiamo Anna e somiglio forse alla sua Marietta. Oxana, chi è Marietta?"

"È sua figlia."

Pina non mi ascolta già più, anche se continua a serrare la mia mano. Mi fissa, ma quello che vede è molto al di là di me, del mio tempo, del mio spazio, è un miscuglio di ricordi, speranze, sogni tutti suoi.

"Marietta, vieni che ti preparo una tazza di latte che sei magra... mangi, tesoro?"

Oxana sospira: "Dai, Pina, che ti porto a casa. Fa caldo adesso". Poi però continua: "Il mio numero lo sapete, ma prima vi voglio chiedere una cosa". E ce lo dice con un imbarazzo che traspare da un leggero rossore delle guance pallide.

"Se possibile e nessuno lo vuole, vorrei prendere con me il bimbo."

Cantoni e io restiamo attoniti. È solo un attimo, poi Oxana aggiunge:

"Il bimbo... il cane. C'è il cane di Luigi. Cane piccolo, non tanto bello, ma gli voglio molto bene, è sempre venuto con me qui dalla signora Pina. Ho paura che suo figlio Andrea lo porti in canile e il bimbo soffrirebbe troppo. Se non lo vuole nessuno, io lo prendo. Anche lo pago se c'è bisogno".

Non le hanno concesso di avere cura del commiato al signor Luigi, non le hanno permesso di aver cura della casa dove aveva passato tanto tempo negli ultimi anni, ma vorrebbe prendere con sé e difendere il cagnotto che ha visto crescere. È preoccupata per lui, per quel botolo orrendo di Carl il carlino. Sorrido.

"Faremo tutto il possibile, signora," le risponde Cantoni, quando mi sarei aspettata il suo solito tenersi sul vago.

Ce ne andiamo verso l'auto dopo che lei ha rifiutato con fermezza il nostro aiuto per portare su la signora Pina e tutto il suo armamentario a rotelle. "Sono pratica, lo faccio sempre da tanti anni. Signora Pina pesa come un fazzolettino."

E intanto la signora Pina ha lasciato la mia mano ed è tornata nella sua bolla senza tempo, senza rumori, senza.

Oxana appena possibile andrà con il suo passo pesante e forte a fare le pulizie in mille altre case.

Io tornerò alle mie occupazioni casalinghe in attesa di un nuovo incarico di ricerca sul caso.

E Cantoni non so cosa farà e dove andrà, sicuramente al momento però non è del tutto al mio fianco.

Una parte di lui è chiusa in un dolore che non conosco, ma ha a che vedere con una badante e un'anziana magra e con la testa smarrita per sempre.

"Cantoni, so che abbiamo pochi elementi per valutare, però mi sentirei di dire che i figli di Barani con il discorso della circonvenzione di incapace abbiano preso un enorme abbaglio."

Siamo quasi arrivati a casa mia, ma ci troviamo fermi nel traffico per motivi imprecisati e misteriosi.

"Come hai detto, per ora abbiamo pochi elementi."

"Visto che qui la strada è bloccata che ne dici se giriamo la macchina e andiamo a vedere la sala espositiva che Barani stava facendo allestire?"

Cantoni bofonchia.

"Finché Tonino non arriva con qualche informazione in più, tanto vale che capitalizziamo i nostri giri, no?" rinforzo la proposta.

"Anna, lo sai che senza esserci messi d'accordo con anticipo troveremo una porta chiusa, vero?"

"E vorrà dire che ti godrai la mia amabile compagnia ancora per un po'. Dici che è poco? E poi non è detto, sto chiamando. Suona... forse rispon... Buongiorno, il signor Melli? Sono Anna Melissari, dell'Agenzia Cantoni. Siamo stati assunti dai figli di Barani... sì, il signor Luigi... certo... una tragedia... davvero... sì... ma infatti... la disturbavo per chiederle se possiamo dare un'occhiata alla sala espositiva che stava curando per suo conto... Che ne dice fra un quarto d'ora? Venti minuti, perfetto. Ci vediamo là."

Cantoni intanto ha fatto inversione.

"Il signor Melli al telefono mi è sembrato commosso al solo sentire il nome di Luigi Barani. Non ti sembra strano che il figlio con noi non abbia nemmeno fatto cenno al progetto del padre?"

"Forse non ne sapeva niente."

"E poi dici che ad Andrea Barani non è sorto nemmeno una perplessità sul fatto che il padre si sia suicidato davvero? Che se ne sia andato senza nemmeno lasciare un biglietto? Il comportamento del signor Andrea è sospetto, diciamolo."

"Guarda che nei casi di suicidio non sempre c'è qualcosa di scritto, guardi troppa televisione. E poi il figlio non ha mica avuto la soffiata dal cagnaccio come te."

"E vabbè, tuo padre si suicida e a te non viene nessun dubbio?"

"Anche Oxana, per quanto dubbiosa, ha parlato di un anziano malato e malinconico."

"Già, ai figli non interessava da vivo, figuriamoci da morto."

"Mi pare una visione un po' estrema. E comunque sono i nostri clienti e il loro quesito investigativo è stato differente."

Lo so, la mia è una visione dettata dall'antipatia per Andrea Barani.

"Cantoni..."

"Mh."

"Ma che società è la nostra che ritiene nell'ordine delle cose che una persona anziana resti sola, si senta triste e decida di farla finita?! Come se gli anziani dovessero vivere per senso del dovere e non per un minimo di desiderio e ambizione a qualche momento di felicità."

Cantoni non mi risponde e parcheggia di fronte a un capannone industriale dismesso e circondato da impalcature vuote. I lavori in corso sembrano sospesi, ma siamo proprio all'indirizzo fornitoci da Oxana.

A un certo punto da una stradina laterale spunta un uomo con un farfallino colorato e una giacca impensabile per le undici e mezzo del mattino di un giugno afoso. Arriva trafelato e sorridente, e mi ricorda un po' un Umpa Lumpa della fabbrica di cioccolato. È Melli, non può che essere lui perché quel corpo fa incredibilmente pendant con la voce che ho sentito al telefono.

"Signori, perdonate il ritardo, sono venuto appena ho potuto."

Non è in ritardo, dev'essere un puntuale patologico come Cantoni e me.

"Ditemi, come vi posso aiutare? Intanto se volete vi mostro l'area espositiva. Scusate la confusione. Come comprenderete, i lavori si sono fermati dopo la tragedia..."

Comincia ad aprire i lucchetti e ha un che di euforico, tanto che le dita grassocce tremolano nel girare le chiavi e tradiscono un'emozione che mi pare eccessiva.

Una volta dentro, trotto-rotola verso un grosso piano di interruttori e attacca la corrente inondando di luce lo spazio.

"Eccoci, accomodatevi. Guardate, non è una meraviglia?"

Sì, Melli l'Umpa Lumpa, hai ragione: è una meraviglia. L'interno del capannone è completamente ristrutturato ed emana lo stesso buon gusto lineare che mi aveva colpito in casa Barani. Pannelli leggerissimi si snodano nello spazio ampio rendendo etereo un ambiente che un giorno probabilmente ebbe invece l'aria plumbea tipica dei luoghi di produzione di chissà che cosa. Là dove ci fu rumore, fatica e stanchezza ora tutto è pronto ad accogliere opere d'arte. A destra del punto in cui ci troviamo, un'area è preparata per l'accoglienza degli ospiti, già con un guardaroba pronto e alcune bozze di registri. In fondo al capannone si scorge una zona attrezzata per i rinfreschi, con tavoli e poltroncine coperte ancora da plastica trasparente che permette di scorgere le delicate tinte pastello della stoffa. Non sono un'esperta di vernissage, tanto meno di mostre d'arte, ma quel luogo sembra essere fatto apposta per quello scopo nobile e accoglie con la semplicità della bellezza vera.

Avrò preso una botta di calore o forse sono la solita zotica ignorante di sempre, ma di fronte alle dissonanze delle linee industriali che fanno meravigliosamente l'amore con la grazia architettonica da vernissage, mi dico che forse "ogni capannone abbandonato ha un qualcosa di migliore da offrire ed è compito di non so chi o cosa scoprirlo".

Melli intanto ci mostra l'area con un entusiasmo posticcio e, dopo aver finito di sfarfallarci davanti dicendo come minimo una decina di volte un "mi permetto di farvi notare...", esclama tutto sorridente: "Sono così felice che i figli del signor Luigi abbiano deciso di portare a termine questo lavoro. Lo spazio Rachele Rustici diventerà un punto di riferimento per gli amanti delle belle arti di tutta la provincia, se non della regione!".

Il sopracciglio di Cantoni prende una curva strana e la bocca non riesce a nascondere un certo divertimento. Mi tocca risolvere il qui pro quo che devo aver creato.

"Melli, aspetti," comincio. "Noi siamo stati assunti dai figli del signor Luigi come agenti investigativi per uno scopo diverso. Onestamente non siamo in grado di dirle se i figli vogliano proseguire i lavori."

Il Melli sorridente e allegro si scioglie subito come un modellino di burro appoggiato su una piastra bollente, lasciando il posto a un mucchietto di unta delusione.

"Oh, mi spiace... credevo fosse stati inviati qui per fare una valutazione, che foste di un'agenzia di consulenze... ho sperato..."

"Non si dia per vinto, signor Melli," provo a consolarlo. "Può darsi che i figli di Barani vogliano davvero realizzare il progetto. In fondo lo spazio espositivo è dedicato alla loro mamma."

Alle mie parole l'ometto sembra ricompattarsi appena un po'.

"Da quanto tempo lavoravate a questo progetto con Barani?" Eccolo, il Cantoni scoglionato che conosco.

"Uh, il signor Luigi lo sognava da anni. Un giorno mi disse che pensava di farne dono alla moglie quando ancora era in vita, ma abbiamo iniziato a lavorarci davvero da poco più di un anno. Era prevista l'inaugurazione per novembre. Avevamo già contattato gli artisti per la mostra di apertura, i maestri d'arte che avrebbero tenuto i loro corsi." Melli sospira e si squaglia nuovamente. "Mancava così poco..." Per un attimo temo si metta a singhiozzare, poi il suo facciotto cambia espressione. "Su cosa state indagando?" chiede.

Melli è un coacervo di emozioni a ognuna delle quali dà un connotato barocco: dallo scoramento assoluto, all'entusiasmo anfitrionico, alla curiosità petulante e il tutto in rapidissima sequenza.

"Quando ha saputo del suicidio di Barani?" Cantoni taglia la sua curiosità con la sega elettrica della propria insofferenza.

"L'ho saputo il giorno dopo... ero dal barbiere... ho il cuoio capelluto secco e ho bisogno di impacchi alla calendula... Mi ha chiamato Cerri, l'architetto che ha progettato la ristrutturazione della sala: aveva sentito alla radio del suicidio. Siamo rimasti sconvolti! Era una persona così adorabile..." e di nuovo siamo nello scoramento squagliato.

"Non ve lo sareste immaginato?"

"No, non avevamo avuto nessuna avvisaglia. Barani non era un uomo allegro, non era certo giovane... veniva accompagnato qui da una russa che penso fosse la domestica..." e fa uno sguardo ammiccante assolutamente fuori luogo, al che temo che Cantoni gli molli un pugno. "Ma ci teneva a questo progetto. Nell'ultimo periodo era preoccupato a causa di alcuni problemi di natura edilizia e di permessi che ci erano stati negati, ma da qui a compiere un atto sconsiderato..."

Ecco, il termine sconsiderato affiancato al suicidio lo fa diventare qualcosa da evitare per buon gusto e per le grane che ne derivano. Forse a Melli il pugno lo tiro io.

"Il signor Luigi nell'ultimo periodo aveva avuto qualche dissapore con l'architetto Cerri. Erano piccole cose, dettate dalla tensione della fine lavori. Chissà poveretto cosa gli è passato nella testa quella sera. Ma questo progetto meraviglioso... vi prego davvero di perorare la causa con i figli del signor Luigi... dite che interesserà loro? Non può non interessare, no?"

Annuisco con fare rassicurante mentre Cantoni si dirige verso l'uscita con le mani in tasca.

Ci sono mille cose da chiedere a questo ometto e lui se ne va.

Mi fermo ancora qualche minuto nel quale ottengo nell'ordine il numero di telefono dell'architetto responsabile del progetto, il nome dei referenti degli artisti, l'informazione che il capannone era già di proprietà di Barani e altre amenità interessantissime come per esempio il fatto che il papillon di Melli viene da un negozietto di articoli di gran classe e che le fragole gli fanno venire i brufoli sotto le ascelle.

Quando salgo in macchina delucido fieramente un Cantoni inerte.

"Cantoni, se a chiedere tutte queste informazioni non ci avessi pensato io, come avremmo fatto, eh?" dico piccata.

"Avremmo fatto così," e mi allunga la bozza di una brochure che ha recuperato dal tavolo all'ingresso. È solo una bozza, ma c'è un breve riassunto della nascita del progetto, i nomi degli artisti in ballo per l'inaugurazione e le collaborazioni previste.

"Però i riferimenti di Cerri non ci sono," borbotto.

"Sono sicuro che il numero di telefono dell'architetto più famoso della provincia lo avremmo trovato. E poi il caso vuole che sia un mio ex compagno di scuola."

Non so se sentirmi mortificata, inutile o semplicemente stupida.

"Però l'allergia alle fragole non la sapevi," sospiro, "e neanche il negozietto per il papillon..."

Ferita nell'orgoglio e dalla solita assenza di risposta di Cantoni, mi rifugio nei messaggi del cellulare.

Mi ha scritto Caterina. Mi avvisa che la piscinetta oggi pomeriggio è disponibile con tutto l'armamentario delle papere di gomma. Mi chiede però se dopo pranzo, prima che arrivi Luca, mi può telefonare. Certo che mi può telefonare.

Una vaga inquietudine comincia ad aggirarsi nel mio stomaco.

E il mio stomaco non sbaglia mai.

7.

"Alessandro, mio padre è stato male."

Gli ho inviato il messaggio già da un quarto d'ora, ma non risponde.

So che a ora di pranzo aveva una riunione, in queste occasioni lascia il cellulare nel cassetto.

Per questo non mi risponde, per una cosa così mi richiamerebbe subito. Mi richiamerà. Quando vedrà il messaggio mi richiamerà.

"Tuo padre lo ha stirato un camion? No. Lo ha smozzicato un cane? No. Dai, donna, già le due ipotesi peggiori sono state eliminate." Banzai appollaiato sul tavolo mi guarda camminare per la sala e cerca di consolarmi con la sua logica di priorità felina.

"È stato così male da accettare di andare al pronto soccorso, cosa incredibile per lui. Adesso dovremo fare una serie di accertamenti. Sono preoccupata, Banzai, è normale."

La commissione urgente accampata da Caterina ieri pomeriggio in realtà non esisteva: a quanto pare da un paio di mesi a questa parte mio padre ha degli attacchi piuttosto severi di mal di testa, attacchi dei quali non mi hanno mai parlato. Quello di ieri è stato tanto forte che Caterina ha costretto mio padre a farsi portare al pronto soccorso con la minaccia di chiamare l'ambulanza e caricarcelo sopra di forza.

Sono tornati a casa solo in serata, con le idee poco chiare, una lunga lista di analisi e l'accorato invito a effettuarle quanto prima.

Guardo il cellulare. Alessandro non dice ancora nulla.

Ma credi davvero che quello che mi dici sia sempre interessante? Non pensi mai che io in certi momenti abbia altre priorità?!

Le sue parole di qualche sera fa mi risuonano nella testa. Non hanno nulla a che fare con una situazione così e poi di quelle parole si era anche pentito. Ho detto che non faceva nulla, che capitava di dire anche cose forti...

Banzai salta giù dal tavolo e viene a strusciarsi contro le mie gambe.

Caterina non è stata in grado di dirmi nulla di più: mio padre ha nascosto la documentazione medica e le ha fatto promettere di tacere con noi figlie. Lei, presa dall'ebrezza di essere riuscita a condurre mio padre all'ospedale, mi ha telefonato dopo aver atteso pazientemente che lui uscisse diretto all'Università per programmare una lectio magistralis.

"Non dirgli niente, per carità, Anna."

"Sarò discreta, vedrai. Grazie di cuore per avermi informata."

Come far uscire allo scoperto mio padre, quello è per me un mistero. I pensieri si annodano tra loro, persi fra strategie fallimentari posate su balle del tipo: "Un'amica dottoressa mi ha detto che", al che mio padre mi guarderebbe con i suoi occhi a fessura, poi chiamerebbe l'avvocato per un'istantanea denuncia all'ospedale per violazione della privacy.

Intanto il cellulare resta muto. Nulla lampeggia. Certo che Alessandro poteva portarsi il telefono. E se suo figlio e io avessimo bisogno?! Anna, non essere acida e assurda...

Tu pretendi che tutto vada sempre come vuoi tu!

Non è vero. Non è vero che pretendo che tutto vada come voglio io.

"Donna, adesso sei tesa e ancora più incapace del solito di seguire le logiche più elementari. Non preoccuparti per tuo padre. Adesso respira, chiudi gli occhi e poi fai attività rilassanti come riempire la mia ciotola di crocchette gusto pollo e carote."

Guardo Banzai che continua a farmi le coccole e darmi delicate testate contro i polpacci, morbido fetente opportunista.

“Be’, che c’è? Dai, le crocchette dopo, siediti che vengo in braccio a impastarti un po’.”

Fetente opportunista che mi vuole bene nella sua maniera gattosa e mi avvolge con le sue fusa delicate. Lui che, da bravo gatto, il papà suo non lo ha mai conosciuto, che mi sfotte per la mia genitorialità a suo parere incongrua e che però ora comprende la mia difficoltà.

E mentre accarezzo la sua schiena ronfante, mi passa per la testa un dubbio al quale non voglio dare risposta.

Questa preoccupazione è perché voglio bene a mio padre, ho timore di perderlo e che soffra o è paura di quello che mi toccherà passare per assisterlo, per stargli più vicino di quanto vorrei?

Ieri rabbrividivo di fronte ad Andrea Barani e gli buttavo addosso il mio giudizio sprezzante.

Oggi mi ritrovo allo specchio e non voglio vedere che immagine ho.

Non c’è nulla di semplice alla fine, siamo fatti di equilibri precari fra azioni che svolgiamo spontaneamente e senza pensarci e doveri ai quali non abbiamo la forza di sottrarci.

A volte il dimostrarci persone degne non è una questione di bellezza interiore, ma solo di coraggio delle proprie azioni.

Guardo di nuovo il cellulare. Niente.

Alessandro sarà ancora in riunione. Non è passato certo così tanto tempo.

Ma credi davvero che quello che mi dici sia sempre interessante? Non pensi mai che io in certi momenti abbia altre priorità?!

Ma non si riferiva a una situazione così, si riferiva a tutt’altro. Si riferiva a tutt’altro...

Mentre guido verso casa di mio padre e Caterina, e Luca canta una canzoncina stramba, una parte della mia testa vorrebbe rifugiarsi in pensieri investigativi e un’altra invece si lascia trasportare da paure e ansie.

Alessandro, non appena ha visto il messaggio, ha mollato la riunione a metà e mi ha telefonato.

Mi sono vergognata dei miei pensieri.

Abbiamo delle tensioni, è indubbio, ma spero che pian piano passino così come mi auguro che cali la sua insofferenza per tutto ciò che riguarda il mio lavoro. Siamo fatti per superare i momenti nei quali tentenniamo cercando di lanciare il cuore oltre l'ostacolo come un solido ancoraggio per qualcosa di importante, più di se stessi, più dell'altro. Vorrà dire che poi ce li riprenderemo i cuori, li rimetteremo in idonea cavità e con opportuna cura reciproca ricominceranno a palpitare. Ci vuole tempo, ci vuole pazienza e in certi momenti è davvero complicato decidere di passare tutta una vita insieme come coppia... Lo dice sempre anche Banzai che noi umani siamo dei pazzi.

Intanto siamo quasi arrivati e io non ho uno straccio di strategia per affrontare mio padre.

E se domani mattina anziché lavorare chiedessi a mio padre di scambiare due parole? Macché, follia, non lo abbiamo mai fatto.

Se coinvolgessi Alessandro per il quale ha molta più stima di quella che ha per me? Forse con lui si aprirebbe almeno un po' e poi subentrerei io.

Oppure potrei dirgli: "Papà, ti vedo un po' pallido. Qualcosa non va?".

No, non mi risponderebbe nemmeno, girerebbe le spalle e se ne andrebbe.

Dovrò giocare d'astuzia, negherà perfino l'evidenza. Se penso poi a quando dovrò convincerlo a fare gli accertamenti e le visite mediche, le mie ansie scoppiano come pop-corn nel microonde. Quando parcheggio l'auto, però, mio padre è di fronte al cancelletto, cosa strana visto che solitamente è già tanto se viene a salutarci.

Luca e io scendiamo dall'auto mentre Caterina esce, resta stupita quanto me del fatto che lui sia lì fuori e mi guarda con gli occhi sbarrati mentre accoglie il mio bimbo che l'abbraccia con l'entusiasmo di sempre; mio padre si dirige tranquillo verso la mia macchina e sale dalla parte del passeggero.

"A Luca oggi ci pensa Caterina. Monta," mi dice.

"Dove andiamo, babbo?" gli chiedo.

"Dal medico, ovviamente."

Tutti i miei progetti, i miei piani...

Alla fine non gli ho fatto un agguato, me lo ha fatto lui.

Alla sera, quando si apre la porta ed entra Alessandro, Luca sta già sbadigliando e dorme praticamente in piedi.

Banzai guarda stupefatto il mio bambino: in cinque anni non lo ha mai visto così stanco.

"Donna, sei sicura che il cosino non si sia rotto?"

No, non si è rotto. Le energie spese in corse e la lessatura da caldo eccessivo si sono aggiunte al peso della tensione che lo circondava.

Così, dopo aver dato un bacino al papà, va in spegnimento automatico e si butta sul lettino in mutande e canottiera. Il pigiama e il lavaggio denti per stasera li lasciamo ai posteri.

D'altronde è bene ogni tanto essere un pochino permissivi e io stasera ho bisogno di esserlo non tanto con lui, ma con l'im placabile "me madre". Così non appena la "me madre perfetta" mi compare su una spalla dicendomi "no, non va bene, non si è lavato i dentini, gli verranno le carie, si sentirà frustrato e comincerà a drogarsi, in una sera di eccessiva permissività legata alla tua inettitudine e debolezza hai buttato tutta la vita di tuo figlio in vacca!" io le mollo un un cazzotto e mi sento così fieramente ribelle che quasi quasi stasera non mi lavo i denti neanch'io.

Nel frattempo un plip plop di Cantoni – Domattina Andrea Barani fa vedere la casa ad alcuni agenti immobiliari. Ci andiamo anche noi così tu convinci il cane a dirci ciò che sa.

La fai facile, Cantoni... In cucina, Alessandro si siede davanti a me e gli dico che cosa sospetta il medico.

Lui, come temevo, cerca di consolarmi con rassicurazioni e statistiche.

Io, come temevo, mi chiudo anziché aprirmi e lasciare uscire le emozioni.

Entrambi siamo tremendamente fragili e allo stesso tempo frustrati per l'incapacità di aiutarci l'uno con l'altra su qualcosa che emotivamente gestiamo tanto diversamente. Alla fine mi chiede: "Ne parlerai a Lavinia?".

Ecco, a questo non avevo pensato. No, non gliene vorrei parlare. Adesso non avrei la forza di preoccuparmi anche per lei, lei non vorrebbe saperlo perché non sarebbe in grado di gestirsi, mio padre non vorrebbe dirglielo perché sa perfettamente entrambe le cose e perché se c'è una sola persona al mondo che lui voglia difendere questa è Lavinia.

Come ha detto Oxana, "fra quello che vogliamo e quello che riusciamo c'è tutto quello che non possiamo".

Sabato mia sorella sarà a cena da noi e l'unica cosa che so è che non le dirò nulla di nostro padre. Lo vorrei fare, dovrei riuscire a farlo, ma proprio non posso.

8.

"... e questo qua ha iniziato a sbraitare, arrabbiato assai, mi voleva pure denunciare quando gli ho detto che cercavo un alano femmina da far accoppiare con un carlino. Annare', ci credete che pensando a quanto è brutto 'sto Carl un altro poco davo pure ragione all'allevatore di alani e quasi mi denunciavo da solo?" racconta Tonino mentre siamo in viaggio verso casa Barani. "Comunque non ci sta niente da fare, tutti gli allevamenti di alano della provincia hanno detto di no. Oggi provo più lontano, ma non è che sono positivo, ecco."

Mentre parla, lo osservo divertita: Toninone nostro stamattina deve cercare informazioni nel quartiere della vittima. Per sciogliere un vicinato così particolare, scenderà dall'auto appena prima della villa e si fingerà un ricco e simpaticamente irresistibile industriale di origine napoletana con la mezza idea di acquistare la casa di Barani per l'anziana madre e quindi con la necessità di trovare una domestica e badante affidabile. Per rendere più credibile la sua copertura, si presenta come non l'ho mai visto, ossia con una camicia e dei pantaloni senza una macchia. Non che l'eroica moglie non gli fornisca ogni mattina abiti ben puliti, ma lui è comunque in grado di uscire di casa alle otto già con medaglie di sugo, unto d'arrosto o sbavacciamenti di crema pasticcera intonacata dallo zucchero a velo. A dir la verità voleva portare con sé Otto e cominciare ad attaccare bottone con i vicini anche grazie all'incredibile calamita pelosa, ma non c'è stato verso di smuovere Otto dall'ufficio. Terrorizzato dalla possibilità che esca il carlino e gli faccia un agguato, ha optato per nascondersi nell'ufficio di Cantoni avendo cura di far chiudere la porta del bagno con dentro la vaschetta di Tarta e Rughina.

"Anna, preparati a un'accoglienza non proprio calorosa da parte di Andrea Barani," dice Cantoni dopo aver fatto scendere Tonino. "Teme che la nostra presenza possa infastidire i consulenti immobiliari. Ieri al telefono mi ha detto che non abbiamo idea di quanto sia difficile vendere una casa di quelle dimensioni in questo periodo di crisi immobiliare, quando la gente sa cosa c'è successo dentro."

"Chissà che faccia farà allora quando gli inquirenti gli bloccheranno la vendita della casa per approfondire il discorso della morte di suo padre."

"Mh..."

"Cos'è questo mugugno?" chiedo insospettita. "Ieri non dovevi parlare con i tuoi contatti nelle forze dell'ordine?"

"Sì che ci ho parlato, ma non è facilissimo convincerli che c'è da indagare su un caso di suicidio senza fornire prove che non siano la presenza di un testimone chiave che è un cagnetto erotomane."

"Non gli è bastato il discorso del progetto da realizzare, quindi."

"Per ora no. E adesso sorridi e tira fuori dal cane tutte le informazioni che puoi."

Barani compare alla porta prima che suoniamo il campanello: di nuovo la sensazione di essere in ritardo quando siamo in orario perfetto. Ci accoglie chiarendo da subito che non avrà molto tempo da dedicarci. Poco male, la nostra scusa è che dobbiamo controllare meglio in casa alla ricerca di qualche indizio utile alle indagini e gli garantiamo che lo lasceremo tranquillo con gli agenti immobiliari. Me ne sto zitta e buona, lascio parlare Cantoni mentre già come la volta precedente tutta l'attenzione di Barani è dedicata al suo orologio e al tempo che irrevocabilmente scorre.

Non appena entriamo in casa ci accoglie il raspare ossessivo di Carl chiuso in qualche stanza.

Deve averci sentito e vorrà sapere come procede la questione riguardante la sua zozza estorsione.

“Se le va, le porto un po’ a spasso il cane,” dico. “L’altra volta il suo carlino e io abbiamo fatto amicizia.”

“Non è il mio cane, ve l’ho già detto,” si affretta a specificare Andrea Barani. “Anzi dovrei riuscire a piazzarlo in un paio di giorni. Mi ha già causato abbastanza grane, non avete idea della quantità di roba che ha danneggiato in casa mia.”

Sto per chiedergli se sarebbe disposto a lasciarlo a Oxana quando per fortuna interviene con astuzia Cantoni.

“Se è una bestia così fastidiosa la molli con una scusa all’ucraina dicendo che lo passerà a prendere dopo un paio di giorni e poi non si faccia più vedere.”

La bocca di Andrea Barani diviene una fessura che ambirebbe a essere un sorriso cattivo. La bastardata alla signora lo tenta.

“Magari, le starebbe bene questo cagnaccio fastidioso...”

Mentre Carl esce con la sua corsa bislacca dalla momentanea prigionia, Cantoni flemmatico porta Barani lontano da me e dal cane.

“Allora, dov’è l’alana?!” Carl va dritto al sodo mentre si muove in continuazione in maniera ondulatoria e sussultoria insieme, a destra, sinistra, su, giù e mi guarda con gli occhi a palla strabuzzati.

“Carl, dobbiamo parlare. Siediti, accasciati, stramazza, fa’ quello che vuoi, ma stai fermo per qualche secondo, ok?”

Il cane non riesce a fermare il movimento rotatorio convulso del corpo salsicciato, poi per un istante si blocca e temo gli sia venuto un colpo apoplettico. Invece comincia a ruotare ancora di più i globi oculari e sbatte fuori una lingua viola che frusta l’aria e sgocciola: la quantità di moto della bestia a quanto pare dev’essere mantenuta costante e quindi o ruota il sedere e le zampe storte o trasferisce il tutto al muso. Preferisco la rotazione posteriore perché il muso già non si riusciva a guardare prima, così diventa insostenibile.

“Senti, cane, tu e Luigi non vi amavate alla follia, ma un minimo di rispetto e affetto lo avrai pur avuto nei suoi confronti. Faccio dunque appello al tuo senso etico: dicci chi è venuto in casa quella sera!”

“Non hai trovato l’alana.”

"Sì, in effetti per ora no, ma tu non sei un laido ricattatore."

"Sì, lo sono." Mi fissa con gli occhi appena meno fuori dai bulbi visto che ora il moto è andato alla coda. "Niente alana, niente informazioni."

Ci ho provato. Lui si gira e fa per andarsene. Poi vede la ventiquattrore in cuoio di Barani appoggiata per terra e decide di conoscerla intimamente senza bisogno di preliminari, cosa della quale Barani sarà senza dubbio molto contento.

Poi, una volta finito, va con il suo trotto sbilenco verso il corridoio dove era stato rinchiuso fino a poco prima.

"Carl, fermati, dai. E se riuscissimo a farti andare a vivere da Oxana? Che ne dici?"

Il cane torna indietro in retromarcia.

"Stare con Barani figlio non mi piace, la femmina bionda e morbida non è male. Però resto sulla mia posizione. Alana o non parlo. Ciao."

Questo cane è fetente e anaffettivo. Nonostante ciò sono contenta che Andrea Barani abbia trovato a chi affidarlo: in una gabbietta di canile non merita di finirci nessuno, nemmeno lui. E neanche gli altri cani del canile si meriterebbero di dover sempre stare a guardarsi le spalle con il terrore che spunti Carl il carlino di particolare buon umore.

"Dai, Carl, parliamone. Troviamo un accordo. Una carlina affascinante non ti andrebbe bene? Due carline? Tre carline? Una bassotta?"

Ma Carl ignora le mie proposte e si infila in una stanza. Io lo seguo.

Mi ritrovo così in uno studio con alte librerie stipate di faldoni e grossi raccoglitori. Doveva essere qui che il signor Luigi teneva la sua contabilità e ancora si manteneva attivo con lavori e incombenze da ufficio. Su una scrivania ordinata spicca l'assenza di un computer e ci sono solo una scatola con una penna e due matite dalla punta perfetta di fianco a un quaderno identico a quelli che usava mio nonno, uno di quelli con la copertina rigida di cartoncino e la costa alta. Sformato dall'utilizzo, è chiuso, ma con le pagine che si impilano a fatica, ondulate e interrotte di tanto in tanto da fettucce di stoffa a mo' di segnalibro. Carl si accorge che la mia attenzione lo ha abbandonato a favore di quel quaderno che sa di antico.

"Cosa guardi, donna? Quello è solo l'inutile coso sul quale il vecchio si divertiva a scribacchiare per ore. Pensavo che il figlio lo avesse messo via, invece deve avere deciso di lasciarlo lì a fare coreografia. Torniamo a noi e alla nostra trattativa!"

Prendo fra le mani il quaderno, lo apro e subito fra le righe riconosco la grafia precisa ed elegante tipica di una persona di altri tempi. Nessun tremore legato all'età, nessuna cancellatura fra quelle parole scritte con la stilografica nera riposta nella scatola.

"Allora, donna, hai già finito le tue proposte di corruzione?" mi chiede Carl deluso.

"Carl, rifletti in silenzio su quanto sei brutto e cattivo e parla solo per stupirmi con un fedele racconto di chi e cosa hai visto."

Sono assorbita da quell'elenco accurato di azioni da fare segnato sul quaderno.

Il signor Luigi teneva fedelmente traccia di ogni passo compiuto nella realizzazione del progetto dello spazio espositivo.

Aveva una programmazione puntigliosa anche di tutto ciò che c'era ancora da fare. Fra promemoria minimali, spesso l'uomo si lasciava andare anche a note più ricche di sfumature e osservazioni.

Il quaderno parte dal 9 gennaio di quest'anno, data nella quale Barani aveva scritto: "*Controllare che le reticelle siano arrivate delle dimensioni pattuite. Dire a Melli di spronare il grafico perché ci mandi le bozze per il volantino numero tre che non mi piace*". Due giorni dopo a quanto pare le reticelle andavano bene, ma da verificare erano altre forniture per il cantiere e qualche bolletta domestica controllata in ogni singola voce.

Nulla sfuggiva alla sua attenzione e alla sua cura: i punti salienti ed emotivamente importanti della vita di Luigi in quell'ultimo anno sono tutti lì, un anno nel quale ogni cosa ruotava intorno a un dono d'amore che sarebbe sopravvissuto a lui e a sua moglie.

Accarezzo con il dito le righe nelle quali solo qualche mese fa Barani aveva scritto: "*Accertarsi che il tipo di tendaggi sia quello che preferiva Rachele*".

Mi accingo ad andare a chiedere ad Andrea Barani il permesso di prendere il quaderno per leggerlo con calma, ma mi si riaffaccia di fronte agli occhi quel suo atteggiamento infastidito, la bocca sottile e tesa. Per istinto, torno indietro e infilo il quaderno in borsa.

"Carlino," torno a Carl che si è seduto a zampe aperte sotto alla scrivania e non ha scucito una sola informazione. "Noi continueremo a impegnarci per realizzare il tuo laido ed eccessivo desiderio, ma devi offrirci anche un piano B." I suoi occhi brillano della luce tipica di chi sa di avere il coltello dalla parte del manico, e mi ghigna in faccia con i dentini che sporgono dal mento prognato, poi mi ringhia un: "No, niente piano B!".

Sconsolata, distolgo lo sguardo dal cane che non so se sia più orrido fuori o dentro e lo poso sulle librerie di legno con gli scaffali pieni di lavoretti di creta come quelli presenti nel resto della casa. Ne prendo uno in mano, senza dubbio è opera di un bambino. Lo giro e sotto c'è incisa una piccola M. Lo rimetto dov'era e comincio a guardare le foto di famiglia. D'un tratto resto senza parole.

No, non può essere.

Mi avvicino per controllare e prendo in mano il portafoto posato sulla libreria di teak: dev'essere passata almeno una ventina d'anni e il signor Luigi e sua moglie sorridono vicino a una giovane donna in tenuta tennistica che tiene fra le mani un trofeo e guarda l'obbiettivo con sguardo fiero, anche se un sopracciglio leggermente inarcato tradisce un pizzico di imbarazzo.

E quell'espressione la conosco bene perché spesso il motivo di tale imbarazzo sono stata io.

Quella giovane donna è la mia analista. Anzi, la mia ex analista.

Perché, a dire la verità, non ci vediamo da un bel pezzo.

9.

Quando torno all'ingresso, Cantoni è da solo e mi sta aspettando.

A ogni passo la borsa sembra essere sempre più carica di sassi e provo la sensazione esatta del peso del rimorso. La voce di Andrea Barani fa da contrappunto ad altre sconosciute: devono essere arrivati i tanto attesi agenti immobiliari e l'attenzione a noi dedicata è stata rapidamente portata al livello zero.

Mi blocco: cosa sto facendo? Sto per compiere un furto con una leggerezza che mi fa correre un brivido lungo la schiena. Faccio cenno a Cantoni di attendermi un istante e, seguendo la voce di Barani, lo raggiungo nella cucina dove, piccato, sta parlando animatamente con due signori.

"Mi scusi, signor Andrea, volevo chiederle se posso prendere in prestito, per vedere meglio..." dico sorridendo, ma lui mi fulmina con un: "Prenda quello che le pare, basta che lo riporti. Vada, non vede che sto facendo altro?!".

Mi allontano con la borsa decisamente più leggera.

"Andiamo?"

"E come no, Cantoni?!"

"Risolto l'affare cane?"

"E come no, Cantoni?!"

"Mi prendi in giro, Anna?"

"E come no, Cantoni?!"

Lui sbuffa e ci avviamo nel viale che porta all'uscita.

"Cantoni..."

"Eh."

Apro la borsa e, con un ammiccamento con la testa degno della miglior caricatura di un agente segreto che non vuol farsi notare, gli indico il quaderno.

"E allora?"

"È una specie di diario sintetico stilato da Luigi Barani nell'ultimo periodo."

Cantoni mi pianta addosso occhi piccoli e interrogativi, lo so che ha capito che stavo per fare una scemenza e che mi sono fermata appena in tempo. "Ho chiesto ad Andrea Barani se potevamo prenderlo in prestito," aggiungo.

Mi fa cenno con la mano di avviarmi verso l'auto e ubbidisco, consapevole di essere stata graziata.

Ci fermiamo poco dopo la curva: là ci attende Tonino. Sale sull'auto, che al solito si assesta per il carico possente.

"Maronna, che calore!"

Il Toninone ha un sorriso tale che deve aver combinato sicuramente più di noi.

Infatti è così: ha chiacchierato amabilmente con la domestica peruviana della villa di fronte, con l'anziana vicina della casa sul lato sinistro che innaffiava i cespugli di rose, con altri due pensionati di lusso che, da un cancelletto all'altro di due case immense con parcheggiate di fronte auto del costo di un appartamento di media grandezza, si confermavano a vicenda quanto il mondo sia un postaccio pieno di gente con il cattivo gusto di essere povera e disperata.

La domestica ha inondato Tonino di informazioni e pettegolezzi sul vicinato nel raggio di tre chilometri, l'anziana gli ha spiegato per filo e per segno l'importanza della potatura del gelsomino e della lettura quotidiana dei Vangeli, e i due pensionati, prima con sguardo arcigno e disgustato lo hanno inquadrato come *terrone* nullafacente e parassitico, per poi cambiare idea quando lui ha detto di essere un possibile acquirente della villazza Barani allo scopo di *infilarci* dentro sua madre, visto che aveva tutta una serie di liquidità da *allocare* avendo già investito in azioni più che a sufficienza.

La copertura ha funzionato alla grande: la casa Barani è a detta di tutti una meraviglia.

"Un piano unico, ideale per una signora anziana." Sul prezzo i vicini concordavano che i figli di Barani avrebbero chiesto una cifra molto alta. A quanto pare la visione di quei due figli assenti era univoca: un figlio minore, Andrea, molto attaccato al denaro e un figlio maggiore, Giorgio, completamente assente.

Tonino aveva conquistato la domestica facendo un sorrisino enigmatico e interpretabile come un distaccato riserbo di classe, aveva sciolto di commozione la signora anziana dicendo che per sua madre lui non avrebbe badato certo a spese e invece aveva saldato la stima dei due pensionati ex industriali di successo affermando che avrebbe contrattato con tenacia perché otteneva sempre alle sue condizioni quello che voleva.

Alla domanda: "Lei avrebbe qualche amica che si occuperebbe di mia madre? Dice che potrei chiedere alla badante del vecchio padrone? Adesso sarà senza lavoro, anche se visto che il vecchio si è suicidato e lei non se n'è nemmeno accorta..." la domestica peruviana aveva risposto: "Per le mie amiche mi informo, ma sua madre ha proprio bisogno di una badante? Perché io ho mia sorella, fa la domestica. Le russe non parlano mai, non fanno compagnia alla sua mamma. Noi peruviane siamo di compagnia, mia sorella canta anche bene. Le russe non cantano canzoni allegre come noi peruviane," e Tonino aveva scoperto da lì in poi molte desolanti sfaccettature delle faide e dei preconcetti razzisti fra etnie differenti di domestiche.

"Mia madre vive con me. Non la manderei mai in istituto, stiamo scherzando? Ma quando sono lontano per lavoro ho bisogno di qualcuno di affidabile e gentile che si occupi di lei, sa com'è. Cosa mi dice dell'ucraina che si occupava del signor Luigi?" aveva chiesto alla vicina avanti in età che aveva guardato quell'amoroso figlio con occhi lucidi. "Oxana è una gran brava donna, sa? Molto riservata, salutava sempre. Non appena Luigi non stava bene lei arrivava subito, mica come i figli," e poi si era guardata intorno e aveva abbassato la voce. "Quei due lì non venivano mai, eh? Ma secondo lei si lascia così solo un padre? Uno è sempre all'estero, l'altro vive a cento chilometri da qui, ma non si sprecava di sicuro. Oxana alla fine c'era sempre, se c'era bisogno. Secondo me però ha già trovato lavoro, quelle donne lì trovano subito se sono brave."

Alla richiesta di Tonino ai due uomini d'affari se pensassero che Oxana fosse una persona tanto affidabile da togliergli la seccatura di occuparsi di sua madre, entrambi avevano fatto spallucce. In anni non si erano nemmeno mai accorti della sua esistenza: a quanto pare la donna ai loro occhi era trasparente, così come tante altre persone come lei, tutte uguali come aspirapolvere prodotti in serie.

"Quindi Tonino, Oxana in generale non aveva fatto nascere dubbi fra i vicini? Sembrerebbe una donna affidabile."

"Sì, Annare'. Ma è vero pure che il signor Luigi era una persona molto riservata e tutti parlano di lui come di uno cortese che però non scambiava più di un saluto con nessuno e Oxana era un po' come lui, faceva il lavoro suo senza chiacchiere. Cosa capitasse in casa, nisciun' o' ssape."

"Fatto sta che non ti hanno espresso i dubbi che invece hanno i figli, o sbaglio?" chiede Cantoni.

"No, però non sanno nulla nemmeno del testamento. Sanno solo della casa in vendita. Io sono cresciuto in un quartiere popolare che tutti sapevano se avevi la febbre o avevi preso una nota a scuola. Qua pare che vivano di fianco vent'anni e si accorgano che sei morto giusto perché leggono il necrologio sul giornale. In più non conosciamo amici che siano stati davvero intimi con Luigi Barani nell'ultimo periodo per chiedere se sapessero della donazione a Oxana."

"E del progetto per lo spazio espositivo e di chi possa essere stato il suo carnefice," aggiungo.

"No, Anna," mi blocca Cantoni. "Il nostro compito è investigativamente rispondere al quesito dei figli."

"Cantoni, va bene," sbuffo. "E allora perché mi hai detto di riprovare a chiedere al cagnetto?"

"Ci mancherebbe che, se in nostro potere, non supportiamo le indagini!" si accalora subito lui.

"Tu sei curioso, ammettilo," ribatto sapendo di irritarlo.

"E comunque ti do una buona notizia: una persona molto vicina a Luigi Barani noi la conosciamo!"

Tonino sorride fra il divertito e il soddisfatto, Cantoni aggrotta le sopracciglia.

Quando dico loro della mia analista, Cantoni mi intima di contattarla appena possibile, ma non sa quanto questo mi metta in difficoltà. Infatti devo capire con che faccia tosta telefonare alla dottoressa dopo un'ultima seduta nella quale lei mi proponeva di raddoppiare la frequenza dei nostri incontri in seguito a quello che mi era successo nella comunità di recupero e io le avevo detto. "Sì, certo, ha ragione, guardo come organizzarmi e nel pomeriggio la chiamo," e da quel momento ho lasciato passare sei mesi di assoluto silenzio.

Inventerò qualcosa... oggi mi devo concentrare sul quaderno che ho trovato sperando sia ricco di informazioni utili.

Anche Cantoni non è rimasto con le mani in mano.

"Ieri ho contattato l'architetto Cerri e oggi pomeriggio dovremmo vederci per parlare del progetto e del signor Luigi," ci aggiorna. "E mentre intrattenevo Andrea Barani in attesa dell'arrivo degli agenti immobiliari e lasciavo che tu, Anna, giocassi con il cagnetto, ho ottenuto il nome di una serie di persone che erano care a suo padre e con le quali era in contatto, nonché i riferimenti del suo commercialista per verificare se Oxana avesse già beneficiato di altre donazioni."

"Cantoni, hai accennato al figlio del progetto di sala esposizioni dedicato alla madre?" chiedo.

"Sì, e mi è sembrato che la cosa non lo colpisse più di tanto, ma penso abbiate capito che il nostro cliente è un tipo piuttosto insondabile."

"E l'altro figlio dove sta? Pare che faccia tutto questo qua a forza di botte d'acido."

"Tonino, tu ti stai Annettizzando."

Dubito che il termine "Annettizzando" venga utilizzato da Cantoni in senso elogiativo, ma un istante prima di rispondere sdegnosamente la mia attenzione è deviata da un messaggio di Caterina.

Prenotati tutti gli esami per mio padre, lunedì cominciamo con il primo.

Come attratta da un buco nero, mi sento sfilacciare e tento subito di reintrecciarmi pensando a come fare nella pratica, incastrare le cose con gli orari di Luca, il lavoro e tutto il resto.

Cantoni, probabilmente colpito dall'assenza di una mia rispostaccia, mi rivolge uno sguardo veloce, poi torna a guardare la strada.

"Tutto bene, Anna?"

"Sì, grazie, tutto bene."

Rientro a casa e per prima cosa controllo che non ci siano in segreteria messaggi da parte di mia sorella. Non si sa mai che ci sia da consolare il suo cuore già in frantumi, ma su quel fronte invece tutto tace.

La borsa che, come da mia brutta abitudine, ho abbandonato all'ingresso, mi inchioda alla necessità di farmi un esame di coscienza, mentre il mio gattone la annusa incuriosito, inconsapevole del fatto che al suo interno ci sia il frutto del primo quasi furto della mia vita.

Tiro fuori il quaderno del signor Luigi.

"Umana, hai la faccia classica di quando hai fatto una sciocchezza e ne sei consapevole."

"Mi sono fermata appena in tempo." Sospiro: "Stavo per prendere senza permesso un oggetto che non volevo chiedere solo per la paura di un legittimo diniego da parte di una persona che non mi è simpatica. La mia etica stava per vaporizzarsi per una semplice ripicca. Con l'età dovrei diventare più saggia e invece mi riscopro più istintiva e irragionevole di quando ero adolescente".

Banzai si siede attento a coprire le zampe con la coda e si mette a fissarmi con attenzione.

"Sono interessante, Banzai? Ti diverto?" brontolo tirando a me la borsa vicina e scivolando lentamente fino a sedermi sul pavimento con la schiena contro al muro.

"Voi umani avete questa tenera sicurezza su progressioni lineari di miglioramento nel tempo e vi posso capire in questa necessità di rassicurazione tipica delle menti semplici. Ma più invecchiate più diventate rigidi. Più diventate rigidi meno accettate gli altri e i cambiamenti. Meno accettate gli altri e i cambiamenti, più sentite emotivamente lontano il prossimo. E più sentite lontano il prossimo, più vi diventa facile fare quello che vi pare al di là dei suoi diritti."

Guardo il mio gatto che dopo aver sentenziato comincia con rilassata eleganza a pulirsi un orecchio con una zampa.

"Quindi vuoi dirmi che invecchiando peggioriamo e sono destinata a un futuro di azioni deplorevoli che mi autogiustificherò con sempre maggiore leggerezza?"

"No, dico che farai sempre più fatica a mantenere fede agli ideali da bestia giovane e a capire quando i cambi di rotta che chiamerai 'atti di saggezza' saranno tali o solo puro comodo per sopraggiunta fragilità."

Sospiro. Accidenti a me che mi faccio dire da Banzai ciò che non vorrei sapere.

Torno al quaderno che ho tolto dalla borsa e ora tengo tra le mani. Ho qualche ora prima di andare a prendere Luca. Le pagine sono molte, ma la scrittura è scorrevole: se mangio mentre leggo posso finire la lettura in giornata, così comincio subito, seduta sul pavimento

Nel frattempo, però, giusto per ricordarmi che a ogni anello di accrescimento che mette al tronchetto diventa più insofferente e brontolone, il ficus sbraita: "E io al solito per avere un goccio d'acqua devo aspettare che una tromba d'aria scoperchi la casa e mi piova addosso?!".

10.

Tanto lo so che al sabato mattina Cantoni è sempre al lavoro a tentare di smaltire un po' di scartoffiatura arretrata, così vado in ufficio a colpo sicuro.

Quando entro in compagnia di Luca, lo trovo con la testa appoggiata su una mano e un'aria palesemente sconfortata, tipica di quando si trova a fronteggiare moduli e carte che lo sfidano mandandolo in bestia.

"Anna, cosa ci fai anche questa mattina in ufficio?" poi come vede mio figlio sorride mantenendo comunque l'aria da uomo duro che sa che gli piace tanto.

"Ciao capo della mimi," lo saluta Luca che ne ha la tipica soggezione incuriosita dei bambini, poi non gli presta più attenzione perché ha trovato qualcosa di ben più interessante, peloso e zamputo: Otto, il cane immenso e sempre disponibile a giocare.

"Sono qui per questo motivo," e appoggio il quaderno del signor Luigi sulla scrivania. "L'ho letto."

"Lettura interessante, spero."

"Abbastanza. In ogni caso questo è l'ultimo quaderno di ventidue. Vedi qui?" e lo apro alla prima pagina indicando la segnatura in alto. "Da anni Barani aveva l'abitudine di segnare tutto su questi quaderni che sono un po' registri di contabilità e un po' note minimali di vita. Non erano diari, però a margine segnava piccole cose, vedi? '*Fiori per Costan-*

tina, *Mozart sinfonia numero quaranta*, *Chiedere ad Ada se si può occupare della bimba*' e via così. Insomma, sarebbe utile avere anche gli altri quaderni."

"Proverò a chiedere ad Andrea Barani, per il momento è a Milano e, anche se accettasse, per averli ci vorrà senza dubbio qualche giorno. Cos'hai trovato di significativo?"

Intanto Otto e Luca, con il cane che china appena la capocciona per averla all'altezza del suo amico, si guardano occhi negli occhi dichiarandosi in maniera non verbale il loro assoluto e incrollabile amore.

"Questo è il registro che stava compilando proprio nell'ultimo periodo e testimonia la volontà di Barani di terminare a tutti i costi lo spazio espositivo. Aveva una gran fretta. Qui c'è l'ennesima conferma che il suicidio è stato istigato."

"Non esagerare, Anna. Al di là delle informazioni che abbiamo in possesso, dietro ai suicidi ci sono dinamiche che non vanno banalizzate."

"Non banalizzo. Barani era malato e anziano, aveva paura che il diabete e la vecchiaia andassero più veloci di lui e del suo progetto, ma aveva uno scopo chiaro ed era determinato. Forse negli ultimi tempi i malesseri lo avevano messo in allarme, così gran parte delle pagine sono dedicate a velocizzare i lavori per poterli finire prima che fosse troppo tardi."

"Hai notato modifiche importanti nella sua grafia?"

"Cantoni, mi chiedi questo perché sospetti che ci fosse il sopravvenire di una demenza progressiva? Non sono una grafologa, ma nel periodo del diario, ed è un arco di otto mesi, il tratto resta lo stesso."

"Mh... la fretta della quale mi parli ha riscontro in ciò che mi ha accennato al telefono Cerri."

"Non dovevate vedervi? Con l'architetto, dico."

"Ha avuto un contrattempo, ma mi ha anticipato che il dissapore con Luigi era legato al fatto che a un certo punto aveva cominciato ad aver fretta e a rivoluzionare la scaletta dei lavori."

Intanto Otto lecca la faccia di Luca e lui gli spatola il nasone con la spugnetta per francobolli che ha recuperato dalla scrivania di Cantoni. Leccata, spatolata di spugnetta, leccata, spatolata di spugnetta. A ripetizione, con molte risatine divertite in mezzo e scodinzolate entusiastiche.

"Nel quaderno non compare nulla di direttamente riguardante Oxana, te lo dico subito. Su questo fronte, è un mero registro dei lavori dedicati al progetto, giusto con alcune note con idee e spunti per l'aspetto finale della sala. E tutto ha sempre un'attinenza con episodi di vita con la moglie e con ciò che lei amava. Leggerlo è stato struggente: guarda qui," e giro il quaderno verso Cantoni. "'Controllare che il giallo delle fodere delle sedie sia quello che piaceva a Rachele' e poi: 'Trovata la foto con il suo vestito giallo preferito. Quanto eri bella, Rachele mia'."

Cantoni accenna un sorriso, poi si massaggia con una mano il mento non sbarbato.

"Anna, questo quaderno potrebbe essere utile a chi investigherà sulla morte di Barani quando finalmente questo qualcuno si deciderà a muoversi."

Lo guardo stupita, non pensavo che i suoi contatti nelle forze dell'ordine non volessero attivarsi e credevo soltanto che non avessero il caso fra le loro priorità.

"Non ti hanno dato ascolto, Cantoni?"

"No, per il momento no."

La cosa non lo lascia solo infastidito: ne è deluso, quasi sofferente.

Intanto Otto giace giulivo a pancia in su e Luca lo scavalca, poi lo riscavalca e lo scavalca di nuovo perché la ripetizione degli atti divertenti per un minimo di settanta volte è un must dei bimbi in età prescolare. Quindi a sinistra e a destra. E Otto fermo con il linguone bisteccoso tutto di fuori.

"Comunque sul nostro caso stiamo arrivando a una serie di fattori che depongono a favore di Oxana," continua Cantoni. "Ieri ho fatto visita al commercialista di Barani. Non solo Luigi non era nuovo a donazioni ad associazioni di volontariato, e quindi una persona naturalmente propensa ad atti di generosità, ma prima di fare la modifica testamentaria si era consultato con il suo commercialista. Lui mi ha riferito di un Barani molto sereno nel pensare di esprimere della riconoscenza a una persona che era stata leale nei suoi confronti. La modifica testamentaria tra l'altro risale a più di un anno fa."

"A questo punto cosa facciamo, Cantoni?"

Intanto, Luca coricato a pancia in su che ride e grande cane nero sbavacciante lì di fianco che gli fa il solletico al pancino con il grande muso.

"Aspettiamo un paio di giorni per approfondire ulteriormente la cosa. Poi, se la situazione non cambia, consiglieremo ad Andrea Barani di non intentare un'azione legale nei confronti della signora Oxana perché dai nostri riscontri non è emerso nulla di rilevante a favore dell'ipotesi di un plagio."

Ora, Otto seduto e Luca che lo abbraccia con affetto.

"Come sei tecnico, Cantoni. Andiamo, bimbo mio? Dai amore, saluta Otto che dobbiamo fare la spesa."

Palesi espressioni contrariate e lamenti disperati da parte di bambino e cane.

"Aspetta, Luca, vieni con me un attimo che zio Giovanni ha un bel regalino per te."

Uh, Cantoni, un atto di gentilezza? Quest'uomo continua a stupirmi.

Luca si illumina mentre Cantoni si alza e lo porta per mano nel retro ufficio.

È un istante, non ho il tempo di capire, che mio figlio ne esce con un sorriso smagliante e fra le mani la vaschetta con le tartarughe.

"Eh no, Cantoni!"

"Eh sì, Anna cara. Non ringraziarmi, per Luca questo e altro."

Bastardo maledetto!

"Maronna, come mi sento sollevato mo'," dice allegro Otto.

"Dove andiamo, si può sapere? Chi è questo teppistello che ci porta con sé? Sarà mica un drogato, eh?" ringhia Tarta.

"Per carità, muoviamo piano la vaschetta che sono nel pieno di un attacco di cervicale," sussurra Rughina.

Quando salgo in macchina e alzo gli occhi, alla finestra dello studio vedo Cantoni con un sorriso a metà fra lo scherno cattivo e la più gratificante soddisfazione.

Cacchio ridi, Cantoni? Due giorni, e con un po' di impegno ti porto in pianta stabile in ufficio un dromedario e tre puzzole.

11.

Rientro dopo aver fatto la spesa per la cena della sera.

Se avessi tenuto in auto al sole la vasca delle tartarughe, all'uscita le avremmo trovate lessate, così ho depositato bimbo e nuove ospiti a casa e sotto lo sguardo smarrito di Alessandro.

"Ale, ti presento Tarta e Rughina. Tartarughe, lui è mio marito e dovete comportarvi per bene perché sarà lui, unica creatura saggia della casa, a darvi da mangiare visto che io mi scorderò di voi quasi sempre."

"Vorrà dire che troverò modo a gran voce di farti presente che ci siamo, cara," sbraita Tarta minacciosa.

"Vorrà dire che passerò dallo scordarmi di voi al processo di rimozione dai miei pensieri. E tu, Tarta, non sai quanto io sia abile in questo tipo di attività."

"Fidati, ha ragione," borbotta il ficus.

Mi allontano senza eccessivi sensi di colpa e quando torno l'assetto domestico sta trovando un suo nuovo equilibrio.

Luca non ha più nessun interesse per le due tartarughe: belle cinque minuti, poi vuoi mettere con un drago, un elefante, un rinoceronte o un triceratopo immaginari? Quindi sta trotterellando pimpante nella sua cameretta dove è immerso in avventure mirabolanti.

Alessandro è in cucina: ha appoggiato la vaschetta sul mobile della sala con la famosa filosofia anche da me notevolmente abbracciata del "dopo lo sposto in un luogo migliore, ma per ora lo metto qui".

Banzai osserva la novità con disgusto, ma non si scompone: un giorno mi ha detto che avrebbe timore solo della concorrenza di un gattino, perché qualsiasi altro soggetto non è alla sua altezza.

In compenso, mentre Rughina dorme per accumulo di stress, Tarta fissa estatica il nostro ficus.

Non l'ho mai vista stare così zitta per tanti minuti di fila.

Il ficus, dal canto suo, resta in silenzio e ho come l'impressione che il suo vaso si sia spostato leggermente più lontano dal mobile con le tartarughe, anche se sono sicura che si senta lusingato da tanta ammirazione.

"Marito, quasi quasi stasera all'uomo di mia sorella offro brodo di tartaruga e insalata di ficus condita con peli di gatto. Che dici?"

Alessandro ride e tutto mi sembra tranquillo, sereno. Mio padre sta benissimo, mia sorella convolerà a nozze con l'uomo migliore per lei e metterà la testa a posto, il futuro ci sorride, non ci sarà nessun problema da risolvere nei prossimi eoni e troverò rapidamente il modo di riportare Tarta e Rughina da Cantoni. E invece no, non sono il tipo che si lasci cullare da ottimistiche visioni.

"Alessandro, e se adesso questo qui è un tipo insopportabile e cafone? Noi ce lo portiamo a cena a casa nostra e dà un pessimo esempio a nostro figlio. Anni e anni di educazione buttati al vento."

"Magari invece è una brava persona, gentile, generosa e dedita al sacrificio visto che sta con Lavinia e accetta di conoscerne perfino la sorella matta," risponde Alessandro mentre condisce l'insalata.

"Peggio! Così nostro figlio diventa un masochista."

"Cos'è un maciocchista?" trilla Luca dalla sua cameretta.

"Un maciocchista è uno che costruisce i maciocchi rigorosamente a mano," rispondo aggiungendo un po' di sale all'insalata già condita da Alessandro, così senza assaggiare, per puro atto di arroganza culinaria.

Attendo che mio figlio mi chieda cosa sono i maciocchi, ma tutto tace. Probabilmente è assorbito da una battaglia sanguinosissima fra dinosauri.

"Se invece è un approfittatore," aggiungo a voce bassissima, "lo sbugiardo così, senza guardare in faccia nessuno!"

Alessandro, flemmatico, sistema le posate sulla tavola.

"Che poi alla fine me lo sento: mia sorella è incinta," scuoto la testa mentre il pensiero mi fa effetto macchinetta sottovuoto nello stomaco.

E Banzai salta sul frigo. Una volta lassù, mi punta gli occhi addosso. "Dall'alto pensavo di cambiare prospettiva e vedere le cose in una nuova maniera, ma niente: umana, sei imbarazzante anche da qui."

Alla fine Claudio si rivela peggiore di qualsiasi aspettativa.

Infatti è perfetto. Non un bellone di plastica, ma un uomo che porta con eleganza i suoi cinquant'anni e il suo fascino.

Gentile e signorile, ma non affettato o untuoso. Simpatico, ma mai eccessivo, e intelligente nei modi e nelle parole. Premuroso nei confronti di Lavinia senza esserne zerbino calpestabile, né un possessivo ansiogeno.

E non basta: supera l'infallibile prova gatto Banzai, che poco dopo il suo arrivo gli va in braccio in maniera fiduciosa e rilassata.

Dal canto suo Lavinia lo guarda adorante, ma mia sorella su questo fronte è inaffidabile. Passa da follemente innamorata a insofferente in 0,001 secondi.

Mentre Alessandro e Claudio chiacchierano in attesa che sia pronta la pasta, lei mi raggiunge in cucina e mi sibila: "Piantala di guardarmi la pancia! Non sono incinta, Anna".

"Mai pensato, figurati... ho fatto la pasta. Con il pesto. Va bene la pasta con il pesto? Avrei fatto il risotto..."

"Allora, ti piace Claudio!?"

"Lo conosco da due minuti, Lavi. Al più posso dirti che ha due braccia, due gambe, non ha già una fede al dito e non sputa per terra."

Lavinia sbuffa, ma è serena, divertita, leggera. Bella come il sole e felice come l'ho vista di rado, anche considerando i suoi standard euforici da innamoramento.

Il pensiero di mio padre passa nella mia testa e rabbuia come una nuvola rabbuia l'immagine di mia sorella così piena di luce. No, per un po' non le dico nulla, finché non sappiamo qualcosa con certezza, la lascio nella sua bolla di gioia.

E comunque, secondo me, vista di profilo un po' di pancino ce l'ha.

A tavola conversiamo senza fatica: Lavinia non ha eccessi di spavalderia e sorride con una spontaneità che non le vedevo più da quando andava alla scuola materna, Alessandro è più sciolto rispetto alla sua solita riservatezza in caso di estranei e Claudio si conferma la persona che ho sempre sognato per mia sorella.

Siamo ormai al dolce.

Luca ci guarda con gli occhi vispi e le guance a mela, seduto a capotavola sul suo rialzo della sedia mentre noi adulti alterniamo risate e battute. Poi alza una manina: "Mimi, posso dire una cosa?".

"Amore, un attimo che sta parlando papà."

"Sì, prima di cena Claudio mi stava raccontando che abita qui solo da otto mesi."

"Ah, davvero? Gradite ancora un po' di torta? Vado ad accendere la macchina del caffè? Dove vivevi prima, Claudio?"

"Mimi, posso dire una cosa?"

"Un attimo solo, Luca."

"Ho abitato in Inghilterra per molti anni."

"In Inghilterra ci vivono gli inghilterresi. Mimi, posso dire una cosa?"

"Inglesi. Un istante, bimbo. Finiscono il discorso i grandi. Se volete abbiamo anche del gelato... Sei stato in Inghilterra per lavoro immagino."

"Sì, più o meno."

"Mimi..."

"Per curiosità, Claudio, che lavoro fai?"

"Sono un pastore metodista."

E in un istante piomba un terribile silenzio come se la colomba candida della serenità che fino ad allora aveva volato leggiadra sopra di noi fosse morta d'infarto stramazzando sul centrotavola.

"Che cosa sono i maciocchi?" chiede Luca sorridendo.

"Ma dai, Anna, cosa c'è di così drammatico?!" mi ha chiesto Alessandro prima di andare a letto.

"C'è che noi i preti non li sposiamo! Noi i preti ce li mangiamo da generazioni e generazioni!"

Perché la mia famiglia è atea da sempre. Un mio trisavolo era di certo l'illuminista dal volto arcigno e votato alla scienza dei ritratti settecenteschi e, ancora prima, un mio avo era quello che vedendo Gesù che camminava sulle acque diceva agli altri stupefatti "è un banale trucco di illusionismo". Perfino Alessandro, uomo tranquillo, da bravo fisico della materia, anche se cerca di rasserenarmi ha accusato il colpo come se gli fosse stato dato un pugno dritto nello sterno: poi si è ripreso e ha proseguito la serata con *savoir faire*, ma anche con un fastidioso tic all'occhio sinistro. Io da quando parlo con animali e piante ho nella testa un frullato tale che ho mandato a farsi benedire qualsiasi convinzione basata sulla logica e di fronte alle questioni divine l'unica cosa che posso dire è: "Boh, adesso non ho tempo di pensarci". E già sulla questione comunque mi sento cedere le gambe.

Ma mio padre...

Ecco, pensavo che Lavinia non sarebbe mai riuscita a deluderlo, ma mia sorella ha avuto una mira micidiale e con un colpo netto ha trovato l'unico pezzo di criptonite dell'universo in grado di devastare il rapporto con lui: fidanzarsi con un prete.

Alla domenica mattina alle cinque e quaranta, di fronte alla finestra della cucina e con in mano un'enorme tazza di caffè, tutto questo mi appare incredibilmente spiazzante e ridicolo sia in tematica che in tempistica. Banzai dal canto suo mi guarda incuriosito.

"Ma di preciso, umana, il problema qual è?"

"Diciamo che la visione della vita del signor Claudio collide pesantemente con la visione che invece ha la nostra famiglia."

"Nostra famiglia quale?"

"Nostra famiglia nel senso di me, Alessandro e soprattutto dei nostri genitori... intendo quelli miei e di Lavinia."

"E con la visione di Lavinia?"

“Non lo so, mia sorella solitamente va per passioni passeggere e abbraccia le cause dei suoi amori in maniera poco ragionata e tendenzialmente suicida.”

“Ma lui, questo maschio, sembra uno che l’adotterebbe e se la porterebbe a casa?”

“Sì, cioè, noi umani non è che ci adottiamo in questi casi... comunque sì, è uno che se la porterebbe a casa, forse poi ce la terrebbe addirittura per più di qualche giorno.”

“E allora? Meglio di così. Voi umani siete strambi: uno di voi è problematico e più è problematico più vi preoccupate di risolvere i problemi suoi facendoli diventare anche vostri. Ma se è problematica tua sorella, che ti interessa dei problemi suoi? Saranno suoi. Tra l’altro, il problema è lei per te. Ti liberi di lei, ti liberi del problema tuo che è lei e anche dei problemi suoi. Veloce, pulito, in un colpo solo. Sono stato chiaro?” e comincia a leccarsi il sedere.

“Chiarissimo Banzai. Però in tutto questo l’affetto dove lo metti?”

“Lo metto che se sei problematico ti voglio bene lo stesso. Ma ti voglio ancora più bene se mi stai lontano.”

12.

Lunedì mattina chiamo la mia analista e lei mi risponde con una punta di malcelato timore. Quando ha visto lampeggiare il mio nome sullo schermo del cellulare, immagino che abbia pensato subito: "Uh, che pessimo inizio di settimana!".

È stato scorretto nei suoi confronti sparire così, senza un saluto. Però l'ho sempre pagata regolarmente, non le ho lasciato buchi in agenda perché ci incontravamo con appuntamenti fissati di volta in volta, quindi, se l'ho ferita, l'ho ferita solo nell'orgoglio e alla fine lei sa come sono fatta: vagamente volubile e tendenzialmente sfuggente quando si tratta di questioni che mi riguardano.

Cose come la palestra: dovrei andarci verso l'ora di pranzo e invece ho già scritto ad Alberto il fisioterapista che non ci riuscirò. L'ho fatto così, per atto di coerenza con l'analista e per chiarire a me stessa che non l'ho abbandonata per una questione personale, ma proprio perché sono così, brutta a trecentosessanta gradi.

Peccato che Alberto il fisioterapista sia un mastino e mi abbia risposto subito che se non vado domani mi viene a prendere a casa e mi trascina in palestra di forza.

Invece lei ha reagito al mio magico sfumare dal suo orizzonte con il più totale silenzio perché la cosa non deve esserle dispiaciuta più di tanto. Alla fine temo che il mio parlare con animali e piante la destabilizzasse: aveva cercato di convincermi in ogni modo che le mie chiacchierate fossero solo frutto di proiezioni di aspetti di me che non avevo pienamente accettato.

Con il tempo però le avevo fornito tali e tante prove da mandare in crisi il suo sistema di valori. Quando le avevo rivelato che la pianta grassa che teneva nel suo ufficio a forza di sentire gli sfoghi dei suoi pazienti era entrata in depressione e aveva elaborato tendenze autolesioniste, motivo per il quale tendeva a crescere da un lato solo per sbilanciarsi e far cadere il vasetto dalla mensola, lei era esplosa in una risata isterica e mi aveva chiesto di sospendere la seduta. Fatto sta che la volta successiva la pianta non era più in ufficio e, dopo alcune settimane, lei aveva ammesso che la sistemazione in casa con vista parco l'aveva fatta riprendere alla perfezione e la pianta aveva prodotto addirittura un fiorellino rosso di ringraziamento.

"Anna, che sorpresa sentirti dopo tanto tempo."

"In effetti, dottoressa, è passato qualche mese."

"Sette mesi e mezzo, per la precisione."

Urca, addirittura il mezzo mese, e me lo dice con un tono che fa capire che se le chiedo i giorni precisi e le ore può comodamente farne il calcolo.

"Sì, più o meno. Però le garantisco che non sono diventata più matta di prima. Mi mantengo nel solito intervallo di follia preventivata."

"Mi stai telefonando per dirmi di prepararmi spiritualmente ad accogliere nuovamente i tuoi racconti sulle conversazioni con animali e vegetali?"

"Sì, cioè no... verrò, tornerò... vediamo... però a dire la verità la chiamo per un motivo lavorativo. Potrei fare un salto da lei per fare due parole su Luigi Barani?"

La mia analista resta in silenzio.

"Immagino che mi spiegherai come mai te ne interessi, ma certo che possiamo parlarne, Anna," mi risponde con un leggero tremore nella voce. "Questa mattina sono a casa perché sto attendendo la consegna da parte di un corriere. Se per te non è un problema passare di qua, ti aspetto fra mezz'ora."

Non avrei mai sperato in una disponibilità in tempi così brevi.

Certo che non è un problema. Mi faccio lasciare l'indirizzo, riempio di crocchette la ciotola del gatto, do le briciole di gamberi alle tartarughe, un goccio d'acqua al ficus così smette di polemizzare e salgo in auto.

Solo allora controllo meglio l'indirizzo che mi ha fornito.

Casa sua è nel quartiere cittadino delle ville, esattamente quello nel quale si trova la casa di Barani.

La moglie del signor Barani si chiamava Rachele Rustici.

La mia analista Ada, Ada Poldi Rustici.

Come ho fatto a non pensarci al volo? La dottoressa è una sua nipote.

Che la mia analista fosse una persona senza problemi economici lo avevo dedotto dallo studio elegante e dai tailleur impeccabili. Non avevo però mai correlato il suo cognome con quello della famiglia più nobile e facoltosa della città, la famiglia Rustici, quella di palazzo Rustici, di via Rustici, della collezione Rustici di quadri donati alla pinacoteca della città, della Borsa di studio Rustici per studenti meritevoli, del parco Rustici. Giusto per dirne solo qualcuna.

Per me lei era sempre stata solo "dottoressa", uno di quei titoli che bastano a sé stessi e danno un ruolo definito che non necessita di individualità e diritti personali, un po' come "mamma".

Per rispetto della sua privacy non avevo mai chiesto nulla alla pianta grassa depressa che, tra l'altro, nelle poche occasioni di libertà solitaria non faceva che inondarmi delle sue insoddisfazioni.

Sapevo solo che non era sposata e non aveva figli, informazioni che le avevo chiesto esplicitamente una volta nella quale mi aveva messo in difficoltà con le sue domande e per difendermi ero partita al contrattacco. Quando mi trovo di fronte alla sua villa c'è subito qualcosa che mi ricorda quella di Barani, un'essenzialità elegante, un senso della misura che manca a molte case vicine in quel quartiere riservato a pochi.

Lei mi sta aspettando nel giardino e fatico a riconoscere

in quella donna struccata, con una semplice camicia di lino bianco e pantaloni leggeri di cotone, la dottoressa curata ed elegantemente rigida che ho esasperato per mesi.

Quando entriamo in casa, però, nel suo cenno fermo mi invita a sedere sul divano leggo che ha indossato nuovamente la sua tenuta da distacco e il suo disappunto nei miei confronti per la mia fuga vigliacca mi trapassa come uno stiletto.

"Dottoressa, sono stata molto scorretta nel piantare a metà il percorso che avevamo iniziato e me ne scuso," provo a intenerirla, usando la strategia del cerbiattino indifeso di fronte al puma.

"Anna, sappiamo benissimo entrambe che il tuo abbandono patologico di qualsiasi attività di cura nei tuoi confronti è una costante, così come il tuo chiedere in seguito scusa per continuare a fare quello che ti fa più comodo. Ne convieni?"

Niente, cerbiattino sbranato.

E mentre mi dice ciò sento il rumore di un messaggio sul mio cellulare abbandonato nei meandri della borsa. È senza dubbio Alberto il fisioterapista che mi sgrida perché, pur di tirargli un bidone senza farmi fare mille storie, gli ho detto che domani senza dubbio ci sarei andata. Ma lui non ci è cascato. Dovevo stare sul vago, tentennare cercando scuse a casaccio, tutte cose tipiche di me: sarei stata più credibile.

"Sì, ne convengo."

Intanto che mi prendo questa sintetica ed efficace pettinata, i miei occhi vagano nella sala piena di librerie e sui titoli sufficientemente grandi perché io li legga, dove scorre come unica tematica la psicologia freudiana. Così come un'enorme foto di Freud campeggia sulla cappa del camino, quasi fosse un progenitore stimato e sempre presente seppur andato fra i più da un discreto periodo di tempo. Anche in questa casa, come in quella di Barani, è presente un giardino interno, ben più piccolo di quello di casa del signor Luigi, ma pur sempre un particolare che mi conferma la medesima mano progettuale.

A un tratto, dal giardino emerge un batuffolo bianco: un'incantevole gatta d'angora dagli occhi verdi splendenti e che sembrano truccati con il kajal.

"Anna, come posso aiutarti?" mi chiede la dottoressa e poi volge lo sguardo verso la gatta che la disdegna e si appoggia come un piumino da cipria sul divano sul quale sono seduta io. "E guai a te se ti permetti di dirmi cosa riferisce la mia gatta o qualsiasi creatura vivente presente in casa mia."

"La vedi questa com'è?" dice in risposta la gatta sbadigliando annoiata. "È palesemente un processo di negazione legato a traumi infantili irrisolti risalenti alla fase orale."

Guardo quel pelo vaporoso e il musino dolce con gli occhi socchiusi posato con grazia su una zampetta. Da gattara non posso resistere e faccio per allungare una mano, ma la gatta senza aprire gli occhi mi allerta: "Se ti azzardi a sfiorarmi ti stacco un arto".

Mi riconcentro sulla mia analista: ha notato il mio accenno di movimento abortito sul nascere che le fa sorgere il sorrisetto tristarello di chi ha un animale bastardo, ma che non è bastardo solo con lei e quindi per qualche minuto vede alleviato il suo senso di inadeguatezza.

"Dottoressa, l'ho disturbata per chiederle di parlarmi un po' di Luigi Barani. L'agenzia dove lavoro è stata incaricata dai figli del signor Luigi di fare qualche accertamento ed ecco, durante un sopralluogo ho trovato molte foto nelle quali lei era con lui e i suoi famigliari."

Lei si appoggia alla spalliera del divano e fa un sospiro.

"Lo zio Luigi mi era molto caro, Anna. Era il marito della sorella di mia madre. I miei genitori e i miei zii sono sempre stati legati ed essendo io l'unica femmina e la più piccola, sono stata sempre molto coccolata. In particolare lo zio ha avuto molta cura di me, soprattutto dopo la morte di mio padre."

La dottoressa cede nuovamente alla donna dalle linee rilassate e a loro modo arrese che mi ha accolto all'ingresso.

"Ero solo una bambina in crisi, ma mia madre e mia zia avevano un carattere diverso dal mio, erano molto pragmatiche, non concepivano il fatto che quel lutto mi lasciasse indifesa e senza l'energia per reagire. Non fraintendermi, Anna, devo moltissimo anche a mia zia che si occupò di me quando mia madre si ammalò, ma lei era solo un sostegno molto pratico. Lo zio Luigi invece mi restò vicino fin dal primo momento in maniera gentile e affettuosa. Anche successivamente mi ha aiutata e sostenuta in adolescenza, in una fase nella quale avevo perso ogni fiducia in me stessa. A questo punto non posso che ammettere che lui ha avuto la capacità e la pazienza di essermi vicino più di quanto non abbia saputo fare io con lui."

"Processo di idealizzazione dello zio dal quale emergono i sensi di colpa per non aver supportato a sufficienza lo zio stesso quando evidentemente aveva bisogno e per il quale troverà molto rapidamente una scusante per l'autoassoluzione. Immancabile per un ego non strutturato alla corretta presa in carico delle proprie responsabilità adulte," dice la gatta con un miagolio tenerissimo che in realtà è una rasoiata.

"Ma mio zio Luigi, Anna, era una persona molto chiusa, per molti aspetti insondabile, ha sempre tenuto fuori un po' tutti dal suo mondo emotivo e, anche se aveva gravi problemi come poi è risultato, non li ha condivisi con me anche se lo chiamavo di frequente."

"E che ti avevo detto?" dice flemmatica ancora la micia mentre cerco di ignorarla.

"Dottoressa, lei conosceva la signora Oxana? Mi sa dire che tipo era?"

"L'ho incontrata in giro con mio zio o le poche volte in cui sono andata a casa sua negli ultimi anni." È palese che la mia analista non sia a suo agio nel ruolo di chi risponde alle domande anziché di chi che le pone, però nonostante faccia fatica mi risponde. "Era brava, molto professionale e ritengo che i miei cugini si debbano baciare i gomiti per aver trovato un aiuto così capace. Come mai me lo chiedi, Anna?"

"Non so se lei sa che suo zio a livello testamentario ha fatto un piccolo lascito alla signora. I suoi cugini non l'hanno presa bene e per questo ci hanno incaricato di verificare se la donna avesse plagiato il padre."

A questo punto lei scoppia a ridere.

"Ecco, parte con segni palesi di isteria," miagola appena la gatta, sempre fingendo di dormire.

"Guarda, Anna, questo atto di zio Luigi non mi lascia stupita, è molto nelle sue corde. Questa idea sciocca è tutta di Andrea, non ho dubbi. Tra l'altro ritengo che Oxana abbia vissuto con lo zio e gli sia stata vicino in questi quattro o cinque anni molto di più che i suoi due figli messi insieme per una vita."

"Transfert della sua figura paterna con correlata gelosia nei confronti dei figli legittimi," e la gatta si stira appena.

"Mi pare di capire che lei non abbia molti rapporti con i suoi due cugini."

"Capisci bene, cara. Con Andrea è impossibile avere a che fare perché da sempre vive per lo studio e il lavoro. Da quando è andato ad abitare a Milano, quasi vent'anni fa, si può dire che ci siamo intravisti solo al funerale di parenti comuni e del padre. E con Giorgio..." e qui lei ha un sorriso, "be', con Giorgio è differente, perché con lui nessuno ha più a che fare."

"In che senso, dottoressa?"

"Nel senso che Andrea parla, fa e decide a nome di tutti e due perché Giorgio è diventato un frate francescano e da anni fa il missionario in Africa. Non so neanche se Andrea sia riuscito a contattarlo per comunicargli di zio Luigi. Al funerale non c'era. E, in ogni caso, quando ha preso i voti ha lasciato piene deleghe a padre e fratello, per cui Andrea se deve fare lo stronzo frustrato lo fa impunemente e nasconde la cosa dietro al nome di entrambi."

La franchezza della mia analista è secca e totale, eppure quando dice il nome di Giorgio la voce le si vela di una dolcezza triste. Alla fine mi ha spiegato il perché dell'assenza fino a ora per me incomprensibile di un fratello Barani.

"Dottoressa, a suo parere allora Oxana..."

"A mio parere Oxana non ha fatto niente di male e mio zio Luigi era una persona dall'animo gentile e portato ad atti di generosità, cosa che mio cugino Andrea, che è pieno di pregi da un punto di vista intellettuale, emotivamente invece proprio non sa concepire."

"L'Andrea l'ho visto una volta e direi che ha una personalità complessa e diffidente originatasi probabilmente nell'infanzia a causa di eccessiva possessività materna legata a un suo problema di natura fisica, problema nello specifico correlato agli occhi. Dunque è inquadrabile come un asociale frustrato con tendenze maniacodepressive. Una palla d'uomo, 'nzomma," miagola la gatta con il muso appoggiato languidamente su una zampetta candida.

La mia analista si alza. Il tempo a me dedicato è finito e non era neanche così scontato che me lo avrebbe concesso. Ho però ancora qualche curiosità.

"Dottoressa, lei era al corrente del progetto di suo zio per uno spazio espositivo alla moglie?"

Lei mi guarda stupita.

"No, ma, come ti ho accennato, io e mio zio parlavamo poco e ormai solo del più e del meno. Era una persona davvero poco comunicativa. Mi fa piacere sapere di questo progetto, però. Anche questo è un atto e un pensiero che gli appartiene molto."

"Non so se a questo punto i figli... il figlio Andrea vorrà portarlo a termine."

La mia analista ha gli occhi stanchi ed è più provata dalla nostra chiacchierata di quanto non voglia dare a vedere.

"Solo un'ultima domanda e vado. Lei si aspettava che suo zio si sarebbe suicidato?" mentre la voce esce dalla mia bocca mi rendo conto della durezza delle mie parole e che avrei potuto essere più delicata, ma lei non ne sembra ferita, almeno non lo è dai miei modi.

"Le persone sono complicate. Per gestirci meglio e trovare una nostra dimensione di adeguatezza le ricopriamo delle nostre aspettative e se non vi rispondono restiamo delusi o stupiti come se fossero loro a non essere coerenti, mentre semplicemente vivono la loro vita. Non so cosa abbia provato mio zio Luigi quella sera e cosa lo abbia portato a impiccarsi. Certo da quando era morta mia zia, il suo era diventato solo un lento attendere l'ora di ritrovarla. Se c'era qualcuno che ha amato una donna su questa terra, questo è stato mio zio con sua moglie. Personalmente non ho mai pensato che lui si sarebbe potuto suicidare. Era una persona profondamente triste, da sempre con un'indole portata alla malinconia, ma era intelligente e razionale: se ha fatto ciò che ha fatto aveva delle ragioni, non si è certo lasciato andare a un momento di sconforto passeggero."

"Vuole dire che non era depresso, e se ha scelto di farla finita lo ha fatto con consapevolezza?"

"Sì, è esattamente quello che volevo dire. Si finisce spesso per usare il termine depresso e triste come sinonimi quando non è affatto così. Nella nostra famiglia non siamo portati alla depressione, ma la tristezza è un marchio di fabbrica."

"Avevo capito che però il signor Luigi fosse un suo parente acquisito."

"Infatti. La tristezza è un marchio di fabbrica che le donne della mia famiglia trasmettono agli uomini che le accompagnano. Non per nulla ho deciso ben presto che preferivo restare sola."

E gira gli occhi e il capo intorno, come a indicare quella casa. Grande e vuota.

La gatta viene a strusciarsi contro le nostre caviglie. È di una morbidezza irresistibile, faccio per tentare di nuovo di allungare una mano e "Se ti azzardi ti stacco le dita con una zampata," miagola morbidamente, e io torno in posizione inoffensiva.

"Anna, la mia gatta è meravigliosa, ma feroce e sanguinaria in caso di qualsiasi approccio fisico. Penso che tu l'abbia capito o che, come dici sempre, lei te lo abbia detto. Comunque penso sia così a causa del fatto che è stata tolta molto piccola alla mamma: tenuta per i primi mesi di vita in una gabbietta, ha sviluppato una anaffettività."

"Anaffettività con il cavolo. Io provo emozioni e sentimenti e li provo forti e chiari, solo che sono per lo più di disgusto e disprezzo. E questo far risalire tutto ciò alla mia infanzia è palesemente errato e semplicistico come quasi tutto ciò che blaterano quelle che come lei sono di scuola psicologico analitica di stampo freudiano. Basterebbe che leggessero qualsiasi libro di Jung e aprirebbero a nuovi orizzonti la loro piccola mente ottusa. Roba da matti!" che alla fine è sempre un miaomiao adorabile.

Analista freudiana con una gatta junghiana è il massimo dell'incubo da convivenza domestica.

Intanto penso a quel "come dici sempre". Ormai sono

alla porta che è anche già aperta. Un chiaro invito ad attraversarla.

"Dottoressa, ma lei mi crede quando le dico che parlo con gli animali e le piante?"

"Qui la questione non è che io ti creda, bensì ciò che è giusto fare per il tuo benessere. Dunque non ti chiederò se riprenderai il percorso di analisi che abbiamo iniziato. Dopo il pesantissimo shock provato dall'aver rischiato la vita e aver vissuto sulla pelle una così brutale esperienza, ritengo che tu debba affrontare i nodi irrisolti della cosa. Ma questo è il mio parere e tu come al solito farai quello che ti pare. Quando vorrai, sai dove trovarmi."

Urca, peggio del "ti amo, ma se vuoi che la nostra storia continui devi fare chiarezza nel tuo cuore".

Nella borsa di nuovo plip plop dal cellulare. Sarà un'altra sgridata di Alberto il fisioterapista. Sì, scrive: "Fai un po' quello che ti pare, dovresti però continuare e io lo dico per te".

In pochi giorni tre persone mi hanno detto che faccio sempre quello che voglio: forse dovrei aprire una riflessione seria sulla cosa.

Intanto la dottoressa e la gatta se ne tornano dal cancelletto verso la porta di casa.

E la gatta a piumino miagola alla padrona: "Ti garantisco che sì, questa qua parla davvero con gli animali. Ma non ti devi preoccupare perché sente il testo ma, a vedere le facce che fa, il senso mica lo capisce".

13.

"Secondo te io sono una persona che non ascolta i consigli e fa sempre quello che le pare?"

"Sì. Cosa volevi, Anna?"

Ragguaglio telefonicamente Cantoni sulle novità ricevute dalla mia analista e lui sapeva già del fratello frate missionario, ma non mi aveva detto niente.

"Certo che me lo potevi dire."

"Che cosa?"

"Che il fratello di Andrea Barani è frate missionario in Africa. Io me lo immaginavo megadirettore galattico in qualche gigantesca azienda di produzione armi a interpretare l'incarnazione del male."

"Non siamo entrati nel discorso."

"E poi certo che potevi anche evitare di dirmelo."

"Signore benedetto... cosa, Anna?!"

"Che sì, sono una che fa sempre quello che le pare. E poi, Cantoni, i tuoi colleghi nelle forze dell'ordine si stanno attivando per cercare di scoprire il vero responsabile della morte del signor Luigi?"

Lui sbuffa.

"No, temporeggiano. In ogni caso..."

"In ogni caso il quesito dei nostri clienti è differente e noi dobbiamo rispondere solo a quello. Lo so, Cantoni. Lo so. Novità su Andrea Barani e la sua situazione economica?"

"Per ora non solo il suo studio ha i bilanci in attivo, ma sembra che lui faccia una vita ritirata, senza spese ed eccessi."

"E sul discorso alana?"

"Sul discorso alana siamo messi che non esiste, Anna, quindi trova un'altra soluzione per far parlare il cane. Ora ti saluto."

"E invece sul fronte Barani, cosa facciamo?"

"Tu nulla, per ora. Oggi vedo l'architetto mio amico. Forse. Nei prossimi giorni andiamo nella vecchia azienda di Barani così facciamo una chiacchierata con chi lo conosceva bene. Dopo di che contattiamo il cliente e chiudiamo la storia."

"Cantoni..."

"Eh."

"Posso venire con te dal tuo amico architetto?"

"No. Saluti." Clic.

Il solito cafone. Adesso mi lascia con il tempo di andare in palestra, volendo, ma ormai ho avvisato Alberto: se poi mi vede andarci perdo coerenza sul fatto di essere una bidonara inaffidabile, un'immagine che ho costruito con impegno nel tempo.

Soprattutto non impegnandomi sul lavoro mi abbandona con del tempo per pensare. A Lavinia e al suo pastore protestante. A Caterina, al silenzio pesante dal quale è avvolta in casa mentre paura e preoccupazione le pesano sempre più sulle spalle. E un po' anche a mio padre, e mi spiace non pensare a lui come l'anello debole e in difficoltà di questa situazione, ma come colui che farà deflagrare la sua malattia tutta all'esterno liberando l'onda d'urto contro Caterina e me, trasformandoci in mucchi di cenere, lasciando contro i muri solo le pallide ombre di ciò che eravamo.

Infilo la macchina nel primo parcheggio.

Scrivo: – Come stai, Caterina? Posso fare qualcosa? – e dopo qualche secondo mi arriva la risposta.

Scontata. – Va tutto bene, grazie. Non ho bisogno di nulla. Riposati stella cara, vi aspettiamo oggi pomeriggio.

Lo so benissimo che non va bene niente, che avrebbe bisogno di sostegno, aiuto, conforto, riposo, istanti di allegria al di là di quelli donati dal mio bimbo squinternato e trottolante in mutande per il giardino.

Mi viene in mente una foto di Luigi Barani e del suo sorriso mite, molto lontano da quello che si può immaginare per un grande industriale che a suo tempo aveva creato un piccolo impero dal nulla.

Chissà se figli e nipote mandavano messaggi come quello che ho mandato a Caterina e ricevevano la medesima risposta che sapevano essere falsa. E chissà se ora si chiedono se avrebbero dovuto fare di più, non far finta di credere a quella menzogna a fin di bene e impegnarsi davvero, aiutare il loro caro che in realtà annaspava nella disperazione e che se ne era lasciato travolgere in totale solitudine. E chissà se l'immagine di lui resterà per sempre offuscata da un senso di colpa lacerante per il fatto di sentirsi comunque in parte responsabili del fatto che si sia suicidato.

Mentre mi ritrovo a casa quasi in automatico, di nuovo plip plop del cellulare. Alberto il fisioterapista non può essere, avrà mollato lì. Caterina nemmeno, ci siamo sentite un minuto fa. Mio marito mi chiamerebbe. Resta solo l'opzione di una fantastica offerta del mio operatore telefonico, un'opportunità alla quale non posso assolutamente rinunciare.

Invece no, è Simona, l'amica mia del corazon che mi scrive: – Dimmi che fra mezz'ora ci sei per un caffè nel bar di fronte al supermercato –. E certo che ci sono.

Subito dopo, arriva un messaggio della mia analista.

– Se mio cugino non volesse portare a termine il progetto dello zio, cosa che ritengo probabile, vorrei farlo io. Per cortesia Anna tienimi informata. Per me è importante. Ada.

14.

“Hai preso un colpo di calore? Non lo voglio un carlino. Mi vedi? Non ho il tempo di lavarmi la faccia e ho paura che prima o poi, quando porto i bambini a scuola, mi carichi il camion del pattume credendo che io sia un sacco dell’umido, figurati se ho le energie di *uscire a pisciare* un cane.”

Ci ho provato: non che ci contassi, ma un po’ me la vedevo Simona alle prese con Carl, con lui qui al bar che ci provava anche con le gambe delle sedie e lei che fioriva dando il meglio dei suoi improperi.

“Scusi, ci porta altre due paste? Due bomboloni. Al forno? Scherza? Quelli fritti, ovviamente! Grazie, eh?”

“Simona, no dai, il bombolone fritto…”

“Il bombolone fritto sì! Non lo vuoi tu? Nessun problema, li mangio io tutti e due, che così mantengo le simmetrie: uno per chiappa. Su, che devo andare a fare spesa. Parliamo male dei mariti, soprattutto del tuo: insiste ancora che tu molli il lavoro in agenzia?”

“Non insiste perché pensa che dopo mesi di tentativi sia inutile. Adesso ha un’altra strategia: si impegna a dimostrarmi quanto, per la scelta che ho fatto, lui sia profondamente deluso da me.”

Perché mio marito, che io abbia rischiato di perdere la vita per il mio lavoro e la mia testardaggine non se lo è mai scordato, non me lo ha mai perdonato e non se ne fa una ragione.

Così dal mio ritorno a casa con un cerottone in fronte e parecchi lividi sul corpo e nell’anima, lui prima ha cercato di alimentare le paure che avevo cominciato a provare perché decidessi autonomamente di lasciare l'agenzia. Quando poi le ho vinte allora mi ha detto che questo mestiere lo metteva in ansia e avrebbe voluto che lo abbandonassi.

Di fronte al mio diniego, lui ha cominciato a farsi mangiare dalla preoccupazione, poi dalla rabbia e quel suo affetto così profondo da volermi tenere a tutti i costi al sicuro si è tramutato in un sentimento di rifiuto.

Sospiro e, forse sapendo che di fronte ho Simona, una colonna portante della mia vita, sento un cedimento strutturale all'altezza del petto e mi si velano gli occhi.

"Eh no, eh, Anna," dice Simona appoggiando il bombolone che ci ha portato la barista prima di dargli un morso, cosa che mi dimostra quanto mi voglia bene.

"Simo, non voglio lasciare questo lavoro, ma tu dici che...?"

"Allora, no che non devi lasciare il lavoro. Devi solo aver pazienza. Adesso ti spiego come funziona: hai presente che i maschi hanno il cromosoma Y? Vuol dire che rispetto al cromosoma X gli manca un pezzettino. Questo si traduce con il fatto che ci arrivano, però un pochino dopo. E questa è genetica. Quindi, in soldoni, porta pazienza e vedrai che ad Alessandro passerà," e finalmente dà l'attacco al bombolone, scaravoltando gli occhi in espressione goduriosa. "Al forno me lo voleva dare il bombolone... ma siamo pazzi?"

La mia amica che riesce sempre a buttare tutto così magistralmente in vacca da farmi sorridere.

"Simo, sai che noi due abbiamo messo al mondo altri tre maschi, vero?"

"Embè?!" trilla allungandomi il piattino con il bombolone rimasto. "Tutto quello che dico non vale per i nostri figli, loro sono senza dubbio perfetti. Porta pazienza, sciroccata. Prima o poi però mi racconterai meglio com'è questo lavoro di segretaria in un'agenzia. Se serve una che sa muoversi in incognito fra gli scaffali degli alimentari e dei banchi frigo, sono a disposizione. Dai che è tardi, devo far spesa. Vieni con me? Ti metto nel seggiolino del carrello."

Non nel seggiolino, ma a far la spesa con lei ci vado eccome. E, alla cassa, l'amica mia mi regala anche un ovetto di cioccolato.

Mio padre al pomeriggio non si fa vedere perché tanto per cambiare è all'università.

In mattinata dovrebbero essergli arrivati i risultati delle prime analisi, gli ho telefonato per chiedergli informazioni a brutto muso, ma mi ha risposto seccato che era impegnato e mi avrebbe spiegato in altra occasione.

Alessandro mi guarda mentre infilo i piatti in lavastoviglie e brontolo.

"Mercoledì mattina avrà la TAC e si farà accompagnare da Caterina che, ovviamente, tratterà come poco più di un'autista. E anche lì scommetto che non dirà nulla. Ma mi chiedo e dico, cosa si è fatto accompagnare a fare dal medico per poi chiudermi fuori dalla porta della sua vita come al solito?"

"Anna, sai com'è fatto e probabilmente anche lui deve elaborare la cosa. Non è una persona abituata a chiedere."

"Se per questo nemmeno a dare."

"Anche. Però probabilmente vuole provare a fare da solo tutto quello che può, ma ha bisogno anche di sapere che voi sapete. Anzi, che tu sai."

Mi seggo o, più opportunamente, mi accascio sulla sedia. Ora che ci penso non mi metto seduta da un numero di ore imprecisato.

"Vedrai che ti parlerà, che ti dirà quello che c'è da dire quando si sentirà di dirlo. Se ci pensi, sono passati pochissimi giorni da quando non è stato bene, dagli un po' di tempo."

"Ale, di tempo gliene do quanto ne vuole. Dovrei dargli anche fiducia, ma quella non so da dove tirarla fuori."

Mi stropiccio la faccia con le mani.

Fiducia, certo, ma anche affetto. Ho passato la vita a chiedermi se mio padre mi volesse bene e se ci fosse qualcosa di più brutto del non essere amati da un genitore. Ma ora la questione è: voglio bene io a mio padre?

Che brutta domanda...

"Ho cambiato l'acqua alle tartarughe intanto che mettevi a nanna Luca."

"Ale, mi spiace per queste due nuove ospiti isteriche."

"Non sono isteriche. Almeno per me che non le sento. E poi sono carine, poco impegnative e a Luca piacciono."

Carine. Dovrebbe sentire Rughina quando si sveglia al mattino ed è convinta di avere in corso un infarto e Tarta che mi dice che dovrei lavare le foglie del ficus con il latte per renderle più lucide, lavaggio di foglie che tra l'altro adesso il ficus pretende a gran voce pur di innestare una polemica nuova.

"Come va al lavoro, Ale?" gli chiedo sorridendo.

"Solite grane, ma in generale va bene. E a te come va? Il lavoro intendo."

Era da tanto che non me lo chiedeva.

Per un istante vorrei raccontargli tutto come facevo prima, dirgli del carlino, del signor Luigi, della mia analista, dello spazio espositivo, del fatto che non sappiamo come instradare gli inquirenti, vorrei mettermi sul letto a parlargli per ore come facevamo mentre Banzai passava dall'uno all'altra sventagliandoci la coda sotto al naso.

Vorrei, ma subito ho timore che quell'attimo di pace si frantumi in mille pezzi.

"Bene, grazie. Tutto bene," rispondo, poi mi alzo e ricomincio a sistemare le stoviglie.

Lui non chiede nient'altro, piega la tovaglia e poi va con sguardo sereno a leggere sul divano. Ha ricevuto la risposta che voleva. A domanda formale, risposta formale.

15.

Il cielo è coperto da nubi minacciose tipiche dei temporali estivi che sono un concentrato borbottante di energie incazzose.

È l'estate che dice "io porto avanti il mio mestiere di stagione soleggiata, faccio del mio meglio, mi impegno e tutti a lamentarsi del caldo. Allora io vi grandino dei chicchi grossi come arance sulla macchina nuova, così poi vediamo se a giugno cominciamo ad apprezzare il cielo terso".

Un tuono rotola sulla periferia cittadina preannunciando il peggio, mentre i primi goccioloni cominciano a piombare con grinta sul parabrezza dell'auto di Cantoni. Avrò vestito Luca troppo leggero o la canottiera lo farà sudare?

Mah, dubbi irrisolvibili. Comunque vada, gli verrà il raffreddore, la febbre, notti in bianco, figlio a casa per giorni, no ti prego non in questo periodo, ho già abbastanza problemi, non ce la posso fare.

"Che ditta aveva Barani?"

"Anna, dove vivi? In tutta la città penso che tu sia l'unica a non saperlo." Cantoni sempre adorabile "Luigi Barani era un geniaccio della meccanica. A partire dall'officina di suo padre, ha creato un piccolo impero brevettando più di quarant'anni fa tutta una serie di sue idee innovative. Hai presente quella enorme fabbrica rossa e grigia che si distende appena prima dell'imbocco della tangenziale?"

"No."

"Benissimo, la scorgono praticamente dallo spazio, ma tu

ovviamente non l'hai mai notata. Comunque è lì che stiamo andando ed è lo stabilimento più grosso dei tre che si trovavano sul territorio regionale e che davano lavoro a quasi trecento persone."

"Annare', in città tutti conoscevano Barani perché l'intera zona beneficiò di quello che fece sia in termini di posti di lavoro che per l'indotto," continua Tonino con gentilezza. "In questa zona a Barani gli volevano bene. In più stava vicino all'officina e ai suoi operai, dicono che fosse rimasto sempre una persona semplice."

"Sei anni fa," continua Cantoni, "capito e digerito il fatto che i due figli non erano interessati in nessun modo a proseguire la sua attività, Luigi decise a sorpresa di andare in pensione e vendette l'azienda a una multinazionale."

"E come vendette alla multinazionale, Annare', figuratevi se la musica non cambiò," va avanti Tonino. "Esternalizzazioni, tagli al personale, licenziamenti. Solita storia di sempre in questi casi."

"I due stabilimenti distaccati vennero chiusi e gran parte della produzione fu spostata all'estero."

"Bastardi."

"Piantala, Tonino. Ora è rimasto questo stabilimento, anche se fortemente meccanizzato, per cui i dipendenti da centocinquanta che erano, al momento sono solo ottanta più altri trenta che vengono reclutati all'occorrenza con contratti volanti. Una parte della vecchia guardia è rimasta, persone che hanno vissuto tutta la vita di fianco a Luigi Barani e che possono raccontarci che tipo era."

"E dirci se c'era qualcuno così determinato e con in mano motivazioni tanto forti da indurlo al suicidio," dico.

"Non è questo il quesito postoci dai nostri clienti."

"Sì, sì, Cantoni, ci penseranno gli inquirenti a fare chiarezza, come no. Noi ci atterremo scrupolosamente a chiedere quello che già sappiamo, ossia che Barani era un generoso e che le informazioni in nostro possesso propendono per una donazione volontaria..."

"... e che sconsigliamo al cliente di citare in giudizio la signora Oxana," conclude ridendo Tonino.

Cantoni scuote la testa arreso all'evidenza che come collaboratori ha due gran coglioni.

Intanto siamo praticamente di fianco all'imbocco della tangenziale e di fronte a noi, sotto un acquazzone che le spazzole dell'auto stentano a gestire, compare un cosone immenso rosso e grigio, grande, ma grande proprio, una cosa sterminata. Io passo di qua almeno una volta alla settimana. E, non lo ammetterò mai, ma il fatto di non averlo notato dovrebbe farmi interrogare su parecchie cose.

Quando veniamo accompagnati nell'ufficio del direttore di stabilimento da una segretaria decisamente giovane, decisamente pettinata e decisamente non dell'epoca Barani, mi accorgo che oggi indossare i sandali con la suola in paglia non è stata un'idea brillante.

Con la pioggia che abbiamo preso nel tragitto fra l'auto e l'ingresso, le mie scarpe hanno infatti assorbito l'assorbibile come spugne. Ovviamente Cantoni se ne accorge e mi lancia uno sguardo da compatimento deluxe.

Il direttore Saverio Conti si presenta da subito come un uomo gentile. Quando Cantoni gli ha chiesto l'appuntamento è stato disponibile e si dimostra ancora sinceramente scosso da quanto accaduto al vecchio Barani.

"Per tutti noi sapere del signor Luigi è stato davvero un colpo al cuore."

Una foto che ritrae Barani, lui e altri tre uomini in tenuta da officina, sorridenti e più giovani di una ventina d'anni, è appesa proprio dietro alla scrivania del direttore. Non so perché, ma più che una foto commemorativa di facciata, mi sembra un promemoria di una storia che non vuole essere dimenticata al di là dei cambiamenti.

Tonino ha un'espressione imperscrutabile, ma lo so che osserva l'uomo con uno stato d'animo torvo. Nella filosofia Toniniana, chi arriva a certi vertici aziendali e vi rimane anche al di là dei rivolgimenti drammatici legati a cessioni e cambi di padrone deve avere comunque un suo pelo sullo stomaco e una predisposizione naturale all'accettazione di compromessi. Diciamo così, Tonino ha una visione gerarchico-aziendale molto simile a quella della catena alimentare: se sei vegetariano, in cima non ci arrivi di sicuro.

Eppure l'uomo che ci troviamo di fronte mi sembra mantenere ancora molto dell'operaio ritratto dalla foto.

"Conosceva bene il signor Barani, immagino," dice Cantoni.

"Certo, cominciai a lavorare qua quando avevo sedici anni e la ditta era aperta da poco. Ho passato la mia vita qui dentro e Barani mi insegnò tutto quello che so," gli occhi prendono per un istante un aspetto liquido, e lui preferisce deviare il discorso. "Come posso aiutarvi?"

"Andrea Barani ci ha detto che lei e alcuni ex dipendenti ogni tanto lo sentivate ancora."

"Poco. Da quando era morta la signora Rachele, lui era sempre più stanco e sembrava che le nostre visite e le nostre telefonate lo affaticassero anche di più, motivo per cui noi tutti le avevamo diradate, per non essere invadenti."

Anche qui il senso di colpa per non aver fatto, per aver fatto, perché si sarebbe potuto fare o si sarebbe potuto evitare.

"Signor Conti, Luigi era...?" sto per chiedere, ma Cantoni prende in mano il suo cellulare, fa un'espressione stupita e mi ferma.

"Mi scusi, signor Conti, una telefonata alla quale devo rispondere. Continui pure con i miei collaboratori, arrivo subito," ed esce tirandosi la porta dietro e con il telefono già all'orecchio, mentre Conti dopo un cenno del capo torna a guardare me.

"Ecco... signor Conti, Luigi era una persona generosa?" riprendo.

"Senza dubbio. Alla fine, di tutto ciò che aveva guadagnato gli interessava davvero poco. Per lui la vita era stare in officina a progettare e costruire, a sporcarsi le mani. Conosceva tutti per nome, Luigi. E se sapeva che c'era qualcuno in difficoltà finiva sempre per fargli arrivare una gratifica."

Conti sorride pensando a qualche evento passato, non guarda più noi.

"Pensate che avevamo Pierone, un caporeparto, che aveva una bambina malata, ma i medici non ci capivano nulla.

Una volta Pierone, stanco morto, si era addormentato alla guida e aveva distrutto la macchina contro un palo. Così lui, poveretto, aveva cominciato a venire a lavorare in bicicletta con qualsiasi tempo. Venti chilometri a venire, venti a tornare," ci racconta. "Non aveva i soldi per prendere la macchina nuova, li teneva per far visitare la figlia a specialisti in giro per mezza Italia. E sapete Barani che fa?"

Il direttore di nuovo appoggia gli occhi su di noi, i gomiti sulla scrivania ed è come se fossimo al tavolino di un bar, di fronte a un caffè.

"Be', Barani compra una macchinetta di seconda mano, ma che andava un gran bene. Dice ad alcuni pochi fidati dell'officina di staccar via qualche pezzo perché non funzioni più. Poi la fa abbandonare nella stradina di fianco all'ingresso della fabbrica, dove Pierone passava in bici. Lui la nota un giorno, poi due. 'O Pierone,' gli dice dopo una settimana. 'Spostami un po' quella carcassa che fa far brutta figura alla fabbrica. Faccio la denuncia ai carabinieri che secondo me è un'auto rubata e l'hanno abbandonata lì.'"

Tonino ascolta con attenzione e comincia a sorridere.

"Pierone capisce che non è un'auto da buttare, vede che con due aggiustature si può sistemare e Barani bluffando gli fa: 'Pierone, i carabinieri mi hanno detto che non hanno riscontri e questa carcassa mi tocca pure tenerla e adesso dovrò spendere i soldi per demolirla. Avrei fatto meglio a mollarla dov'era'. E il Pierone si offre di aggiustarla. E Barani: 'Se vuoi sistemarla sistemala, ma poi te la tieni te perché io non mantengo una macchina che non mi serve'. Così Pierone in quattro e quattr'otto sistema a perfezione l'auto. Barani la vede e gli fa: 'Bravo il Pierone! Mi hai davvero risolto una grana e mi hai fatto risparmiare i soldi della rottamazione. Sai cosa faccio? Quei soldi della rottamazione lì te li do a te, per tua figlia. Così anche gli altri imparano che a impegnarsi si fa un gran bene.'"

E Saverio Conti scoppia in una risata spontanea, anche se gli occhi restano malinconici.

"Eh, Luigi Barani... Dopo un po' di tempo ha preso appuntamento con un luminare, ha detto a Pierone che era un suo amico e avrebbe curato la bambina gratis in nome della loro amicizia. Ma non era vero, secondo me ha pagato lui per anni le parcelle. Fatto sta che la bambina è guarita. E Pierone sapete quando ha saputo di tutto questo macchinare? Qualche anno dopo perché glielo ha detto uno dell'officina. Barani si è così arrabbiato, non l'ho mai visto arrabbiato così. Che poi dopo Pierone lo ha invitato alla cresima di Marta, la figlia, e poi a tutte le occasioni importanti. E Barani si imbarazzava. Così era Luigi Barani... era così..."

E di nuovo gli occhi gli si velano e il sorriso piano si spegne.

Cantoni rientra e si siede nuovamente di fianco a me. Non parla, io nemmeno, ma Tonino sì.

"Perché Barani, che era uno così, ha poi venduto alla multinazionale se sapeva come lavorano e che i suoi dipendenti ne avrebbero risentito?"

"No, guardi, non fu colpa di Luigi. Quando Barani cedette l'azienda, mise dei vincoli ben precisi all'acquirente e le cose non andarono come voleva perché alcune delle persone di cui si era fidato avevano una visione dei soldi differente dalla sua."

Lo sguardo di Conti a quel punto si rabbuia e i tratti del viso si tendono.

"Signor Conti, ritengo che abbiamo avuto tutte le informazioni che ci servivano," dice Cantoni.

Lo squadro stupita. Avrei altre cinquecentomila domande da fare.

Si alza, poi guarda Tonino e me che non possiamo che alzarci a nostra volta.

Conti fa il giro della scrivania per salutarci, io faccio un passo per andargli incontro e una delle scarpe, delle quali mi ero assolutamente scordata, con il peso si strizza e molla sul pavimento dell'ufficio del direttore un litro e mezzo di acqua piovana e di pozzanghera.

Ce ne andiamo verso l'uscita con Cantoni che si vergogna e sta dieci passi avanti a me per far finta di non conoscermi, Tonino che mi sta di fianco divertito e sornione e io che faccio scic sciac a ogni passo e perdo acqua, paglia e pezzi di scarpa lungo tutto il corridoio.

Appena saliamo in auto inondo i tappetini e borbotto: "Ma che ti è preso, Cantoni? Di nuovo come con l'Umpa Lumpa allo spazio espositivo?!".

Tonino ridacchia, va al posto del guidatore e Cantoni gli dice di partire e poi di fermare l'auto appena usciti dal cancello.

"La prossima volta stai più attenta alle piccole cose."

"Piccole cose tipo la lucetta dell'interfono accesa, Annare'."

"Lucetta accesa? Vuol dire che..."

"Vuol dire che il nostro affabile Saverio Conti voleva che qualcun altro ascoltasse la nostra chiacchierata. Quindi con la scusa della telefonata..."

"Lo sapevo che era finta!"

"No che non lo sapevi. Comunque con la scusa della telefonata sono arrivato fino al centralino dove ci ha accolto la segretaria. Ho sbirciato dal vetro quali luci fossero accese in contemporanea. E così ho visto che chi ci ascoltava lo faceva dalla *sala ospiti.*"

"Urca. E adesso perché siamo fermi?" chiedo ancora mentre Tonino passa a Cantoni la macchina fotografica che tiene chiusa nel cassetto del cruscotto.

"Perché mi viene da pensare che se chi ci ascoltava non lo faceva da un ufficio suo è perché lì non ne ha uno, quindi fra poco uscirà dallo stabilimento per andare altrove. Noi lo fotograferemo e cercheremo di capire chi è."

Detto questo scende e si copre la testa con il cappuccio della giacca, ma prima di chiudere la portiera dice a Tonino: "Tu porta a casa la madre di famiglia, che con i piedi bagnati si becca una polmonite, poi torna a prendermi".

Tonino sorride e parte mentre brontolo un: "Ma no, aspettiamo insieme! Non mi ammalo, giuro".

E faccio uno starnuto e continuo a starnutire anche mentre la nostra auto si allontana e Cantoni si posiziona dietro alla siepe.

16.

"Allora, cosa ne pensi? Dai, dimmi cosa pensi di Claudio."

"Cosa ne penso, Lavi... è un uomo molto affascinante."

Mia sorella ha deciso di telefonarmi e lo ha fatto nel momento della giornata nel quale mi è più difficile risponderle, ossia quando vado a prendere Luca a scuola.

In più oggi piove, c'è quindi un delirio di auto e confusione, ombrelli, schizzi e nervosismi genitoriali che vanno da un banale scazzo passeggero fino a una rabbiosa rissa urbana a colpi di cestini della merenda dei bimbi.

Sono chiusa in auto, mentre mostri formati da agglomerati mamma-bambino-ombrello trottano veloci verso le loro macchine nella speranza di non essere lavati da ondate pozzangheriali sollevate da SUV perennemente in corsa.

"Lavinia, devo prendere Luca a scuola. Ora non posso stare al telefono, però se vuoi poi ti richiamo e ne parliamo meglio."

"No, dopo ho un'udienza, non riesco. Ma hai visto che occhi che ha? Mi hanno colpito subito."

"Certo, cara, però..."

La mamma di una bambina che va in classe con Luca bussa al mio finestrino, anche lei ombrelluta e con impermeabile. Le indico sorridente che sono al telefono.

"Io credo che abbiamo passato una buona serata. Lui si è trovato bene con voi, non ha fatto che dirmi quanto è carino Luca, com'è educato."

"Lavi..."

La mamma risponde con un sorriso al mio sorriso, ma apre comunque la bocca e fra mia sorella che blatera nel mio orecchio, la pioggia che scroscia e l'auto naturalmente insonorizzata, lei mi pare un pesce nell'acquario. Le faccio cenno con il dito, "dopo". Sempre sorridente. Lei sorridente a sua volta mi lalla la parola "lotteria". Si possono acquistare i biglietti della lotteria scolastica ancora per quindici giorni, santa creatura, te lo compro questo accidenti di biglietto, te lo compro, ma non ora, non in questo istante, non adesso. Le rifaccio cenno di "dopo". Sorridente. E lei mi fa cenno di "dopo". Sorridente. E finalmente scompare fra nugoli di ombrellini e schizzi d'acqua.

"Che poi devi sapere che ci siamo conosciuti in una maniera incredibile!"

"Ecco, questo mi interessa proprio, però..."

"Uh, che poi non ti ho detto che lui ha uno splendido attico nel centro cittadino, era dei suoi, lo sta facendo ristrutturare."

"Lavi..."

"Ma quando sarà finito sarà una favola. L'ho visto, ha una terrazza..."

"LAVINIA! ORA DEVO METTERE GIÙ! TI CHIAMO DOPO."

"... come vuoi..."

"Lavi, non prendertela."

"Come credi! Tu di tempo per me non ne hai mai." Clic.

Sconfortata e con un senso di colpa nuovo sul groppone, scendo dalla macchina, prendo immediatamente una doccia da un'auto che sfreccia su una pozzanghera, arrivo in classe da Luca quando il traffico genitoriale è intensissimo e tutti fanno la medesima domanda: "Non ha preso freddo, mio figlio vero?" alle maestre che con pacatezza rispondono a tutti: "No che non ha preso freddo". Prelevo Luca, usciamo esattamente mentre lo scroscio d'acqua si fa ancora più intenso. Schiviamo l'onda di un'auto, ma ne becchiamo in pieno altre due. Mentre lo aggancio al seggiolino finisco di bagnarmi per bene e ricomincio a starnutire. Squilla il cellulare proprio mentre salgo in auto, rispondo subito nel timore che sia Lavinia, magari già ripudiata e in lacrime. O Caterina. O Alessandro. E invece eccola che finalmente è arrivata l'imperdibile offerta sulla tariffa acqua-luce-gas. No, signorina, no, non mi interessa l'offerta: ho dormito male, ho rovinato i sandalini con la zeppa di paglia che mi piacevano tanto, sono zuppa come un pulcino e nessuno mi vuole bene, anzi diciamo che sto proprio sulle palle a tutti, quindi non mi interessa la sua offerta così starò sulle palle anche a lei che uno di più non mi fa differenza.

Chiudo la portiera, la pioggia comincia a calare d'intensità e io mio abbandono sul sedile dell'auto.

Ce la posso fare. O forse no.

17.

La mattina successiva non parte con le migliori prospettive.

In agenzia, Cantoni mi accoglie buttando con malagrazia le cartelline sulla scrivania.

È furente, ma rassegnato, cose in contraddizione e che quindi gli cagionano una piega al lato sinistro della bocca che ricorda molto una cicatrice da taglio di coltello.

"Mi ha chiamato un amico. Pare che nulla si muova né si muoverà mai sul fronte delle indagini sul suicidio Barani. Dice che il pubblico ministero ritiene i sospetti troppo generici per aprire un'indagine. E forse ha anche ragione. Quasi quasi gli porto il carlino, cosa dici Anna?!"

Se le forze dell'ordine non hanno nessuna intenzione di riprendere in mano il caso Barani, la questione ricade interamente sulle nostre spalle.

"Cantoni, con Barani figlio quando ci vediamo? Gli hai chiesto se può farci avere gli altri quaderni del padre? Così, quando ci andiamo, intanto che gli spieghi come stanno le cose riguardo alla donazione per Oxana, io interrogo il cagnetto. Sai che forse so come farlo parlare?" tento di sollevare l'umore di Cantoni. In realtà non ho molte idee per corrompere il carlino, ma si dice che un pensiero positivo aiuti a piegare il futuro al nostro volere e io mi esercito.

"Certo che gli ho chiesto i quaderni, ma non mi è parso

entusiasta all'idea di cercarli. Comunque Andrea Barani sarà qui sabato mattina e chiuderemo la questione con lui."

"Ieri sei riuscito a fotografare il nostro spione?" domando sperando che su questo fronte vada un pochino meglio.

"Certo che ci sono riuscito, ho fotografato il nostro uomo che usciva di fianco a Saverio Conti che lo ha accompagnato fino a una Mercedes blu."

"E per capire chi è come facciamo? Hai programmi di riconoscimento facciale come quelli dei film con le spie russe? Risalirai alla sua identità tramite la targa della macchina?"

Cantoni scuote la testa.

"Sappiamo già chi è: il direttore di stabilimento succeduto a Barani e precedente rispetto a Conti. Si chiama Nunzio Tavelli ed è andato in pensione meno di un anno fa."

"E come hai fatto a saperlo?"

"Anna, il direttore di una delle aziende più importanti della città era sui giornali locali tutti i giorni. Ma al solito, tu vivi altrove."

Incasso in silenzio.

"Tonino dovrebbe tornare fra poco: oggi è stato nella ex ditta di Barani. Voleva chiacchierare un po' con i vecchi operai, tastare per l'ultima volta il terreno e non si sa mai che salti fuori anche qualche informazione utile a capire perché Tavelli spiasse il nostro colloquio con Conti," continua Cantoni. Tonino me lo immagino già, imponente e con il suo sorriso sornione a conquistare in trenta secondi netti la fiducia anche dei più riottosi.

Siamo un terzetto spettacolare, noi dell'Agenzia Cantoni. Io parlo con animali e piante, Toninone parla con la parte buona e collaborativa delle persone. Cantoni invece vede di tutti la parte più oscura e cattiva, anche quando è perfettamente nascosta.

"Ma Tavelli non poteva farsi semplicemente aggiornare da Conti?" chiedo.

"Sì, e il fatto che si sia messo ad ascoltare da una stanza vicina mi fa pensare che non si fidasse del tutto di lui," risponde Cantoni, "motivo per il quale tu troverai il modo di incontrare Conti fuori dalla ditta e farlo parlare."

"Io?" chiedo vagamente intimorita, ma sotto sotto lusingata.

"Certo. Non hai visto la foto che aveva sulla scrivania, con moglie, figli e cane terranova?"

E dove c'è un cane, un gatto, un tacchino, un ippopotamo, figuriamoci se non c'è anche Annarella.

18.

Poco dopo Tonino fa il suo ingresso in ufficio e ha l'aria decisamente soddisfatta. Butta un'occhiata a Cantoni, capisce subito che l'atmosfera non è delle migliori così mi fa un bel sorriso e, una volta seduto comodo sulla sua sedia, va subito al sodo.

"Annare', ve l'ha detto Cantoni che la sera in cui Barani si è impiccato Oxana è stata sempre con la vecchietta sua al pronto soccorso perché teneva la tachicardia?" mi chiede.

"Non mi ha detto niente come al solito!" e lancio al mio capo un'occhiata offesa che lui ignora del tutto.

"Quindi Oxana esce definitivamente dai sospettati."

Ma questa non è la sola cosa che Tonino ha scoperto. Ci racconta subito che, chiacchiera qui e chiacchiera là, ha saputo che l'affetto dei dipendenti per Barani era molto legato anche alla figura di sua moglie. Era lei che lo accompagnava nelle scelte e gli consigliava tutta una serie di accortezze. Lui possedeva il geniaccio, l'umiltà dell'artigiano accurato amante del suo mestiere e una naturale predisposizione al rispetto per gli altri, ma lei era elegante, una vera signora e l'anima gentile che si irradiava nel comportamento del marito in azienda. A quanto pare il loro era stato un amore da romanzo. Lei, figlia maggiore della famiglia più nobile della città. Lui un meccanico industrioso con molte idee e una buona intraprendenza. La famiglia di lei per molto tempo si era opposta alla loro unione, finendo per accettarla solo quando Barani aveva ottenuto un suo piccolo impero.

Insomma, una favola romantica e coraggiosa nella quale il lieto fine era stato tutt'altro che scontato. Quando Barani aveva deciso di vendere l'azienda si era scatenato il timore di ristrutturazioni, ma lui si era affidato a tre persone di sua piena fiducia. Aveva accettato la corposa offerta della multinazionale solo a patto che la dirigenza restasse nelle mani delle persone che lo avevano affiancato negli ultimi anni e che erano portatori di una filosofia del lavoro che si conciliava con la sua. La vendita si era conclusa in un clima rasserenante per i dipendenti ma, passato qualche mese, le tre persone delle quali Barani si era fidato si erano allineate alle scelte della multinazionale. Erano cominciati così i tagli al personale che avevano condotto al concretizzarsi delle paure iniziali. Molti avevano perso il loro posto di lavoro, l'indotto della zona era crollato a causa della scelta di fornitori stranieri più competitivi sul prezzo, la situazione era diventata presto ancora più drammatica negli altri stabilimenti, chiusi in pochi mesi per spostare la produzione all'estero.

Tonino ci raccontava tutto e sembrava che fosse il copione visto e rivisto così tante volte, ma nella sua voce vibrava comunque la commozione per la sofferenza delle persone che avevano vissuto l'esperienza sulla propria pelle e che portavano ancora il senso di colpa dei sopravvissuti. In molti erano certi che a questi rivolgimenti aziendali fosse legata la malattia che aveva colpito la signora Barani e che l'aveva consumata in pochi mesi. Da allora Luigi Barani si era chiuso in solitudine.

E Tonino ha tenuto per ultima l'informazione più importante: i nomi dei tre dirigenti incaricati da Barani, ormai tutti all'apice della carriera, alcuni in sedi distaccate della multinazionale.

"Il primo è Antonio Porta, entrato al fianco di Barani quindici anni prima della vendita quando era un ingegnere appena laureato e sul quale Luigi aveva investito tanto in formazione ulteriore quanto in esperienza," ci spiega. "Quasi da subito è stato promosso direttore di uno stabilimento a Budapest. Poi Piero Sacchetti, detto Pierone, il caporeparto al quale Barani aveva donato la macchina e la sua fiducia. Proprio lui, quello nel quale Barani riponeva le maggiori speranze, era diventato direttore di stabilimento a Milano in un'azienda chiave della multinazionale e pure lui adesso è pensionato. Terzo e ultimo, la nostra conoscenza Nunzio Tavelli, capofabbrica per vent'anni in uno degli stabilimenti distaccati di Luigi Barani, subentrato al suo ex capo e ora in pensione con un conto corrente bello grasso. Maestro di tagli e licenziamenti, questo Tavelli sta sul gozzo a tutti."

"Ma non dirci, Tonino, una persona che sembra così disponibile. Sto provando a contattarlo per prendere un appuntamento con lui, ma pare non sia semplice." Cantoni sorride appoggiandosi allo schienale della sedia. "Pensate che proprio ieri, poco dopo averlo visto uscire con Conti dallo stabilimento, la segretaria dello studio privato nel quale Tavelli continua a lavorare mi ha detto che purtroppo è all'estero e non sa quando rientrerà."

Poi si alza, borbotta che, se voglio, sabato posso andare con lui a parlare con Barani figlio e a cercare di estorcere qualcosa dal cane. Poi prende la porta e se ne va senza salutare.

Tonino sorride divertito non so se più dai modi bruschi di Cantoni o da me che ci resto sempre male.

"Annare'..." mi dice quando non sentiamo più i passi di Cantoni sulla scala. "Cantoni ha pressato i suoi colleghi e non è servito a nulla, così è frustrato e arrabbiato proprio. Lui lo sa che non hanno tutti i torti però, non è mica facile costringere un uomo a fare 'na cosa tanto brutta, qua ci dev'essere stato un ricatto, una questione grossa che per ora ci sfugge. E comunque Cantoni più di quello che già sta facendo, cosa ci può fare? Quando vedrete Andrea Barani, lui gli vuole dire al figlio dei sospetti che sono venuti fuori per spingerlo a investigare per capire cosa è successo. Avete capito, Annetta bella?" Tonino mi sorride: seduto alla sua scrivania sembra un adulto al banchetto di una scuola elementare. In più, è sempre circondato da una confusione scartoffiara sedimentata in un tempo imprecisato, con strati di fogli e foglietti in mezzo ai quali sono rintracciabili graffatrici dimenticate e residui di matite e gomme abbandonate a sé stesse e ormai quasi fossilizzate. E se la scrivania di Cantoni è linda, essenziale, con le cartellette dei casi sui quali sta lavorando, il resto è ordinatamente salvaguardato in archivio e il computer che attende adagiato nel suo equo spazio con tastiera e mouse wireless perfettamente puliti e funzionanti, il pc di Tonino tenta di sopravvivere a frane di carta, post it appiccicati prima con la loro fascia adesiva, poi con lo scotch, mentre la tastiera ha tanta polvere da sembrare fatta in peluche e pare caparbiamente in lotta contro le zampate del suo padrone.

"Tonino, le parole sulla tastiera non devi scalpellarle nella roccia," brontola sempre Cantoni. Ma Tonino è un passionale, e quando batte con quei ditoni, il tastino del punto finisce per saltare in aria una volta su due.

"Annare', periodaccio?" mi chiede Tonino all'improvviso. Sono giorni che lo vedo osservare dallo specchietto retrovisore il mio sguardo corrucciato. Forse aspettava solo l'occasione giusta per chiedermi, forse aspettavo solo l'occasione giusta perché me lo chiedesse.

Otto passa davanti a me, ma prima mi deposita una leccata affettuosa su una mano giusto per non farmi sentire trascurata.

"Periodaccio sì, mio padre non sta bene. Sta facendo qualche accertamento, ma è chiaro dove andremo a parare. Tumore al cervello, una massa sicuramente non piccola, bisogna solo capire se operabile o no."

"Uh, mi dispiace assai, Annare'."

Tonino è troppo intelligente per cercare di consolarmi con frasi fatte, ma il suo sguardo affettuoso mi è più che sufficiente.

E mi accorgo che per la prima volta ho chiamato la malattia di mio padre con il suo nome.

19.

Ho fatto la mia oretta di palestra. Cinquanta minuti... Vabbè, erano quarantadue, ma non sottilizziamo anche perché Alberto mi è stato addosso tutto il tempo, quindi quarantadue minuti che ne valevano sessanta, anche settanta, anche mille. Ha abbandonato gli altri dicendo: "Oggi ti sto con il fiato sul collo, perché lo so già che se va bene ti rivedrò fra quindici giorni".

Sto per sgusciar via dai tornelli quando lui, al solito, mi placca: "Mi ricordi per favore come mai devi fare ginnastica e perché se non fai gli esercizi con costanza è inutile che tu li faccia, Anna?".

Squittisco un onesto: "Devo fare gli esercizi perché ho il mal di schiena, quando è forte non so dove stare, mi maledico perché non ho fatto attività fisica mirata e dopo devo prendere gli antidolorifici che mi bucano lo stomaco".

"Ecco, brava, vai a casa e scrivilo cento volte," e rientra in sala attrezzi dopo avermi scoccato un'ultima occhiata severa.

Raggiungo l'auto intenzionata ad andarmene a casa il più rapidamente possibile, ma la lucertola dell'altra volta è sul muretto di fronte e mi aspetta. Aspetta proprio me e dice: "Oh, cosa...".

"Mi chiamo Anna. Piacere di rivederti."

"Non ci formalizziamo. Devo assolutamente confrontarmi con te per dirimere miei dubbi di ordine filosofico. Non mi sembri un esemplare di elevata intelligenza, ma d'altronde sei il primo e l'unico che abbia visto in grado di capirmi, per cui mi accontenterò."

Guardo la bestia verde negli occhietti a puntino.

"Senti simpatica lacertile, ti ricordo che tu, secondo la fisiologia generale, dovresti avere un cervello poco evoluto, poco più di un abbozzo. Ed essere un residuato efficiente, ma evoluzionisticamente fermo da un tempo immemore, pronipote indegno degli imponenti rettili padroni del pianeta per milioni di anni."

"Umana, imponenti rettili che sono schiattati per un sassolino volante perché erano troppo pigri per inventare una stufetta o un buon condizionatore. In compenso voi vi estinguerete a causa della vostra stessa ottusità dando il via a una nuova era dominata da scarafaggi e lucertoline. Capito come stanno le cose, Angiolina, Arietta, Aqualchecosa?"

Resto attonita. Ho bisogno di chiudere il prima possibile la conversazione con la lucertola perché mi sento svilita – cosa che solitamente reggo bene, ma oggi no.

"Cosa vuoi, lucertola?"

Lei butta lo sguardo alla vetrata dietro la quale uomini e donne sudano litri e litri di acqua in origine soluzione salina colorata e costosissima.

"Colgo il significante dietro al moto dei bilancieri verso l'alto quale simbolismo della forza della specie di sopportare su di sé il peso delle difficoltà immanenti nella vita stessa, così come la poetica celata nel pedalare su un oggetto fisso, faticando dunque per restare nello stesso posto per indicare il male di vivere nell'impegnarsi duramente senza raggiungere la meta agognata. Idem anche per la corsa sul posto, anche se manca della ricchezza legata al volto annoiato di chi va sulla cyclette che indubbiamente aggiunge pathos e vigore interpretativo. Ma quell'esercizio che vedo molto di frequente, che significato sottende?"

E con la capoccia mi indica la macchinetta distributrice di fianco alla sala attrezzi, anch'essa in una stanzetta con una parete rigorosamente vetrata così uno si sente osservato e anziché la merenda al cioccolato prende i cubetti di ananas. Lì un uomo scuote violentemente la macchinetta che deve avergli mangiato i soldi e sbraita fuori controllo.

"Eh, lucertola, è palesemente l'eroicità sofferta dell'uomo che di fronte alle ingiustizie sfida il destino al di là dell'esito drammatico e scontato a suo sfavore. Mi deludi, è di tale semplice interpretazione..." dico con fare vagamente supponente.

E vado via.

E mentre guido allegra per aver vinto alla gara di supercazzola con la lucertola, arriva un plip plop del cellulare e tutto si ribalta e va in pezzi.

L'ambulanza è ferma di fronte al cancello con i portelloni aperti e il lampeggiante ancora acceso. Mollo l'auto come posso e infilo la porta senza guardare nulla.

Gli infermieri sono in camera con mio padre. Non sento la sua voce, però. Non sento la sua voce...

"Questa volta l'attacco di mal di testa è stato molto forte, ha iniziato a rimettere, Anna. Non riusciva più a parlare." Caterina è seduta su una sedia della sala. Sembra diventata la metà della donna che è, ha un colorito terreo e pare sfocata anche nei vestiti coloratissimi di sempre. Le è rimasto solo il fiato per chiamarmi e accasciarsi.

Le stringo una mano. È gelida.

"Come fai ad andare a prendere Luca? Mi sa che sia quasi l'ora..."

"Ho chiamato Alessandro, ci pensa lui," le rispondo. Al solito il suo primo pensiero siamo noi, i nostri impegni, le nostre cose.

"Chiamo Lavinia," dico, ma lei mi ferma. Mio padre le ha intimato di avvisare me e nessun altro, ed è stato perentorio. E io perentoriamente penso di sbattermene: se Lavinia non riuscisse a salutarlo perché non l'ho avvisata non me lo perdonerei mai, ma Caterina mi guarda supplice, spaventata.

"A babbo dirò che ho chiamato Lavinia prima di vederti, che è tutta colpa mia."

Ma la sua non è paura di essere ripresa da mio padre con i suoi modi taglienti, è solo quella di non riuscire a soddisfare le sue aspettative e i suoi desideri, di vederlo rabbuiarsi in quegli stati di insoddisfazione delusa nei quali il suo umore scuro assorbe ogni residuo di energia e pensiero di gioia.

In camera continua il rumore di un armeggiare di strumenti, ma nessuno parla.

"Cate, tranquilla, vedrai che lui si lamenterà un po', si arrabbierà con me e poi gli passerà."

Le accarezzo la mano. Faccio qualche passo, poi però torno indietro e l'abbraccio forte. "Arrivo subito, va bene?"

Mi allontano appena, mi appoggio alla porta d'ingresso ancora spalancata e provo a chiamare mia sorella, ma lei non risponde. Deve essere ancora arrabbiata con me.

Anche la segreteria è staccata, probabilmente piena di messaggi non cancellati.

Le scrivo. – Lavi, chiamami immediatamente, è importante –, ma non visualizza il messaggio, non ha visto ancora nemmeno quello che le ho inviato ieri sera.

"Permesso, signora," e mi accorgo di essere fra i piedi.

È uno degli infermieri, va verso l'ambulanza con il telefono all'orecchio: sta chiedendo il supporto dell'auto medica.

Non ho idea di quanto tempo sia passato. So solo che, dopo che l'ambulanza si è allontanata, ho aspettato ancora al cancello prima di rientrare in casa in uno stato d'animo così spossato da farmi sentire solo tanto inutile.

In camera, Caterina è seduta sul letto di fianco a mio padre. Carico di antidolorifici, si è addormentato e ora è un vecchio con la pelle grigia e la bocca semichiusa in un'espressione sofferente, la capigliatura disordinata, le mani nodose abbandonate sull'addome.

Caterina gli sistema delicatamente i capelli sulla fronte, immensa nel suo sapere perfettamente cosa fare. Io invece resto sulla porta, disorientata di fronte a ciò che stento a riconoscere e vorrei solo fuggire da quella visione di fragilità che non mi permetterà mai più di detestare mio padre come vorrei.

La mia notte passa fra sogni agitati nei quali perdo treni, perdo autobus, perdo aerei e intanto faccio danni e senza volere, anche con tutta l'attenzione possibile, rompo comunque oggetti che mi sono cari.

Quando sono rientrata, ho trovato Alessandro addormentato nel letto di Luca e li ho lasciati entrambi così, abbracciati e lontani dalla mia disperata amarezza.

Tarta si è arrabbiata perché l'avevo svegliata, Rughina ha continuato a russare della grossa.

Banzai invece mi si è accoccolato vicino senza dire una parola con la capacità unica dei gatti di devastarti quotidianamente con la loro superiorità felina, ma di tenerti cullata con la loro morbida saggezza quando sei in pezzi.

Alle cinque e mezzo, stanca dei miei disastri onirici, mi sono alzata e mi sono preparata un caffè doppio sempre con Banzai di fianco. Zitto, soffice e dispensatore di fusa.

"Grazie gattone," gli ho detto riempiendogli la ciotola della sua pappa preferita.

"Perché mi ringrazi? Voi umani pensate all'affetto come se fosse un regalo inaspettato da parte di alcuni, qualcosa invece di preteso e dovuto da parte di altri," mi risponde "Ma l'affetto è una cosa complicata nel quale c'entra di più chi lo dà che non chi lo riceve. Io per esempio ti voglio molto bene anche se tu non sei niente di straordinario."

Incasso il colpo di Banzai mangiando le briciole dei biscotti che Luca lascia nel sacchetto e non vuole mai finire, ma intanto ci rifletto. E come sempre, essendo lui un gatto, ha ragione.

Alessandro mi dà un bacio ed esce. Terrà il cellulare vicino per sicurezza.

Lavinia ha finalmente acceso il telefono. Mi ha risposto:

– Ciao tesoro, ti chiamo appena posso. Ho una mattina molto impegnativa .– Ecco. Ciao tesoro.

Per il resto giornata lavorativa vuota, cosa che mi dispiace davvero: contavo su un messaggio di Cantoni che mi diceva che ero chiamata, che so, a salvare il mondo. Invece nulla.

Così esco di casa un po' abbacchiata anche se Luca in auto mi allieta con la sua migliore versione di una canzoncina trivellacervello dei cartoni animati.

Appena la nostra auto spunta dalla rampa dei garage, ecco l'uomo sulla trentina che ormai da anni incontriamo tutti i santi giorni alla stessa ora e che non risponde al buongiorno che regolarmente gli porgo. Anche se giovane, ha un viso tutto incartapecorito in un'espressione rabbiosa e dedica il medesimo sguardo arcigno anche a Luca, che è un bimbo prodigo di ciao spumeggianti e sorrisi con tutti i dentini in mostra. Anche stamattina solita storia. Saluto con un cenno della testa e un sorriso, lui la stessa espressione scontrosa, ma a un tratto guarda spiazzato qualcosa alle mie spalle. Butto un occhio nello specchietto e vedo Luca fino a poco prima tutto sereno sul suo seggiolino, che guarda l'uomo con lo stesso identico muso arcigno, un'imitazione perfetta. Poi, dopo che abbiamo svoltato, riprende la sua aria serafica. "Luca, ma perché hai fatto quella faccia al signore?" chiedo, onestamente divertita.

"Mimi, al signore gli parlavo nella sua lingua." Poi esplode in una risata allegra e tutto mi sembra così buffo che ricomincio a pensare che vivere sia uno sport faticoso, ma tutto sommato anche piuttosto divertente.

Poco dopo la fortuna mi sorride: non devo proprio salvare il mondo, ma Cantoni mi chiede con il solito linguaggio laconico se ho tempo per le dieci. Andiamo oggi da Andrea Barani, ha cambiato i suoi piani all'improvviso.

Ma certo che ci sono. Uh, se ci sono!

"Cantoni, ovviamente questo contrattempo fa sì che io mi debba riorganizzare completamente, ma, visto che me lo chiedi, ti farò la cortesia di accompagnarti."

20.

Urca, ci siamo tutti e tre. L'intera squadra investigativa al cospetto del cliente.

Intera o quasi perché a dir la verità manca il componente grosso e peloso. Tonino infatti sta chiudendo uno dei casi cornutori dai quali mi tengo ben lontana.

Otto invece ha lasciato a malincuore l'ufficio, ma l'ho convinto a venire con noi. Ho un piano per convincere Carl il carlino a parlare. Più che un piano è una truffa: Otto starà rigorosamente nell'auto parcheggiata all'ombra e lontana e lascerà intravedere solo un pezzo di testone o poco più.

Io dirò a Carl che è l'alana con la quale stiamo organizzando l'appuntamento amoroso, la sorella del cane che aveva visto con noi la scorsa volta.

Carl parlerà e zac, gli arriverà la fregatura.

"Tengo paura assai," guaisce Otto.

"Ma no, dai. Io sarò sempre lì, figurati se ti lascio solo!"

"Nun tengo il carattere per fare 'ste cose pericolose da infiltrato."

"Otto, cinque minuti. Fai vedere la coda, un orecchio, poi torni nascosto."

Il cagnone si accascia. L'ho convinto con un discorso sul coraggio e l'eroicità delle azioni svolte per un bene superiore, una cosa piena di epica e pathos, ma sostanzialmente lo sto rendendo complice di un raggiro di bassissimo livello.

Cantoni guida silenzioso, ha fatto solo dei commenti ironici sulla mia brillante trappola.

"Cantoni, lo sai che non dovresti ballare il tip tap sull'autostima dei tuoi collaboratori?"

"Hai ragione, ti dirò che hai avuto un'idea furbissima, geniale. Il carlino parlerà senza dubbio e non riconoscerà mai un alano maschio che tra l'altro ha già visto."

"Ci provo, Cantoni! Ci provo!" sbuffo. Sbuffa anche Otto, poi guaisce appena.

"E se il carlino s'arrabbia?! Se decide d'attaccà la macchina con me dentro? Maronna che paura!"

"Dai Otto, suvvia! Cos'è, un Carlinus Rex? Animo! Cantoni, mi agiti il cagnone! Hai pensato cosa dire ad Andrea Barani?"

"Gli dirò che mentre investigavamo sul discorso donazione, sono emersi dubbi sul fatto che il padre avesse un stato d'animo compatibile con quello di un suicida."

"Speriamo che tutto questo lo smuova. Com'è andato l'incontro con il tuo amico superstar dell'architettura?"

"All'ultimo minuto non è riuscito a venire."

Ancora forfait da parte del suo amico. Un piccolo scatto a un lato della bocca di Cantoni, che equivale a una fitta intensa di dolore.

Nel frattempo Otto si appiattisce nel baule con un verso da bestia ferita: siamo nella via di villa Barani.

Andrea Barani conferma anche oggi la passione per le polo di una tinta che va dal salmone chiaro al salmone scuro. Ci accoglie come sempre ben nascosto dai suoi occhiali neri e ha fretta, deve tornare a Milano, è dovuto venire per forza chiamato da un agente immobiliare che aveva un'offerta interessante, insomma suo padre poteva avere la decenza di togliersi la vita in un periodo meno carico di lavoro. No, questa cosa non la dice. Forse nemmeno la pensa, ma il modo di fare mi sembra quello.

Mi guardo in giro in attesa del grufolio canino, ma tutto tace.

Ci sediamo sul divano della sala che è stata riportata alle

sue condizioni migliori per gli occhi di possibili acquirenti. Il tavolino non è lo stesso e si vede che è nuovo, messo lì recentemente, gli manca l'inserirsi armonico delle cose che stanno vicine da tanto.

"Allora, signori, ragguagliatemi."

Cantoni comincia a fare il resoconto di quanto abbiamo scoperto finora sulla donazione a Oxana, mentre Andrea Barani ascolta con la stessa espressività di una sfinge.

"Signor Barani, riteniamo insufficienti gli elementi a favore di una truffa da parte della donna e le sconsigliamo di procedere con un'accusa che potrebbe essere rivoltata in una controdenuncia per calunnia."

A quel punto la bocca di Barani per un istante si tende in un'espressione di stizza profonda per pronunciare infine fra i denti un "valuterò".

Cantoni inizia quindi a delineare ben altro scenario, quello relativo al dubbio che avvolge il suicidio del padre. Il nostro cliente si rintana nuovamente nell'inespressività precedente, non muove un solo muscolo.

"La invitiamo a esortare le forze dell'ordine affinché venga fatta chiarezza," sottolinea Cantoni. "Noi restiamo ovviamente disponibili a fornire tutte le informazioni in nostro possesso e a spiegare al meglio i passaggi investigativi che ci hanno portati sin qui."

Barani non apre bocca: immobile, senza un cedimento, non un piccolo segno che tradisca sconcerto o dispiacere.

Dopo un silenzio interminabile sibila: "E quindi per voi l'esistenza di un progetto da portare a termine sarebbe una condizione sufficiente per non togliersi la vita?".

"Per questo motivo, per il naturale fluire degli impegni che aveva preso per il periodo successivo e per l'indole malinconica, ma non depressa, a detta di chi lo vedeva quotidianamente," gli risponde Cantoni appoggiando sul tavolino il report investigativo e il quaderno che avevamo preso in prestito. Barani non fa cenno agli altri quaderni.

Dopo un altro lungo silenzio, ci ripete solo "valuterò".

Di nuovo non un movimento, non un'incrinatura nella voce.

"Lei, signor Barani, cosa pensa davvero del suicidio di suo padre?" domando pur di avere una reazione.

Lui si sistema gli occhiali sul naso, controlla l'ora sul suo orologio da polso con i numeri grandi, poi ignora completamente la mia domanda.

"Mandatemi pure il computo delle ore e la fattura per il lavoro svolto," e si alza.

Sta per liquidarci, così tento un: "Mi perdoni, potremmo vedere anche solo per un attimo il cagnolino di suo padre?".

Barani volta il viso verso di me e sono sicura che dietro gli occhiali si nasconda uno sguardo perplesso.

Cantoni mi arriva in soccorso. "Ci farebbe piacere scattare qualche foto al cane. Sappiamo che lei non può tenerlo e più persone affezionate al ricordo di suo padre si sono rese disponibili a farsene carico. Se le va, abbiamo i loro contatti e saremmo contenti di poter essere di aiuto su questo fronte."

Un po' tirata la svolta animalista di Cantoni, ma d'altronde con la mia uscita poco felice l'ho posto di fronte alla necessità di una improvvisazione.

"Ho già risolto il problema. Peccato che la persona che mi ha chiesto il cane stamattina doveva venirselo a prendere e il cane invece è scappato. È una bestia perennemente in calore, un animale ingestibile, tanto che il nuovo padrone aveva deciso che oggi lo avrebbe portato per prima cosa dal veterinario per procedere alla castrazione."

Cantoni e io ci gettiamo un rapido sguardo. Carl ha sentito del buon proposito e ha deciso di darsi alla macchia. Solo, libero, con l'aria sulla facciaccia piatta e le palline al vento.

E noi adesso, senza testimone chiave, come facciamo?

"Non potevamo chiedergli a chi aveva regalato il cane, Anna!"

"E perché no? Metti che lo ritrovino: non so se hai notato che Carl il carlino è così brutto che non si può non notarlo. E poi non è mica Rambo! È un coso piccolo su zampe che gira, imbranato, un cane da appartamento, quasi da scatolone."

Otto canticchia con il pancione all'insù, decisamente sollevato rispetto al viaggio di andata.

"E che scusa avremmo inventato?! Esiste l'anagrafe canina e andremo a vedere il passaggio di proprietà del cane."

Sì, è una buona soluzione, però uffa. E se troviamo Carl post restituzione e dopo immediata castrazione? Dubito che dopo tale trattamento sarebbe affabile e di buon umore.

"Cantoni, che impressione ti ha fatto Andrea Barani?"

"Mah, la stessa delle altre volte," risponde. "E sul discorso del proseguire le indagini sulla morte del padre credo che non si muoverà affatto."

Lo pensiamo in due.

"Cantoni, ma secondo te Andrea Barani davvero ignorava l'indole generosa del padre?"

"Uno può essere comunque truffato, anzi anche con più facilità se è un generoso. Mettiti una buona volta in testa che Andrea Barani aveva diritto di approfondire la questione."

"Va bene, va bene..." ammetto mentre Otto continua a cantare." Tra l'altro molti hanno detto che l'anima delicata e altruista era sua moglie e lui un mero esecutore. Però mi chiedo se il figlio conosca cose del padre che noi non sappiamo e se il problema con Oxana sia legato a lei in quanto tale, responsabile di qualche sgarbo da punire o di una sfiducia così profonda da pensarla capace del peggio. Nessuno ha mai dubitato di quella donazione. Nessuno a parte quel figlio sempre scostante."

Lui scuote la testa. Sta pensando.

"Ora però passiamo dalla signora Oxana così le diciamo che per il cagnetto non c'è nulla da fare."

È una scusa, ma non dico nulla. Se lui fa così, una ragione buona l'avrà. Quest'uomo ce l'ha sempre.

Intanto Caterina mi avvisa con un plip plop che mio padre questa mattina sembra stare meglio. Di Lavinia nessuna traccia. Alessandro ormai è da un po' che il messaggino di metà mattina non me lo manda più.

La mia vita mai come ora mi sembra essere un giardino incolto intervallato dalle bolle a loro modo ordinate dei momenti lavorativi e io sono un'Anna rotta in pezzi che porge parti differenti a momenti differenti e non si sente mai completa o anche soltanto sufficiente.

In qualche minuto arriviamo di fronte alla palazzina dell'altra volta.

Su una panchina del parco e all'ombra, Oxana legge una rivista alla signora Pina seduta sulla sedia a rotelle con lo sguardo perso nell'azzurro del cielo.

21.

Cantoni aveva telefonato già ieri a Oxana. Immaginava che l'incontro con Andrea Barani sarebbe stato breve.

Un Cantoni comc da copione le avrebbe solo telefonato per correttezza, per avvisarla della mancata disponibilità alla cessione del cane, pochi fronzoli, informazioni minimali e tanti saluti.

Questo Cantoni inedito invece no. E così ora Oxana è lì che ci aspetta. La signora Pina invece non aspetta nessuno.

Mi seggo sulla panchina e le prendo una mano minuscola e fredda anche se ci sono trenta gradi all'ombra.

"Signora Pina, buongiorno, si ricorda di me?"

Non mi risponde. Non fa niente, va bene così.

"Signora Oxana, la disturbiamo di nuovo per dirle che purtroppo il cane è stato lasciato a un'altra persona. Al momento è fuggito, ma spero venga presto recuperato," dice Cantoni mentre lo sguardo di Oxana si rabbuia. Sa bene quanto quella bestiola imbranata e indifesa sia incapace di cavarsela fuori da un ambiente domestico.

"Pensa che il cane possa essere alla sua ricerca? Se non sbaglio ci aveva detto che ogni tanto portava il carlino qua con sé."

"Sì, ma non credo che Carl sappia arrivare qui. Venivamo in macchina e Carl non è un gatto, non stava attento."

Carl non è un gatto ed è imbranato, ma ha un'intelligenza acuta: qualcosa mi dice che potrebbe essere davvero alla ricerca della padrona che preferisce.

"Signora Oxana, se il cane dovesse arrivare qui da lei, potrebbe chiamarci prima di contattare Barani?" riprende Cantoni. "So che è una strana richiesta, ma la preghiamo di fidarsi: non vogliamo fare niente di male al cane e nulla di scorretto nei confronti della famiglia per la quale ha lavorato."

La signora fa un cenno d'assenso.

"Oxana, non siamo qui solo per questa ragione. Abbiamo fondati motivi per credere che Luigi non si sia suicidato spontaneamente, ma sia stato istigato."

Io guardo stupefatta Cantoni. Questa non me l'aspettavo.

Oxana fa un sospiro.

"È un pensiero che aveva anche lei, in realtà?"

"Su queste cose io non so pensare." Oxana però stringe le labbra, traspare soddisfazione, qualcosa come un *finalmente.* "Luigi come vi ho detto era uomo anziano e molto solo, ma era molto onesto e teneva alla sua parola. Con me facendo questa cosa non l'aveva mantenuta e per me questo era strano."

"Che promessa le aveva fatto?" chiedo.

"Sua moglie gli aveva regalato una cravatta rossa bellissima che a lui non piaceva. Alla festa di apertura della sala però mi aveva promesso di metterla. Me lo aveva promesso e lui manteneva sempre."

La donna fa un debole sorriso.

"Lui non voleva mai indossare quella cravatta, soffriva quando la vedeva. Ma gli ho detto: 'Luigi, è la festa per tua moglie e lei è contenta se ti vede bello ed elegante da lassù', e piano piano aveva ceduto."

Poi si alza e sistema la copertina sulle gambe della signora Pina. "Pina, tu stai bene? Respiri l'arietta del parco adesso, poi andiamo a casa e bevi un cucchiaino di acqua da brava."

"Oxana, lei ha idea di chi potesse volere la morte di Luigi? Chi lo odiasse tanto da spingerlo a un atto del genere?"

Lei resta un attimo in silenzio.

"Alcuni non volevano bene davvero come volevano far credere al signor Luigi, ma odiare tanto non so, proprio non so. Però Luigi aveva una tristezza tutta sua che teneva nel cuore, una cosa tipo una colpa grande. Gli avevo detto che forse confessare a qualche prete gli avrebbe fatto bene, ma lui diceva che di preti non ne voleva e che pagava così e mai abbastanza."

Cantoni e io ci guardiamo.

"Ha idea di che senso di colpa fosse?" chiedo.

"No, Luigi non lo ha mai detto. Mai!" scuote la testa.

"Secondo lei questo aveva a che fare con la vita privata o lavorativa? Una donna fuori dal matrimonio? Una qualche forma di evasione fiscale?" domanda Cantoni.

"Non so proprio immaginare. Quando conosco le persone vecchie, loro mi raccontano a volte il loro passato. Molte volte è inventato, non quello vero. A me va bene così, in fondo è la loro opportunità di dare soluzione a errori e io non sono nessuno per giudicare. Signora Pina, aspetta che ti metto qui in più ombra."

Cantoni ha nuovamente un'espressione lontana.

"Secondo lei il signor Luigi le mentiva quindi?" chiedo.

"No, Luigi parlava poco ed era diverso. Quello che non gli piaceva di suo passato non lo cambiava, ma non lo raccontava. E lui non raccontava quasi nulla di sé, dei suoi cari, del suo lavoro. A lui piaceva ascoltare della mia terra, dei miei figli. E gli piacevano i gatti al signor Luigi e si era ritrovato un cagnetto: era un regalo di amici, regalo non molto giusto però. I cagnetti piacevano alla moglie, ai figli e lui non aveva mai potuto prendere un gatto tutto suo."

Mi torna in mente lo studio e la scultura in legno di un gatto che si stiracchia, un segnalibro con la foto degli occhi di un certosino. Luigi il gattaro.

"Devo ridare i soldi ad Andrea e Giorgio Barani?" chiede Oxana senza nessuna ansia. Se le dicessimo di sì, semplicemente farebbe il bonifico.

"Non credo, li abbiamo sconsigliati dal procedere, signora," risponde Cantoni non so bene se in rispetto della sua etica professionale.

"E adesso la polizia riuscirà a prendere chi ha fatto male a Luigi, vero?" domanda ancora. Deve riportare in casa Pina, inizia a esserci troppo caldo per lei.

"Per ora la polizia sta ancora decidendo se procedere da un punto di vista investigativo."

"Ma voi avete detto la cosa ad Andrea Barani, vero?"

"Sì, gliene abbiamo parlato e lui valuterà," rispondo cercando di mantenere l'aplomb.

"Ecco, lui valuterà," ripete Oxana scuotendo la testa, si china e inizia a smontare i poggiapiedi della sedia a rotelle per entrare dal portone. Poi si rimette in piedi, alliscia con le mani la gonna leggera e fa una carezza sulla testa dell'anziana.

"Signora Pina, noi adesso andiamo a casa, ma prima devo dire una cosa ai signori." Prende fiato e poi dice: "Se voi non siete già impegnati, io vi assumo".

Cantoni ed io ci scambiamo nuovamente un'occhiata.

"Voi cercate chi ha ucciso Luigi, io vi pago. Ho i soldi che Luigi mi ha dato."

Ce lo dice con una decisione tale che mi fa pensare che se dicessimo di no ci stenderebbe con due ceffoni.

"Oxana, Luigi glieli ha lasciati per i suoi figli, però."

"I miei figli avranno quello che serve, ho braccia forti per lavorare e guadagnare. Quando lui mi ha fatto regalo in testamento ho promesso sulla sua tomba che avrei speso tutto per figli. Ma visto che lui non ha mantenuto la promessa della cravatta, rompo la mia promessa. Voi trovate l'assassino di Luigi, io vi pago quello che c'è da pagare. Andiamo, Pina, sì?!"

"Signora Oxana, è sicura?" chiedo.

"Certo, così faccio un dispetto a Luigi," e mi sorride.

Percorriamo in silenzio l'ultimo pezzo del viale che porta verso la porta della palazzina.

"Accettate il lavoro?" chiede prima di spingere la carrozzina al di là del gradino dell'ingresso.

"Certo," risponde Cantoni.

Ma, appena prima di entrare, Pina come la volta precedente mi afferra con forza la mano.

"Come stai, Marietta? Vieni che ti preparo la merenda, sei magra... vieni..."

"Non è Marietta, Pina," dice Oxana aprendo con fermezza le dita che mi serrano il polso.

“Ma la figlia di Pina, questa Marietta, non viene mai?” chiedo sollevata dall’intervento di Oxana, mentre gli occhi di Pina da completamente assenti sono diventati acuti e penetranti e non mi lasciano andare.

“Eh, signora, ho detto che gli anziani creano quello che è mancato nella loro vita. Signora Pina non ha mai avuto figli. Dai, Pina, che devi bere un cucchiaino d’acqua.”

Ed entrano, mentre il mio stomaco diventa minuscolo e mi chiedo da vecchia quale sarà il passato che mi illuderò di aver vissuto.

“Cantoni...”

“Eh.”

“Quindi adesso possiamo investigare per bene sul caso Barani?”

“Sì.”

E accende l’autoradio, vivido segnale che vuole che io taccia finché non arriveremo a casa mia.

“Posso però chiederti perc...”

“No.”

E alza il volume di una tacca. Interessante sapere che ci sono dei rallentamenti in uno svincolo che si trova a duecentocinquanta chilometri da qui.

Mi ritrovo così a guardare fuori dal finestrino, con tutte le domande che vorrei fare piegate ordinatamente nel cassetto delle cose rimandate.

Ora potremo indagare più serenamente. Non è vero, Cantoni non avrebbe mollato l’osso comunque.

Lo conosco, ormai, se non fosse per il suo comportamento inspiegabile nei confronti di Oxana e per quell’amicizia con il famoso architetto che però si organizza al fine di tirare sonori bidoni.

E probabilmente mi conosce anche lui abbastanza da sapere che non lo lascerò in pace finché non mi avrà detto qualcosa di più.

22.

L'auto di Cantoni si allontana e, mentre entro dal cancelletto di casa, Lavinia incredibilmente mi telefona sul cellulare.

"Ciao Anna, come stai? Scusa, ma ho visto tardi il tuo messaggio. Sai, sto cercando di disintossicarmi un po' dalla schiavitù del cellulare, dei social." La ascolto, ma mi sembra irreale che stia dicendo sul serio. "Tu non hai idea di quanto benessere porti il silenzio e staccarsi dal resto del mondo per un pochino; è qualcosa che sto imparando da Claudio. Ieri pomeriggio appena sono arrivata da lui, zacchete, ho spento tutto e l'ho tenuto così fino al mattino. Tu non sai quanto faccia bene," ribadisce.

"E tu non sai che se io, zacchete, staccassi il telefono quando Luca è a scuola e gli accadesse qualcosa, mi manderebbero i servizi sociali."

"E cosa c'entra?! Sei nervosa, Anna? Dimmi, dai, che devo andare in tribunale di corsa di corsa."

Ecco, di corsa di corsa.

"Lavinia, dobbiamo fare due parole di persona. Per favore trova il tempo. Quando vuoi, ma dobbiamo parlare."

"Devi dirmi qualcosa di Claudio?"

"No, Claudio non c'entra nulla."

"Ah, meno male, cominciavo già a preoccuparmi. Scappo tata, un bacio, eh?!"

E mette giù.

Forse avrei dovuto dirle che si trattava di Claudio, così

sarebbe stata a casa mia nel giro di mezz'ora. Adesso lo so che non la beccherò più.

Anche se posso dire di essere una che conosce gli altri, che sa come sono fatti, poi casco regolarmente sulla strategia.

Non appena metto piede in casa, la tribù animali-piante comincia a reclamare cure e cibo come se fossi stata assente per mesi. Fra tutti, al momento il ficus è quello in assoluto con l'umore peggiore.

"... poi la luce che mi arriva qui non mi va mica bene, eh. Mi resta la terra umida. Come faccio a crescere decentemente? Non so più da quanto tempo non faccio un bel pollone!" sbraita. Mentre cerco di ignorarlo e mi chiedo quando finirà questa fase vegetal-adolescenziale, però mi illumina un pensiero.

"Mi spiace, ragazzi, ma dovrete aspettare ancora un po'! Devo andare, tornerò."

Corro a prendere la macchina lasciandomi alle spalle i rimbrotti domestici: ho ancora qualche ora prima dell'uscita di Luca da scuola e ce la posso fare.

Devo tornare a casa Barani, forse Andrea è ancora là.

Non so che scusa troverò, non ne ho la più pallida idea.

Quella sera nel giardino interno è improbabile ci fosse qualche altro animale visto che la presa d'aria ho notato avere la zanzariera, ma non c'era solo il carlino bastardo. C'erano le piante e, anche se inizialmente non ho pensato a loro perché sono molto restie a comunicare con chi non conoscono e avevo puntato tutto sul cane testimone, ci devo provare prima che la casa venga venduta e sia troppo tardi. Sennò a cosa serve tutta questa terrificante esperienza con un ficus polemico?

Ho mandato un messaggio per avvisare Cantoni del mio tentativo disperato: alla fine qualche lezione la imparo, anche se ho bisogno di metodi forti come rischiare la morte.

Così adesso non prendo più iniziative senza rendere partecipe qualcun altro.

"Ho chiamato Barani perché tu non facessi un viaggio a vuoto," mi informa al telefono Cantoni. "È già in corsa sull'autostrada per Milano, ma ha lasciato le chiavi all'agenzia immobiliare all'imbocco della via che porta al quartiere residenziale. Se passi di là te le consegnano: ho detto che hai perso la fede di matrimonio durante la nostra visita."

Mi dimostrerò affranta, disperata, tirerò fuori l'espressione sconfortata di quando l'ho persa davvero e mai più ritrovata, né ricomprata. Nove anni fa.

All'agente immobiliare però la mia recita non interessa affatto: Andrea Barani deve avergli contagiato l'atteggiamento sprezzante in grado di far sentire chiunque una verruca, così mi dà le chiavi e non guarda neanche che faccia ho. Nessun problema, così potrò fare tutto da sola e in tranquillità, eppure quando arrivo di fronte al cancello di villa Barani mi sento comunque un'intrusa: ho in mano le chiavi del luogo in cui delle persone hanno passato la loro vita e hanno dovuto anche porle fine.

Entrare lì da sola, sono un'estranea che entra in una casa senza la protezione dei legittimi proprietari e poco importa che lo faccia a fin di bene, mi resta addosso una nota di profonda malinconia.

Le finestre sono chiuse, ma il riverbero della luce che proviene dal giardino interno mi guida verso la sala.

Dietro alla vetrata si stagliano piante meravigliose: un sistema automatico si prende cura di innaffiarle e regolare la temperatura interna del giardino, così si mantengono imponenti e rigogliose.

Apro la porta della serra e vi accedo evitando di fare rumore.

Le piante gradiscono un certo riserbo, il rispetto del loro spazio, anche quello acustico. Ci sono un paio di orchidee, ma su di loro non nutro alcuna fiducia: so che non mi diranno nulla non perché siano altezzose, ma perché sono di indole insicura e di una timidezza assoluta. In fondo alla serra campeggia un'imponente monstera, quella pianta con le foglie ampie con i buchi che Luca chiama la pianta Emmental. Alcune monstera di mia conoscenza scambiano volentieri qualche parola anche se nella maniera criptica tipica di tutte le piante, a eccezione del mio ficus psicopatico.

Così mi avvicino lentamente e la saluto. Niente, non risponde.

"Buongiorno, mi chiamo Anna. Siete tutte delle splendide piante, sapete? Lei poi, monstera, ha delle foglie che sono un incanto." Provo l'arma della lusinga. Con le piante serve poco perché in generale esistono in un presente fatto di raggi di luce nel quale si dissolvono in un piacere che non ha bisogno di definire una particolare identità, però non so davvero che altro fare, ancorata come sono alle pochezze della nostra specie.

La monstera resta lì, silenziosa ed estatica.

"Chiedo scusa se la disturbo, piantona, ma davvero ho bisogno di aiuto, un aiuto che al momento potete darmi solo voi."

Niente. Mentre mi lascio scivolare nello scoramento, però, sento come un pigolio.

"Che vuoi? Eh, che vuoi? Eh, che vuoi? Che vuoi?"

Mi guardo in giro. Il giardino interno ha parecchie splendide piante lussureggianti, tutte tropicali come dimostra la temperatura fissata dal termostato e la mia sudorazione, ma sono tutte imponenti e non riesco a capire quale richiami la mia attenzione con una vocina così lieve.

"Che vuoi? Eh, che vuoi? Ho detto, che vuoi? Son qui sooootto! Qui sotto!"

Ebbene, una minuscola erbaccia, sfuggita alla mano severa di chi si è sempre occupato del giardino interno, spunta tenace fra la terra smossa. Probabilmente un semino è arrivato per errore e, grazie ai rivolgimenti dell'ultimo periodo e all'assenza di cura quotidiana, è riuscito a crescere fino a diventare un ciuffetto di foglie semplici dell'altezza di qualche centimetro.

"Che vuoi? Eh, che vuoi?!"

Stupita e felice di tanta disponibilità da un vegetale rispondo: "Ciao piantina! Grazie per avermi risposto. Mi chiamo Anna".

"Non me ne può fregare di meno. Che vuoi?"

"Bene, allora io vorrei sapere se hai visto qualcosa circa quindici giorni fa, quando si è impiccato il padrone di casa."

“Bella, c’abbiamo un problema.”
“Quale?”
“Io sono nata trentadue ore fa.”
“Ah, ecco. Ma le tue amiche no, c’erano già, però non mi rispondono in nessun modo.”
“Mi pare ovvio. Hanno sete, pregano e gli arriva l’acqua, c’è secco, pregano e si fa una pioggerellina, hanno freddo, pregano e il clima si scalda, hanno caldo, pregano e si rinfresca. Così si sono votate tutte al Dio Squadrello bianco che le ama e le cura.”
Guardo il Dio Squadrello bianco, detto anche più comunemente termostato con regolazione automatica dell’innaffiatura e del livello di umidità.
“Hanno fatto il voto del silenzio. Per lui. Per questo non ti parlano, non mi parlano né parleranno mai e poi mai.” Resto spiazzata. Per convincere le piante se non a parlarmi, almeno a fornirmi qualche indizio, non ho davvero al momento nessuna soluzione: ci devo pensare e lì dentro sto soffocando.
“Accidenti. Be’, io ti ringrazio davvero tanto, ecco,” e faccio per andarmene.
“Bella, mi puoi prima fare una cortesia?”
“Certo.”
“Non è che mi potresti portare via con la mia zolletta di terra e piantarmi fuori?”
“Di sicuro. Non ho pensato che qui rischi di essere estirpata al primo giro del giardiniere.”
“No, ma di quello non mi interessa nulla. È che qua ho caldo e con queste estremiste sempre zitte mi annoio.”
Devo dire che l’erbaccetta ha le sue ragioni, così apro un fazzoletto di carta e vi appoggio sopra la piantina con la zolla di terra che le abbraccia le radici.
Così, con la piantina in mano esco dalla serra in un bagno di sudore e mi avvio nella penombra della casa per andare all’uscita senza aver avuto uno straccio di informazione utile.
Ma a un tratto sento un rumore, qualcosa è caduto per terra con un tonfo.
Poi dei passi pesanti, sempre più veloci, sempre più vicini.
Non ho nemmeno il tempo di aver paura.

Due occhi spalancati escono dal buio e una mano enorme mi artiglia con forza una spalla.

La piantina mi cade e, mentre guardo la terra spargersi sul pavimento in istanti che rallentano sempre di più e la testa mi si inonda dell'odore acre dell'uomo che mi blocca, riesco solo a pensare che continuo ad avere un pessimo tempismo.

23.

"Cosa ci fa lei in casa di mio padre?!"

Oh, ma guarda che faccia ha Giorgio Barani!

A quanto pare, mentre me ne stavo bella chiusa nel giardino serra, è tornato a casa sua dopo un numero imprecisato di anni. Stanco, distrutto dal viaggio, sporco e sofferente, mi fissa con due occhioni da matto mentre tiene ancora la mia spalla serrata fra le dita.

Sussurro tutto d'un fiato un: "Mi-chiamo-Anna-Melissari-lavoro-per-l'agenzia-investigativa-incaricata-da-suo-fratello-Andrea-sono-qui-con-il-suo-permesso-non-voglio-fare-male-a-nessuno-la-prego-non-me-ne-faccia-neanche-lei-e-stringa-meno-che-mi-rompo-facilmente".

"Oh..." borbotta perplesso mollando subito la presa. Io gli rispondo con il mio migliore sorriso ebete, mentre mi rendo conto che il colorito mi cala rapidamente dalla faccia come se scorresse giù dal fondo di un bicchiere bucato. L'adrenalina mi ha tenuta in piedi, ma adesso sto per stramazzare sul pavimento anche perché non so quantificare da quanto tempo non respiro più.

Giorgio Barani se ne accorge e questa volta la mano me la appoggia sulla schiena per sorreggermi.

"Scusa," dice mentre il suo sguardo si fa preoccupato, "forse ti ho fatto paura."

"Diciamo che hai un impatto scenico di una certa rilevanza... " dico mentre barcollo, ma Giorgio Barani mi sostiene senza fatica perché è due metri di uomo, con una stazza e una quantità di barba, capelli e pelo da fare invidia a un orso marsicano adulto e io sono solo un'Annarella di quaranta chili e ho anche perso la mia piantina.

Lui fa una risata fra l'imbarazzato e il divertito e gli si illuminano gli occhi.

"Vieni dai, ti faccio un tè, una tisana... boh, qualcosa forse in cucina ci sarà... hanno staccato il gas che tu sappia? Spero di no."

"Aspetta," e mi chino a raccogliere l'erbaccia nel fazzoletto, cercando di sistemare nuovamente la terra attorno alle radici. Giorgio Barani si inginocchia di fianco a me e comincia ad aiutarmi senza farmi domande, poi si alza, si allontana e torna con un bicchierino di plastica nel quale poso la piantina che si è chiusa in un mutismo molto vegetale.

In cucina appoggio la piantina sul tavolo, poi stramazzo su una sedia mentre Giorgio Barani tenta di ripescare ricordi persi nella memoria di un passato remoto, per poi aprire gli sportelli e fare un sorriso compiaciuto quando trova che negli anni qualcosa come la disposizione di zucchero e tè non è cambiata.

"Stai meglio?" mi chiede mentre armeggia con i fornelli, contento quando si accende la fiamma sotto al bricco che ha riempito d'acqua.

"Sì, scusami, padre Barani, frate Giorgio... come ti devo chiamare?"

Non so come lo devo chiamare, ma il fatto di dargli del tu mi viene immediato perché quell'uomo ha qualcosa che mi ricorda tremendamente una forma di pane toscano appena sfornato. A parte per l'odore, lì no. Però appunto, il viaggio...

"Chiamami Giorgio. Non mi avevano detto che poteva esserci qualcuno che girava per casa, però è anche vero che mio fratello non lo sento da un paio di giorni... Mi hai spaventato."

"Spaventato? Ma ti sei visto?"

La tazza di tisana fumante che Giorgio Barani mi porge si perde nella sua grossa mano screpolata e ancora piena della terra che mi ha aiutato a raccogliere dal pavimento.

Le mani lisce e le unghie curate di suo fratello… faccio fatica a pensare a due persone più diverse.

"Ho saputo solo tre giorni fa di mio padre, quando sono tornato alla missione. Ero andato a… lasciamo perdere, ci avevano rubato un pezzo della pompa di uno dei pozzi, e me lo sono andato a riprendere, ecco. Comunque sì, le comunicazioni dove sto io non sono proprio immediate. Come l'ho saputo sono partito. Non dormo da più di ventiquattr'ore," e si sfrega il volto con le mani. Si alza, sospira, si allontana e quando torna la barba bagnata indica che si è lavato la faccia.

"Perché mio fratello vi ha assunto? Dovrei vederlo oggi o domani." Poi si ferma pensieroso. "C'è qualcosa che non so, temo…"

Lo ragguaglio sulla donazione a Oxana, ma non dico nulla di più.

"Ma davvero mio fratello vi ha assunto per questo?"

"Temeva ci fosse stata un'opera di circonvenzione ai danni di tuo padre," tento di addolcire e chiarire appena la questione.

Lui sorride.

"Anna, lo conosco mio fratello. Comunque grazie del chiarimento. Qui in casa cercavi qualcosa, a parte…" e indica il bicchiere con dentro l'erbaccetta moscia.

"No, è che avevo perso un anello ed ero venuta a cercarlo con il permesso di tuo fratello, ma sai che ora che ci penso ti vorrei chiedere una cortesia? Sempre che anche Andrea sia d'accordo…"

Giorgio appoggia la faccia sulla manona e mi ascolta concentrato.

"Tuo padre aveva l'abitudine di scrivere tutto su dei quaderni, cose più che altro riguardanti la contabilità," e Barani mi fa un cenno d'assenso. "Ecco, abbiamo visto quello che aveva stilato negli ultimi mesi, ma ci sarebbe davvero utile per l'indagine dare un'occhiata anche a quelli precedenti. Dici che si può fare?"

"Certo! Dammi il tempo di cercarli," risponde subito.

"Li avevamo già chiesti a tuo fratello," sottolineo.

"Sì, sì, nessun problema," e prende il bicchiere con dentro l'erbaccia. La guarda incuriosito, al che lei sussurra un: "Non mi mangiare, ti prego non mi mangiare... non pensavo che i bufali fossero così grossi..." e poi si richiude in sé stessa, o forse sviene in maniera piantesca.

Guardo l'ora.

"Giorgio, ora devo andare a prendere il bambino a scuola. Avrei però bisogno di chiederti ancora qualcos'altro. Resterai per un po' qui in Italia?"

Lui prende da una tasca un telefonino vecchissimo, lo accende. Poi armeggia con la tastiera e l'espressione imbranata e la lentezza di chi non è abituato, borbotta rassegnato, tira fuori un paio di occhiali con una lente attaccata con dello scotch da pacchi, cerca il suo numero di telefono su un foglietto di mille anni tutto piegato e chiuso nel portafoglio, numero che ovviamente non si ricorda e me lo ricopia su un pezzo di carta staccato da quello che doveva essere il suo biglietto aereo.

"Tieni. Casomai in questi giorni il telefono lo tengo acceso, se sta acceso."

Un "piiii" triste e moribondo avvisa che il telefono ha sentito e da parte sua dice che non può garantire nulla.

Giorgio Barani mi accompagna alla macchina e alla luce del sole è ancora più grosso e ancora più stanco di quanto non mi sembrasse nella penombra della casa.

"Pensa, Anna, saranno almeno quattro anni che non tornavo a casa. E sai cosa mi ha detto Andrea quando gli ho chiesto come sarei potuto entrare? Con le chiavi, mi ha risposto. Le stesse che mi ero portato con me anni fa, perché anche se a mio padre avevano consigliato di cambiare il portone più di una volta per metterne uno più sicuro aveva sempre detto di no, perché 'se Giorgio torna deve aprire con le sue chiavi la porta di casa sua'."

Andrea Barani ha scelto di essere una maschera ferma e nascondere tutto dietro a lenti scure o addirittura sotto alla pelle. Suo fratello Giorgio invece avrebbe tanta barba, capelli e sopracciglia per coprire quello che vuole e invece lascia che tutto si esprima in quei tre centimetri quadrati di pelle del viso esposta al sole.

"Anna, posso chiederti perché avevi in mano quella erbaccia e non l'hai strappata e basta?" mi chiede mentre salgo in auto e sistemo il bicchierino con la mia nuova amica ancora muta e abbacchiata.

"Mah, veramente adoro le erbacce. Trovo commovente la loro tenacia nello stare al mondo al di là dell'accettazione e dell'apprezzamento del prossimo."

Lui mi sorride.

"Ora che mi ci fai pensare, anch'io amo le erbacce," e mi saluta e continua a salutarmi con la mano anche mentre mi allontano e scompaio dietro a una curva per andare più veloce possibile a prendere il mio bimbo.

24.

Luca addenta soddisfatto un'enorme fetta di pane, burro e zucchero.

Caterina lo guarda soddisfatta come se quell'immagine fosse un'opera d'arte della quale lei è in parte artefice, avendo spalmato una quantità imbarazzante di burranza mentre credeva che io non la vedessi.

"Buono, eh?"

"Tìììì."

"È buono, eh?"

"Tììì, tanto tanto!"

Quei due sono un'associazione a delinquere davanti alla quale io non posso che arrendermi.

Prima di venire qui, Luca e io siamo passati da casa. Ho momentaneamente piantato l'erbaccia nel vaso del ficus che ha ovviamente protestato con vigore.

"Dai! Ma non la vedi come sta male, poverina? La teniamo con noi il tempo che si riprenda. E poi," gli ho detto per rabbonirlo, "è una delle pochissime piante che io abbia incontrato che parla compiutamente come te e sia in grado di rompere le scatole al prossimo fino allo sfinimento!"

Non so quanto il ficus si sia tranquillizzato, ma il fatto che anche l'erbaccetta parli fluidamente lo ha incuriosito parecchio.

E mentre Luca amoreggia con la sua merenda sotto gli occhi della nonna, io guardo la porta chiusa dello studio di mio padre. Lui è lì chiuso lì dentro come al solito, lo sento parlare al telefono e io aspetto, aspetto da più di mezz'ora. Finalmente mette giù e busso forte, non per chiedere permesso, solo per avvisare che sto entrando. E mi tremano le gambe perché quella porta sempre chiusa dello studio di mio padre è stato un limite invalicabile, forse l'unico, della mia vita.

"Fai silenzio che papà lavora", "Fai piano che disturbi papà" e quella porta. Chiusa. Che non si poteva aprire e da sola non si apriva mai se non per far passare un uomo che si spostava altrove per chiudersi alle spalle regolarmente un'altra porta. "Non disturbare papà", "Lì non si entra, non è un posto per giocare".

E ora, da adulta, la apro e ci trovo mio padre seduto alla scrivania che non sposta gli occhi dal pc che ha davanti.

Mi seggo sulla sedia di fronte a lui.

"Babbo, penso che tu debba parlare con Caterina e Lavinia. Non puoi continuare a far finta di nulla, presto partiremo con le cure e l'intervento."

Lui, sempre senza guardarmi, fa un gesto di stizza.

"No, non partiremo con cure e intervento. Partirò io con cure e intervento!"

Resto attonita, poi esplodo: "Stai quindi dicendo che andrai da solo a fare le terapie? Che nessuno ti reggerà la testa quando starai male? Che nessuno laverà le tue cose piangendo di nascosto? Dici che solo la tua vita cambierà? Che nessuno subirà i tuoi malumori sprezzanti facendo tutto quello che fa senza la speranza di un grazie o un sorriso?".

Lui continua a fingere che io non ci sia, non risponde e tiene lo sguardo fisso verso il monitor del pc.

Fuori dalla stanza, la risata allegra di Luca è un'eco di campanelle che mi salva il cuore.

"Babbo," gli dico, "domani ti accompagno alla visita dall'oncologo."

Di nuovo non dice nulla.

Mi alzo e vado verso l'uscita.

"Anna..."

Mi volto subito verso di lui.

"Dimmi."

"Uscendo chiudi la porta."

Alla sera Luca fatica ad addormentarsi e la giornata già lunga diviene interminabile. Quando finalmente crolla, arrivo in pigiama e calzini in cucina, dove Alessandro legge con Banzai accoccolato sulle gambe e ha fra le mani una tisana fumante nella tazza di *Star Wars* che gli ho regalato secoli fa.

"Allora domani mattina lo accompagni? Tuo padre, intendo."

"Sì. Spero così di sapere qualcosa di più."

Alessandro si toglie gli occhiali. È il suo modo di dirmi che ho tutta la sua attenzione.

"Quando avrai qualche novità telefonami, così mi racconti."

"Ti mando prima un messaggio, non vorrei disturbarti se sei in riunione."

"Non mi disturbi. Tu chiama, ok? E vedrai che affronteremo tutto passo dopo passo. Se ci sarà bisogno e dovrai stare con tuo padre, ho molti permessi arretrati che se non utilizzo presto mi saranno azzerati se non ne usufruisco e a Luca penserò io."

Lo guardo. È vicino e partecipe.

Ha molti permessi arretrati, se non li usa verranno azzerati. Non sapevo ne avesse così tanti, ma visto quello che sta capitando, meglio così.

Poi mi vedo sempre di corsa per giostrarmi il bimbo e l'agenzia alla quale dedico solo gli spazi che sono coperti dalla scuola. Lui resta sempre fino a tardi al lavoro, spesso un'ora in più. Prima non esce mai, proprio mai.

Alessandro mi aiuterà in questa fase difficile con mio padre, collaborando e non facendomi sentire sola ed è tantissimo. Mi permetterà di fare tutto quello che dovrò fare, ma non quello che desidero fare, il mio lavoro, quello che vorrebbe che lasciassi.

Tu fai sempre e solo quello che ti va.

E per un attimo mi riavvolge l'amarezza. Poi guardo gli occhiali sul tavolo, il libro ben chiuso. Mi alzo e abbraccio forte mio marito.

"Grazie," gli dico.

Poi vado a letto, persa in questo tempo fatto di piccoli

passi avanti e indietro e con i rapporti che non sono un tappeto appoggiato per sostenere gli ammennicoli più o meno utili della vita, ma sono una trama da tessere in continuità con cura, spesso con sacrificio, sapendo che ci sono buchi rappezzabili e altri che semplicemente restano lì e ce ne si fa una ragione. C'è qualcosa di poco romantico, ma comunque di estremamente commovente in tutto ciò e, consolata da questo pensiero, finalmente crollo in un sonno pesante che mi spegne fino alle prime luci del mattino.

25.

Nonostante il trafficotto congestionato del primo mattino arrivo in orario perfetto di fronte all'agenzia per prendere Otto con me.

Lui non ama viaggiare sulla mia auto perché ci sta stretto e dice che si sente un cane in scatola, ma se ne farà una ragione. Infatti ieri sera Cantoni mi ha mandato uno dei suoi messaggi dittatorial-perentori nel quale mi avvisava che stamattina il cagnone e io andremo in missione nell'area di sgambamento per cani dove Saverio Conti porta il suo terranova nero. Parcheggio, ma mentre comincio a sistemare nel baule una coperta morbida con i cani della *Carica dei 101* che so che Otto apprezzerà, mi suona il cellulare.

"Anna, ti disturbo?"

"No, ci mancherebbe. Mi dica."

Fra tutte le telefonate che potevo aspettarmi, senza dubbio non c'era quella della mia analista e invece è proprio lei, nel pieno del suo tono più professionale.

"So che hai incontrato mio cugino Giorgio."

"Sì, proprio ieri."

"Quello che non sai è che lui ha già perso il tuo numero di telefono, che il suo cellulare ha tirato l'ultimo respiro e che, quando ieri sera è venuto a trovarmi, mi ha parlato di te e del fatto che vorrebbe vederti appena possibile."

"Volentieri. Come mi metto in contatto con lui?"

"Anna, secondo te come mai ti sto chiamando?"

"Ecco, sì..."

“Domattina. Vi aspetto entrambi qui a casa mia per le nove e mezzo. Può andare bene?”

“Se per voi non è un problema verrò con il mio collega,” rispondo.

E mentre mi escono queste parole è come se mi ascoltassi da fuori. Io che propongo di andare all’incontro con Cantoni, qualcosa di normale, di ovvio, di saggio. Quindi di assolutamente non scontato per l’Anna che finora sono sempre stata.

Sto invecchiando così come mi ha spiegato Banzai, ma sto anche crescendo. E finché continuerò ad accettare la fatica di crescere, forse posso sperare di spaccare la crosta di rigidità che l’invecchiare mi costruisce pian piano addosso.

Tonino ha scoperto che Saverio Conti al mattino entra in ufficio sempre tardi perché prima porta il terranova a fare un giro nell’area di sgambamento del parco vicino a casa sua. Così è proprio là che Otto e io ci posizioniamo dietro a una siepe in attesa di vedere spuntare la coppia uomo-cane.

“Annare’, posso andare a giocare con quell’husky là? Mi pare che tiene una palla bellissima.”

“Buono, Otto, tu hai una funzione molto importante. Quando ti faccio il segnale, devi distrarre Conti in modo che io possa parlare con il suo terranova. Ricordati che stiamo lavorando!” cerco di convincere l’alano che scodinzola e continua a fissare l’husky che vuole raggiungere dimostrando così una deontologia professionale piuttosto scarsa.

Quando finalmente Conti compare all’orizzonte con il suo terranova nero, ha l’aria stanca, va diretto verso una panchina interna all’area di sgambamento e l’enorme cane si siede tranquillo a qualche metro dal padrone.

Come Otto e io entriamo a nostra volta nell’area, Conti ci vede, sospira, ma non si alza.

“A entrambi piacciono i cani grandi. Ha notato, Conti?”

“Ho notato,” risponde senza guardarmi mentre Otto mi molla in asso e va a mettere in atto convenevoli fatti di incontri fra nasi e sederi con metà dei cani presenti nel recinto.

Mi seggo anch’io sulla panchina.

"Lei voleva bene davvero a Luigi Barani, ma nonostante questo non ci ha detto tutto ciò che sa."

"Non ama girarci intorno, eh, signora?" mi chiede con fare rassegnato.

"Do valore al tempo suo e mio, Conti."

A quel punto il terranova si alza, si avvicina e torna subito a sedersi, ma con il testone posato sul ginocchio dell'uomo.

"Cagnone, non voglio fare del male al tuo padrone. Vorrei solo che lui mi parlasse di quello che lo rende triste," dico certa che fra padroni di cani il mio parlare rivolgendomi ai loro animali non desti alcun sospetto.

"Si chiama Mina, è una femmina," risponde Conti accarezzandola con dolcezza. "Siamo vecchiette, eh, Mina? Ormai non ci vede quasi più ed è sorda come un campanaccio, ma tutte le mattine ci facciamo una passeggiata fino qui. Soli, io e lei."

Mina sbuffa in maniera bonaria, poi si lascia scivolare con le zampe davanti, con gli occhi coperti da un velo opaco che mi ricordano quelli della signora Pina. Se la terranova è sorda, temo che non mi potrà essere d'aiuto.

"Cosa spaventava tanto il suo predecessore da spingerlo ad ascoltare di nascosto la nostra conversazione?" decido di chiedere andando dritta al punto, non ho nulla da perdere.

Conti sorride alla mia domanda, non si mostra stupito del fatto che abbiamo scoperto la cosa o forse semplicemente non gli interessa più di tanto e comincia con calma a togliere alcuni fili d'erba finiti in mezzo al pelo fitto della sua cagnona.

"Ah, Barani..." dice come se parlasse fra sé. "Se avesse saputo come sarebbero andate le cose non avrebbe venduto mai, ma le persone che lui stimava di più lo hanno imbrogliato."

"Tavelli quindi ha pensato che investigassimo sulla vendita di anni fa?"

"No, quella ormai è roba vecchia."

Otto si avvicina zampettante e contento. "Uè, mi sto divertendo assai. Buongiorno signora cane nero grande, mi chiamo Otto, ci venite a giocare con me?" poi capisce che non ho finito e che la terranova non lo vede e non lo sente, quindi se ne corre ancora via inseguendo una farfalla gialla.

"Cosa potevamo scoprire che avrebbe dato fastidio a Tavelli?" incalzo. Sono pronta a insistere e invece mi trovo di fronte a una completa resa.

"Cose come il fatto che lo stabilimento presto andrà in dismissione completa e tutta la produzione verrà spostata in Paesi con un costo del lavoro più basso. Non resterà più nulla della ditta di Luigi, se non i suoi progetti realizzati altrove e un immenso capannone ormai già in vendita a un'azienda che si occupa di stoccaggio merci."

Fisso Conti con gli occhi sbarrati. Se il contraccolpo per la città era stato forte con i licenziamenti subito dopo la vendita, una cosa del genere significherà molte più famiglie in difficoltà e il poco indotto rimasto destinato allo sfacelo.

"Non c'entro nulla, io, la prego di credermi," continua lui. "La trattativa è stata portata avanti esclusivamente da Tavelli e dai vertici della multinazionale quando ancora era in carica lui. Sono a conoscenza della cosa anche Porta e Sacchetti perché nel contratto c'era scritto che avrebbero fatto parte del consiglio di amministrazione per dieci anni dopo la cessione da parte di Barani. Io ho scoperto tutto da pochissimo e nessun altro lo sa. Abbiamo firmato da tempo un accordo di riservatezza e tutto è sotto silenzio per evitare di scatenare con anticipo le proteste che questa operazione porterà con sé. Quando si verrà a sapere, sarà tutto già predisposto e ormai definitivo."

Ripenso alla segretaria che ci ha accolto, alle macchine dei dipendenti parcheggiate nel grande piazzale. Sono fantasmi e non lo sanno.

"Sì, ma i sindacati..."

"I sindacati sono impotenti. Crede che questa gente sia sprovveduta? Tavelli non sapeva perché foste lì, ma ha avuto paura che mi lasciassi scappare qualcosa a riguardo. Diciamo che non si fida molto di me, ultimamente."

"Perché, Conti?"

Lui dà un colpetto con la mano sul fianco della cagnona si alza e l'aiuta a tirarsi su.

“Mah, forse avrei potuto dire come stanno le cose lì in ufficio anziché a una signora gentile con un alano, su una panchina dell’area cani,” e ride appena. “In questi anni ho creduto di salvare qualcosa e invece sono stato solo un burattino. Che dici, Mina, ce ne andiamo da questa città prima di subire la gogna toccata a Pierone? O forse resto perché me la merito, non so.”

Otto ritorna di corsa.

“Ribuongiorno, signora cane. Qui ci torniamo, Annare’? Là ci stanno pure gli ostacoli da saltare, ma non li ho fatti o se no mi faccio male. Ci torniamo che ho fatto amicizia co’ nu bassotto, una beagle, un boxer e un meticcio bello assai?”

“Grazie…” non riesco a dire altro, mentre Conti si avvia, ma Mina non lo segue e invece mi viene vicino. Mi chino per accarezzarla e lei, avvicinando il testone al mio orecchio, sussurra delicatamente. “Il mio padrone ieri si è licenziato. La mia padrona si è arrabbiata, dice che mancavano ancora quattro anni alla pensione, che ora non arriveranno un sacco di soldi di liquidazione. Gli ha detto delle cose brutte, molto brutte e io, umana, davvero non vorrei sentire nulla come crede lui, ma ancora ci sento più di quanto vorrei.”

Mi struscia il muso sulla guancia a mo’ di saluto, poi raggiunge a passo lento il suo padrone e si allontanano dondolando uno di fianco all’altra.

26.

Fra dieci giorni mio padre comincerà un ciclo di cure nel tentativo di ridurre la massa in vista dell'intervento. Pare non ci siano metastasi. Non "pare" a me. Lo ha detto il medico. "Pare non ci siano metastasi." Cioè non ci sono? "Pare non ce ne siano."

L'oncologo ci ha parlato di terapie ben tollerate, ad alta efficienza ed efficacia, di un intervento che dovrebbe essere risolutivo. Insomma, è stato positivo senza risultare consolatorio o offrire facili rassicurazioni. Sostanzialmente sarà in salita, ma parrebbe una salita affrontabile. "Pare" una salita affrontabile. Per alcuni, non tutti. Molti. Quindi sarà una terapia senza troppi effetti collaterali? "Può essere. Per alcuni." Ma non per tutti. "No, non per tutti."

Ah, ecco.

Durante tutto l'incontro mio padre non ha detto una sola parola, ha fissato il medico come se fosse uno studente di fronte a lui per sostenere un esame. Stessa aria impenetrabile, contegno arcigno, quasi che la prova a venire non fosse per lui, ma per il dottore e le sue competenze tutte da dimostrare.

Alessandro ha ascoltato il mio racconto al telefono, Caterina ha ascoltato il mio racconto di persona, io mi sono sentita ascoltare il mio racconto in duplice copia e mio padre si è chiuso nel suo studio, mentre mia sorella continua a essere in fase di disintossicazione da cellulare visto che due messaggi nei quali le chiedo di vederci restano lì, svolazzanti nello spazio dell'oblio di un recapito ancora mancato.

Per tutti questi motivi sono felice che Cantoni mi abbia chiesto di passare in ufficio nel pomeriggio, però di fronte a lui borbotto un: "Cantoni, se mi chiedi di venire in ufficio al pomeriggio lo sai che ho Luca con me".

Mio figlio e Otto, entusiasti del loro ritrovarsi, sorridono ognuno a suo modo e pensano come un'unica testa.

Cantoni guarda giustamente pensieroso e atterrito bimbo e cane che sgusciano fra scrivanie e tavoli, persi in una sintonia tutta loro e con una particolare affinità nel passare a un decimo di millimetro da spigoli e oggetti delicati. E, mentre io mi preoccupo per l'incolumità delle capocce dei due, lui si preoccupa invece per quella dei suddetti spigoli e degli oggetti.

Tonino invece se la ride con quell'arte tutta sua di rimettere le cose nella giusta prospettiva quando Cantoni e io ci troviamo ovviamente a difenderne le visioni più estreme e opposte. Prima o poi mi farò raccontare da Toninone qualche aneddoto sulla sua infanzia e sono certa che sia stata povera di ansie genitoriali, all'insegna dell'occhio non vede e cuore non duole e incredibilmente prodiga di calcioni nel sedere all'occorrenza. Ma non è oggi il giorno, perché, dopo che ho raccontato quanto mi ha detto Conti, tutti ci siamo rabbuiati.

Cantoni rompe il ghiaccio: "Cosa pensi che ci vogliano dire la tua analista e Giorgio Barani?".

"Non lo so, ma credo che averli entrambi a disposizione per noi sia un colpaccio. Forse Giorgio ci darà i quaderni di suo padre. Novità sul fronte cagnetto fuggiasco?"

"Nessuna, Annare'," mi risponde Toninone. "Ho diramato un'allerta in tutti i canili cittadini. E da loro arrivano cani vivi e cani morti, ma il botolo pare scomparso proprio."

"Abbiamo invece scoperto chi è il nuovo proprietario di Carl."

"È il signor Piero."

"Quello con la figlia malata? Quello che è uno dei tre

dell'azienda che hanno fatto lo sfacelo? Quello che insomma..."

"Quello, Anna."

Resto di stucco. Una persona che aveva tradito così tristemente gli ideali di Barani. Ma come può Andrea Barani aver lasciato il cane del padre proprio a lui! Poi mi viene in mente l'afflato affettivo di Andrea Barani e smetto di farmi domande idiote.

"Pensavo che i tre neo-dirigenti avessero tagliato tutti i ponti con il loro vecchio capo."

"E invece no, Annare'," subentra Tonino. "Pare che il signor Piero abbia cercato più volte di riavvicinarsi a Barani, che era stata sua figlia a regalare il cagnetto quando la signora era morta. E mo' dice che se ne vuole prendere cura e che è un modo per rendersi utile."

"Utile, e come prima cosa dice che farà castrare il cane e lui ovviamente taglia la corda," sbuffo.

"Mimi, cosa vuol dire castrare?" chiede Luca che emerge da sotto un tavolo al che Otto, sentita la domanda, blocca per un attimo il suo rotolare gioioso.

"Una cosa brutta assai vuol dire, piccirill'," risponde scuotendo il testone.

"Anna, ho sentito telefonicamente il signor Piero e si è detto disponibile ad avvisarci non appena dovessero riportargli il cane," taglia corto Cantoni. "Intanto però andremo presto a trovarlo perché..."

"Santo cielo, e se Pierone che ogni tanto sentiva Barani gli avesse detto della ditta?" esclamo.

"Brava. Se fosse così, il nostro Luigi sarebbe diventato un pericolo. Tavelli, Porta, Conti e Pierone avevano firmato un documento nel quale si impegnavano a mantenere la riservatezza, ma Luigi no. Non poteva agire concretamente, ma se avesse reso nota la cosa avrebbe scatenato il putiferio che ai vertici della multinazionale volevano evitare."

"Quando andiamo a parlare con Piero?"

"Mimi, cosa vuol dire castrare?" e Luca si piazza con la faccina esattamente a metà fra me e Cantoni.

"Scusa, Cantoni. Castrare vuol dire tagliare le palline a

un maschio e solitamente si fa agli animali per non far loro avere i cuccioli. Lo abbiamo fatto a Banzai, per esempio. Ora però mamma deve parlare con zio Giovanni e zio Tonino, va bene?"

Luca mi guarda palesemente turbato, ma la mia spiegazione non turba solo l'animo del mio bambino: tutti i maschi della stanza hanno un momento di malessere. Otto si acquatta e anche Cantoni e Tonino strizzano appena gli occhi.

"Quando andiamo da Piero?" chiedo di nuovo.

"Andiamo da Piero Sacchetti appena ce lo permetterà, donna martellante," risponde Cantoni ancora un po' turbato.

Guardo verso Tonino che fa spallucce.

Allora mi volto nuovamente verso il mio capo con lo sguardo più scocciato che posso, ma mi addolcisco subito perché Luca gli è saltato in braccio.

"Zio Giovanni, ma a te ti hanno mai castrato?"

E di nuovo tutti i maschi presenti strizzano gli occhi in un moto di involontario turbamento.

"No, ho ancora le mie palline, però la tua mamma prova in tutti i modi a scassarmele in mille pezzi."

Luca esplode in una bella risata che sa di campanellini e prati fioriti, poi mi guarda con aria birichina.

"Le rompe un pochino anche al tuo papà, vero?" continua Cantoni.

Luca ride di nuovo e fa entusiasticamente cenno di sì con la testa.

Me ne torno in auto con il mio bambino traditore e adorabile, pensando che ho urgentemente bisogno di farmi affiancare da un animale di sesso femminile che mi sostenga con questa frotta di maschi che mi circonda. Ci sarebbero Tarta e Rughina, ma non fanno testo. Io invece voglio una tigre siberiana che all'occorrenza mangi tutti quanti.

27.

Piove nuovamente a dirotto su Cantoni e me chiusi nell'auto bloccata nel traffico in direzione della casa della mia analista e con i soliti tergicristalli disperati che tentano di arginare l'acqua scaricata a secchiate dal fortunale. Avere qualche pista sul caso Barani mi fa sentire di umore migliore e anche Cantoni sembra appena meno tetro. Tavelli continua a darsi disperso all'estero, ma quanto ci ha riferito Conti rende un incontro con lui appena meno urgente.

"Che cos'hai, Anna?" mi chiede Cantoni all'improvviso mentre finalmente riusciamo a imboccare una strada secondaria.

"In che senso che cos'ho?"

"Negli ultimi tempi stai particolarmente zitta, non mi rimbecchi e non usi del sarcasmo a sproposito. Non che la cosa mi dispiaccia, sia chiaro."

Lo sapevo che Cantoni aveva notato il mio malessere dell'ultimo periodo, solo che Tonino me ne ha chiesto spiegazione dopo due minuti e mezzo, Cantoni ha i suoi tempi e non sono nemmeno sicura che voglia davvero una risposta.

"Mi fa piacere sapermi così apprezzata da te, Cantoni. Comunque la motivazione è che ho tutta una serie di problemi famigliari. Una volta risolti ti prometto che tornerò con tutte le mie caratteristiche salienti e ulteriormente raffinate. Ti ho rassicurato?"

"Sono contentone."

"E tu, Cantoni, perché ultimamente sei così strano?"

"Strano come?"
"Strano, tipo vagamente più umano."
"Tutta una serie di problemi famigliari."
"Ecco. Bene. Ti va di parlarmene? Posso aiutarti?"
"No."

Ok, "tutta una serie di problemi famigliari" dev'essere la nuova forma per "fatti gli affari tuoi", ma forse no. Sennò non avrebbe senso chiedere. O forse sì, non lo so.

"Speriamo che Giorgio Barani ci dia informazioni utili," dico per riempire il silenzio post-battibecco.

"Certo, come no," risponde Cantoni. "O casomai di informazioni non ce ne dà nessuna ed è lui ad aver istigato al suicidio suo padre."

"Ma se è un frate al quale i soldi non interessano e stava in Africa!" scatto.

"Guarda che le persone non vengono uccise solo per questioni di soldi," sbotta lui. "E se è per questo uno può stare in Africa, darsi l'alibi e assoldare un sicario."

"Cantoni, stavolta lasciati dire che sei tu che guardi troppa televisione..."

"No, Anna, non è questa la questione. È che tu lo hai già tolto dall'elenco dei sospettati sulla base unica della tua simpatia. Quante volte te lo devo dire che devi essere cauta nelle valutazioni e non escludere nessuna possibilità? Ma tu no, che vai a sentimento!"

Sbuffo. Preferivo quasi continuare a litigare sul discorso dei problemi famigliari.

"Cantoni... gira a destra che siamo arrivati," dico mogia.

E mentre Cantoni parcheggia sotto a uno scroscio di pioggia impietoso, mi compiaccio di aver scelto almeno oggi le scarpe adeguate e vedo Ada che ci attende già sotto il porticato. Aspetta fuori dalla porta come l'altra volta, ma oggi è in piena tenuta professionale tailleur e capello tirato, il che vuol dire che le sue difese sono alzate.

Ci fa accomodare senza tanti fronzoli in sala, si presenta a malapena a Cantoni. Alla fine per interposta persona lo conosce già: le ho detto tutto ciò che c'è da sapere di lui, ossia che è un bravo investigatore con un carattere terribile, sempre di umore pessimo e che spiuma le sorelle inermi. Di padre Giorgio Barani non c'è nemmeno l'ombra.

"Dovete scusare Giorgio. Ha un rapporto tutto suo con gli orologi e gli orari da rispettare," dice a denti stretti.

"Che poi sta a significare che non ha le problematiche asfissianti di controllo che ha lei che si carica di un senso di inadeguatezza verso il resto del mondo che la porta a un'ossessione maniacale per la precisione e la puntualità, tratti tipici di chi non ha pienamente elaborato una maturità del sé." Eccola la gatta piumina dal candore ancora più stupefacente di quanto non ricordassi. Avanza come una top model sulla passerella, una zampina di fronte all'altra con la coda a pennacchio che accarezza l'aria e lo sguardo smeraldino dritto davanti a sé. E, sotto a quell'aspetto soffice, una rara cattiveria d'animo.

"Tu prova a toccarmi e ti strappo il braccio dal corpo!" miagola mentre per salvare la vita di Cantoni blocco sul nascere il movimento della sua mano che vorrebbe accarezzarla.

"Ho fissato degli appuntamenti per la tarda mattinata. Giorgio non cambia davvero mai."

Ada guarda di nuovo l'orologio.

"Dottoressa, non so se lei sa che rispetto a quando ha incontrato Anna la scorsa settimana, al momento il nostro mandato d'indagine è cambiato," rompe gli indugi Cantoni.

"L'ho capito ieri, quando Giorgio è arrivato a casa mia decisamente scosso. Ha sentito telefonicamente suo fratello e lui gli ha parlato delle vostre supposizioni."

Si volta verso di me e il suo sguardo è disarmato, nonostante la tenuta da professionista da guerra.

Il campanello suona, lei scatta e si allontana. Poco dopo ritorna, minuscola anche se sui tacchi, di fianco a padre Giorgio Barani, un Giorgio Barani lavato, con i capelli lunghi raccolti in una coda di cavallo, la folta barba appena sistemata e che, più che un frate, sembra il capo del gruppo di un centro sociale appena uscito dall'occupazione di una palazzina.

Giorgio stringe la mano a Cantoni, poi viene da me e mi dà un abbraccio che mi lascia un po' spiazzata.

"Scusate... Anna, il mio cellulare... il tempo di sentire mio fratello e non si è più acceso, ecco. Per fortuna c'è Ada."

E le guance di Ada divengono impercettibilmente rosee. Ecco il perché di quel fondotinta così coprente, ma io noto comunque quel cambio di colorito e lei lo sa. Poi mi volto subito verso la gatta che sta per fare uno dei suoi adorabili miagolii al veleno, ma dal mio sguardo capisce che è meglio tacere.

"Padre Giorgio, stavamo chiedendo alla nostra ospite se sapete quale sia in nostro mandato attuale."

"Ieri mio fratello mi ha detto del sospetto che avete. Anna, davvero pensate che mio padre non si sia suicidato?"

"Diciamo che gli approfondimenti che abbiamo fatto per rispondere al precedente quesito hanno fatto emergere situazioni che portano a rivedere meglio questo aspetto." Cantoni risponde prima che io possa proferire parola, cosa che mi infastidisce terribilmente e che non è nelle sue abitudini.

Senza dubbio la cosa urta anche Giorgio Barani che improvvisamente mi sembra più grosso di quanto già non sia, ma è proprio questa l'atmosfera spinosa che cercava Cantoni.

"Perché pensate che mio padre non si sia suicidato?"

Padre Giorgio è un osso duro e, tanto suo fratello Andrea sguscia via da ciò che non gradisce con silenzio, sprezzo e senza muovere un muscolo facciale, tanto lui mi sembra uno che se trova un muro sulla sua strada lo butta giù con una testata senza neanche bisogno di rincorsa.

"Giorgio," subentro io mentre noto un Cantoni compiaciuto, "abbiamo scoperto che tuo padre era assorbito dal progetto di uno spazio espositivo dedicato a tua madre."

"La sala della quale ti ho parlato ieri," sussurra la mia analista.

La gatta ci osserva seduta per terra voltando la testa verso chi parla. Le manca solo un taccuino fra le zampe.

Giorgio Barani si passa le mani sulle cosce, poi le batte sulle ginocchia.

"Padre Giorgio, di suo padre ci hanno detto che era vecchio e stanco, ma non depresso." Cantoni riprende in mano la palla.

Ada sospira.

"Non so quale fosse lo stato d'animo di mio padre," risponde. "Non tornavo da quattro anni e non lo sentivo da più di due."

"Due anni non sono certo pochi, non trova?" continua Cantoni.

"Bene. Chiariamoci subito." Giorgio Barani si ara le cosce con le mani ruvide. "Al di là del fatto che lei mi ritenga o meno uno stronzo, ho il diritto di sapere che cosa gli è successo. E al di là del fatto che lei mi ritenga uno stronzo, mio padre ha diritto ad avere giustizia. O no?!"

Padre Giorgio punta dritto gli occhi in quelli di Cantoni, che sorride. Quei due cominciano a piacersi.

"Che maschio! Mi affascina!" ronfa delicatamente la gatta passando a strusciarsi contro le gambe di Barani. Poi si volta verso di me. "Affascina anche la derelitta freudiana, non so se hai notato. Situazione alimentante un disagio legato alla parentela, al legame famigliare con il di lui padre al quale si unisce l'inarrivabilità legata alla scelta dell'uomo. Per dirti il livello di melma nel quale ella arranca: lui è un frate e lei una cattolica praticante."

Una fitta di dispiacere mi azzanna la base dello stomaco. La mia analista lì, aperta come una rana per un esperimento di scienze.

"Il progetto di suo padre ormai era giunto quasi a compimento, documenti e testimonianze ci confermano un uomo che aveva una fitta scaletta di impegni per arrivare al suo obiettivo." La voce di Cantoni si fa meno secca. "Era nervoso, aveva il desiderio di abbreviare i tempi di realizzazione e impegnare tutti coloro che erano coinvolti perché si sforzassero di più."

Giorgio Barani prende un'aria pensierosa, come se si assentasse per qualche istante.

"Vedete, si può pensare che mio padre fosse uno che una volta che voleva qualcosa non avrebbe mollato per nulla al mondo. Ma lui non era questo," dice.

Si alza, prende con una sola manona la gatta e se la sistema in braccio accarezzandola mentre comincia a camminare per la sala. E la gatta, sconquassata come una bisbetica da un bacio appassionato e improvviso, non dà un graffio, non si muove. In un istante si rilassa completamente e comincia a fare le fusa, languida e abbandonata sotto gli occhi stupefatti miei e della sua padrona.

"Mio padre… tutti, sapendo che è stato un industriale che ha costruito un piccolo impero ed era partito da niente se lo immaginano così, un tipo deciso. Ma lui no, non era così. Lui era solo un meccanico che voleva fare bene il suo lavoro."

Padre Giorgio si ferma, sospira e posa la gatta sul divano. Lei lo guarda con occhi liquidi e vagamente supplici, occhi che forse avrebbe anche la mia analista se solo avesse il coraggio di guardare quel frate enorme che le cammina per casa.

"Dico questo perché mio padre non avrebbe mai volontariamente lasciato a metà un lavoro. Qualsiasi lavoro, ma non per orgoglio, per onestà sua. Mi capite, vero?"

"Sì, la capiamo," interviene Cantoni, "e mi sembra di cogliere da parte sua una forma d'affetto profonda per suo padre. Però non lo ha sentito e non si è interessato di lui per due anni."

"Non è come credete," scatta la mia analista.

"Adina, tranquilla, è un dubbio lecito."

A quell'*Adina*, gli occhi della donna si abbassano nuovamente e mi vedo di fronte una foto vista a casa Barani. Andrea con i suoi enormi occhiali così pesanti per un bambino di non più di dieci anni. Rigido, serio, avvolto da un leggero sovrappeso molle e con le braccia incrociate. Poi Giorgio adolescente, molto alto e allampanato per la sua età tradita da lineamenti ancora acerbi, sorridente sotto una cascata di ricci scomposti. E fra loro una bambina di forse sette-otto anni con un sorriso timido perso in un viso magro e dagli occhi grandi. Minuscola e appoggiata a quel cugino grande tutto in movimento che non è mai del tutto a fuoco, mai in nessuna delle foto che ho visto per la casa.

"Dodici anni fa sono diventato frate e ho scelto di rinunciare a tutti i beni della mia famiglia facendo voto di povertà e sono partito. Prima per cinque anni in Ecuador, ora da sette sono in Sudan. I miei genitori erano atei e non hanno mai digerito e compreso la mia scelta."

"Avrebbero voluto che tu prendessi in mano l'azienda di famiglia?" chiedo sotto lo sguardo stanco della mia analista.

"No, con me si erano rassegnati presto, vero Adina?"

Ada fa un mezzo sorriso amaro. Il suo firmatissimo tailleur ormai sembra spiegazzato anche se non lo è.

Padre Giorgio le appoggia per un attimo una mano su una spalla.

"Diciamo che in gioventù ho dilapidato parte del patrimonio famigliare in auto contro pali, alcol e coca. Ero un simpatico viveur, tanto brillante e allegro che ho cercato di suicidarmi con gli psicofarmaci che mi davano pur di tenermi lontano dalla roba. E poi ho ritentato tagliandomi le vene, ma evidentemente nell'arte di togliermi la vita non avevo abbastanza talento. Come vedete, di suicidi però me ne intendo."

La gatta intanto gli sta seduta di fianco e continua a guardarlo con occhi adoranti.

Faccio un rapido calcolo dei tempi: mi chiedo quanto la scelta di Ada di studiare psicologia sia stata legata a tutto questo e intanto lei guarda verso il giardinetto interno senza più tensione, solo una tristezza profondissima.

"Padre Giorgio, lei e la dottoressa Ada volevate parlare di qualche cosa di più specifico?" chiede Cantoni senza più nessuna durezza.

Intanto la gatta non stacca gli occhi da Giorgio. "Siamo di fronte a una presa di coscienza adulta delle problematiche giovanili probabilmente nate in seguito alle maniacali attenzioni dedicate al fratello minore portatore di handicap fisico che sono dunque sfociate in richiesta d'attenzione autodistruttiva. E comunque che splendida pelliccia facciale." Il tutto in una serie di gorgoglii delicati misti a fusa.

"Ecco i vecchi quaderni mio padre, non ho resistito e ci ho dato un'occhiata," e li tira fuori dalla borsa che aveva abbandonato sul pavimento.

"Di questioni economiche ne so poco, ma lui era metodico e preciso, quindi ci ho capito qualcosa perfino io. Allora, mio padre è sempre stato poco attaccato ai soldi, poi li ha guadagnati, ma erano un effetto collaterale non troppo schifoso. Per dire che quando c'era da aiutare qualcuno non si è mai tirato indietro. Però qui ci sono delle cose strane," e batte l'indice sulla copertina di uno dei quaderni, poi la apre e sfoglia fino a una pagina fitta di note. "Dopo la morte di mia madre, lui ha iniziato a fare con frequenza delle donazioni. Tante donazioni. Andiamo da un'associazione per bimbi malati a un fondo per la riqualificazione di un sito inquinato."

"Che sia correlato al fatto che stava invecchiando e sentiva di dover lasciare qualcosa di buono?" chiedo.

"Ci ho pensato anch'io. Ma queste donazioni sono partite in maniera sistematica subito dopo la morte di mia madre e..." e qui prende un altro quaderno e anche lì lo apre a una pagina precisa "... qui sapete cos'altro c'è?! C'è un totale dal quale lui decurta pian piano i soldi delle sue donazioni. Aveva un obiettivo preciso ed era quel totale da devolvere nel tempo."

"Facilitazioni fiscali?" domanda Ada.

"No, stamattina ho chiesto al commercialista. Non gli ha mai girato queste donazioni perché venissero detratte, mai!"

"Barani, a quanto ammonta il totale in donazioni al quale voleva arrivare suo padre?" Cantoni fissa i quaderni pensieroso.

"Un milione di euro. Era arrivato a donare più o meno la metà."

"Allora come siamo rimasti d'accordo, Cantoni? Che Giorgio Barani voleva andare al commissariato dicendo che andava approfondito il suicidio di suo padre e vuole un supplemento di indagine, esattamente ciò che avevi chiesto a suo fratello Andrea e tu invece ora non vuoi o non ho capito niente?"

"Hai capito, Anna, hai capito."

"Perché?"

"Perché non è facile far riaprire un caso di suicidio di una persona vecchia, sola, stanca e, se permetti, con parecchi motivi per sentirsi delusa e schifata dal prossimo. Anna, hai visto che per ora i miei ex colleghi non si vogliono muovere e questo vuole dire che abbiamo bisogno di prove più solide."

Mi sfianca, quest'uomo. Mi sfianca.

"E quindi?"

"E quindi abbiamo un paio di giorni per approfondire il discorso dello smantellamento della ditta Barani, scoprire se per qualche motivo Luigi ne fosse venuto a conoscenza, capire perché gli fosse venuta fretta di finire lo spazio espositivo. E poi dobbiamo sperare di trovare il cane."

La pioggia battente ha lasciato il posto all'aria tersa e a un cielo grigio squarciato da drappi di azzurro intensissimo.

D'un tratto mi sento svuotata.

"Anna, abbi pazienza. L'incontro di oggi è stato molto positivo. Dobbiamo cercare una pista e non sarà facile, ma la troveremo, ok? In più adesso Giorgio Barani cercherà in casa gli altri quaderni di suo padre e chissà che lì ci siano gli elementi per chiarire la questione."

Guardo Cantoni che guida con gli occhi fermi sulla strada. Mi sta rassicurando, ha colto in pieno il mio momento di difficoltà.

"Grazie, Cantoni."

"Mh."

Gocce pesanti e rade cominciano a battere sul parabrezza anche se la strada è illuminata da qualche raggio di sole. C'è poco da fare, mi ero illusa che questo tempo estivo cupo e rabbioso stesse cedendo il passo al sereno, ma per ora non è così.

Mi metto quieta mentre il silenzio che si addensa nell'auto mi schiaccia sempre di più contro il sedile.

"Cantoni, posso farti una domanda?"

"No."

"Il tuo amico architetto?"

"È molto impegnato."

"Ha rimandato di nuovo?"

"Diciamo che questa volta mi ha proprio tirato un bidone diretto come un calcio in bocca."

Vorrei chiedere di più, cerco di trattenermi e fallisco miseramente.

"Cantoni, perché?"

"Perché il mio amico Cerri non vuole vedermi e me lo dimostra comportandosi da stronzo?"

"Ecco, sì."

Cantoni mette la freccia per girare nella via dove abito e temo mi scaraventi giù dall'auto senza darmi una risposta.

"Hai letto sui giornali dello scandalo che sta investendo metà delle grandi agenzie finanziarie della città? L'operazione della Finanza chiamata Rete di Ragno?"

"Sì, ho letto qualcosa."

"Otto anni fa, quando ero ancora nella polizia, mi trovai a lavorare su un'operazione molto simile, che coinvolgeva gran parte di coloro che ancora oggi sono sotto controllo. In quell'occasione feci degli accertamenti sulla situazione finanziaria di una delle società delle quali era socio di maggioranza proprio il mio amico Cerri. Penso si aspettasse che lo avrei avvisato, cosa che io non feci."

"E lui finì nei guai per questo?"

"No, tutto risultò a norma, ma da allora abbiamo dei rapporti piuttosto formali, del tipo che le nostre mogli si fanno gli auguri a Natale e a Pasqua."

Siamo arrivati davanti al mio cancello.

"Era il tuo lavoro, ti sei comportato in maniera onesta e professionale. Mi spiace che il tuo amico Cerri non lo abbia compreso."

"La nostra etica lavorativa e i rapporti privati non sempre vanno in accordo e questo ha delle conseguenze. È un discorso che vale sempre, anche se non ti va, Anna."

Con un gentile, ma fermo gesto della mano Cantoni mi invita a scendere e alleggerire almeno per un po' la sua vita dalla mia presenza.

"Aspetta Cantoni, dato per scontato che ho compreso e accettato il tuo predicozzo, ho capito bene se dico che il tuo amico Cerri sta tirando la corda per farti un dispetto?"

"Sì, mettiamola così."

"Allora il problema è risolto. Ci parlo io!"

28.

Se fossi venuta a piedi da casa fin qui nel centro cittadino, ci avrei messo meno tempo che non a trovare un parcheggio. Una volta compiuto il misfatto però dovrò volare a prendere Luca a scuola e quindi eccomi a vuotare il borsellino di tutta la moneta che ho nella speranza di non subire l'agguato di un solerte ausiliario della sosta. In particolare tengo gli occhi su quello che ha questa via come territorio di caccia ha questa via: è appostato all'angolo, con il suo cartellino attaccato alla maglia, il blocchetto in mano e lo sguardo da faina. Mi lancia un'occhiata di sfida, crede che io non abbia abbastanza moneta. E invece no, scavo nella borsa e plin, i cinquanta centesimi che mancavano per raggiungere il tempo che mi serve.

Ci guardiamo ancora, a distanza, come in *Sfida all'O.K. Corral*.

Lui ha un impercettibile tic al lato della bocca: "Tu arriverai un minuto dopo la scadenza indicata dal biglietto. E io ti multerò".

Io lo fisso a testa alta: "Con il cavolo che mi multerai. Non mi ero accorta che non erano cinquanta centesimi, ma due euro. E mi mangerei le mani, ma adesso qui l'auto ce la posso lasciare fino a dopodomani mattina".

Gli giro le spalle con l'arroganza del potere e vado verso il palazzo vetrato che ospita l'ufficio megagalattico dell'archistar Cerri.

"Anna, se ci vai così senza appuntamento non solo non ti faranno entrare, ma è anche difficile che lo trovi là." Cantoni ha cercato di dissuadermi, ma se a quest'uomo non faccio un agguato in grande stile, è sicuro che mi rimbalzi esattamente come ha fatto con il suo vecchio amico.

Non ho idee, non ho strategie: ho solo la mia impagabile faccia di bronzo e, spero, un'inventiva rapida e sufficiente. È quasi mezzogiorno, se è in ufficio andrà in pausa pranzo, ho guardato che volto ha in foto su internet e dovrei riconoscerlo. Lo aspetto qua fuori? Se però non c'è, rischio di restare qui per ore. E poi c'è una porta sbarrata, una serie di campanelli su lastra dorata sberluccicante che riporta unicamente lettere e cifre. Quale suono? Poi tanto non mi aprono.

Invece in quel preciso istante due signori escono e io, con nonchalance, sorrido e mi infilo nell'ingresso come se fosse la cosa più normale del mondo. E ora? Fra mille altre targhe, ecco quella relativa all'archistar: sesto piano, al superattico.

Lassù ci sarà di certo una segretaria che mi sorriderà melliflua e poi mi scaraventerà fuori tirandomi in mezzo agli occhi una scarpa con il tacco.

E niente, mentre penso, penso e penso mi ritrovo in automatico già nell'ascensore che mi porta all'attico. No, adesso torno a casa e pianifico meglio.

Ma sento il dlin dell'ascensore che è arrivato al piano.

La segretaria, su tacchi vertiginosi, è bella ed elegante come la immaginavo, ma non melliflua. Mi viene incontro acida, il che sta a significare che le è bastata un'occhiata per capire che io non posso essere in nessun modo una cliente dell'archistar.

"Ha bisogno di qualcosa?" mi dice con un sorriso tirato.

"Avrei bisogno di parlare urgentemente con l'architetto Cerri."

"Non è possibile, è fuori sede. Prenda un appuntamento per via telefonica," e mi si para di fronte all'uscita dell'ascensore.

Sussurro un *graziearrivederci* e torno giù sentendomi un mucchietto di polvere caricato su una paletta da pattumiera, sicura che in questo momento la solerte segretaria stia maledicendo chi mi ha fatto entrare dal portone principale.

Al telefono non mi concederà mai un appuntamento,

non certo nei tempi che servono a noi. E se tornassi su ora, potrei convincere la segretaria? No, però ci devo provare. E ticchete che torno su. Anna, il tacco in mezzo alla fronte...

Ma ecco che la porta dell'ascensore si apre all'attico e mi trovo di fronte, pronto a salire, un uomo alto, dagli occhi cerulei e una folta chioma di capelli candidi.

"Architetto Cerri, mi chiamo Anna. Sono una collega di Giovanni Cantoni e avrei due domande su Luigi Barani. Ha un minuto per me, per favore?"

Non sono in grado di dire se io abbia avuto un atteggiamento tanto fermo da essere convincente o così supplice da scatenare in Cerri un moto di pena, fatto sta che con aria più arresa che seccata mi accoglie nel suo ufficio. La segretaria lo guarda stupefatta ritornare sui suoi passi con me dietro e mi dedica uno sguardo inviperito.

"Architetto, vuole che avvisi l'assessore che arriverà con qualche minuto di ritardo?"

"No, grazie, Luisa, farò molto in fretta."

Entriamo in una stanza dal design minimale e comunque, anche se sembra impossibile, a suo modo estremo. Una moquette grigio perla attutisce il suono di ogni passo verso una scrivania di vetro e metallo grande come una pista d'atterraggio per ultraleggeri.

Dietro di essa, di fianco a una libreria piena di targhe, premi e foto in amichevole compagnia di personalità di spicco, campeggia un'enorme teca di vetro nella quale è adagiato un pitone di almeno due metri di lunghezza.

Quindi vetro, colori freddi, metallo e pitoneria. Glaciale chiarezza pericolosa, insomma.

"Come posso aiutarla?"

L'architetto Cerri si abbandona sulla sua sedia in pelle e con fare annoiato mi indica quella di fronte alla sua.

"Architetto, sappiamo che lei stava lavorando a un progetto su commissione di Luigi Barani e che quindi ha avuto modo di vederlo nei giorni precedenti alla sua morte."

In quel momento, il serpente solleva appena la testa e molla un rutto poderosissimo.

“Scusate se non mi metto la mano davanti alla bocca!” e poi scoppia in una risata.

Ecco, ci mancava il serpente in vena di battute.

“Sì, vidi Luigi il giorno prima del suo gesto. Venne qui per richiedere una chiusura anticipata dei lavori della mostra rispetto a quanto pattuito, ma non era possibile. Quando andò via mi sembrò sereno.” L’architetto Cerri punta i suoi occhi dritti nei miei. “Mi sembra di aver detto per telefono già tutto questo al suo collega Cantoni.”

“Sì, informazioni che ci sono state molto utili e per le quali la ringraziamo,” gli sorrido. “Come mai il signor Barani voleva velocizzare i lavori? Eravate in ritardo rispetto alla scaletta prefissata?”

“No, nessun ritardo, non so perché a Luigi fosse venuta in mente un’idea così balzana.”

Cerri comincia a strofinarsi fra le dita un lobo dell’orecchio e adesso i suoi occhi sono degli spilli, mi ricorda un rettile pronto a sferrare un attacco, poi si fa pensieroso, si gira verso il pitone e sfiora con una mano il vetro.

“Signora, lei ama i serpenti?” Cerri si volta verso di me all’improvviso e con aria di sfida prosegue: “Solitamente tutti li temono, ma sono creature miti, attaccano solo per mangiare. Vorrebbe toccarlo o la spaventa?”.

“Ma per carità, lasciatemi stare che sto cercando di digerire. Ho appena mangiato, saranno neanche quindici giorni,” borbotta il serpente restando immobile. Poi muove appena la testa e fa un altro rutto.

Cerri di nuovo si strofina il lobo dell’orecchio mentre la bocca si piega in sorriso cattivo: vuole mettermi in difficoltà, ma sulla tematica faunistica non ha idea di quanto sia cascato male.

Non mi lascio distrarre: “Barani di quanto voleva anticipare i lavori? Non le ha dato neanche una motivazione a riguardo?”.

“Tutto doveva essere inaugurato per novembre, ma lui si era messo in testa che avremmo dovuto anticipare ai primi di settembre.”

Cerri capisce che il suo tentativo di imbarazzarmi è caduto nel vuoto e ne sta cercando un altro: ha intenzione di vendicarsi della trappola che pensa organizzata molto meglio di quanto non lo sia stata e vuole rimandare dal suo amico la sua collega in pezzi.

"Lei non le ha domandato una giustificazione per una richiesta così strana? In fondo vi conoscevate da molto tempo. Se non sbaglio anche la villa Barani e quella della nipote portano la sua firma."

Qui bluffo spudoratamente sperando di non fare un pestone, ma le linee delle opere mostrate in gigantografia nell'atrio mi ricordano qualcosa delle case di Barani e della mia analista.

"Quelli furono lavori di gioventù. Comunque sì, conoscevo Luigi da quasi trent'anni."

"Se il signor Luigi non le ha spiegato nulla, lei però con una conoscenza di così lunga data una sua idea se la sarà pur fatta, così come sulla sua scelta di farla finita. Lei ha avuto in qualche momento l'impressione di avere di fronte una persona con un proposito del genere?" non gli lascio tregua.

"No, non ho mai pensato che Luigi... no, non ho mai pensato possibile una cosa così." Cerri è infastidito, si alza, apre lo sportello di un mobiletto. È un frigobar. "Gradisce un goccio? È una bottiglia rara, whisky invecchiato vent'anni. Non so quando le ricapiterà più."

Eccolo il nuovo piano: mettermi a disagio con l'offerta di un superalcolico a stomaco vuoto e darmi nel contempo della pezzente.

"Architetto, sa che ci sono fondati sospetti che Luigi Barani non si sia suicidato?"

Gliela sparo così, nei denti. Non so dove voglio andare a parare di preciso, quello che so è che fra un po' quel lobo dell'orecchio finirà per staccarselo per quanto ci è rimasto male e questo mi provoca un indubbio piacere.

"Ma che è, è morto il vecchietto?" sibila il pitone. "Quello che era venuto qua a sbraitare come un pazzo?"

"Nel vostro ultimo incontro qui, perché Luigi Barani era arrabbiato?"

Cerri crede che io chieda a lui e comincia a temporeggiare, ma in realtà la domanda è per il pitone.

"Mah, umana, fammi pensare... dunque ricordo che me lo sarei mangiato volentieri pur di farlo star zitto anche se secondo me era stoppaccioso. Urlava, era fuori di sé... quindi... ancora non mi avevano dato la cassetta di topi... bah... più di quindici giorni fa."

"Barani era furioso! Perché era furioso?" incalzo.

"Ma non era furioso, l'ho detto anche a Giovanni Cantoni che avevamo dei dissapori sulla tempistica."

"Il vecchio, fammi pensare... diceva che da lui non se lo aspettava, che lo aveva imbrogliato! Che si era fidato... Io vedi, non mi fido mai: ad esempio questi topi nuovi che mi portano sono tipi loschi. Mi stanno proprio sullo stomaco! Buahahah!" il pitone di nuovo ride sguaiato.

"Cerri, sappiamo che il diverbio con Barani non era solo per una questione di tempi," bluffo di nuovo. "Barani era deluso da lei, si sentiva tradito."

Nella sua testa di archistar ai vertici, Cerri sta cercando disperatamente di individuare il responsabile di questa soffiata. Appoggia la preziosa bottiglia e beve in un sorso quanto aveva versato nel bicchiere, poi riprende quel suo movimento all'orecchio. Non ho intenzione di mollare l'osso.

"Architetto, se parte un'indagine per omicidio, e le garantisco che partirà, e si dovesse scoprire che lei ha mentito, nessuno potrà salvarla dallo scandalo che uscirà. Si rende conto, vero?"

Ho toccato il nervo giusto. Cerri sospira, poi si siede nuovamente. Non mi punta più addosso gli occhi chiarissimi con la stessa arroganza di prima.

"Era una questione di soldi?" chiedo.

"Ma sì, il vecchio diceva che rivoleva i suoi soldi, che avevano comprato roba sbagliata..." borbotta il pitone. "Ma sì dai, un quaranta, quarantacinque giorni e le digerisco queste palle di pelo da laboratorio. Il pelo, si sa, dà acidità! Uh mama, che sagoma che sono!"

"Senta, signora, sono cose complicate quelle legate ai grandi progetti," cerca di blandirmi.

"Cerri, trovi il modo di spiegarle anche a una poveretta come me. Sennò, quanto è vero Iddio, come esco di qua la mia prima sosta sarà al commissariato e stia certo che prima non chiederò il permesso al suo amico Cantoni."

L'uomo non guarda più me, ma un punto lontano. Poi sospira e si passa una mano fra i capelli candidi.

"Allora architetto, Luigi aveva chiesto una velocizzazione dei lavori che era impossibile."

"Non si è fidato delle mie motivazioni e le garantisco che erano fondate. Quindi lui, pur di velocizzare tutto, si è messo a spulciare fra le fatture e la documentazione di cantiere, ci si è messo con la sua tenacia. Luigi era così."

"E quindi?"

"E quindi ha scoperto che c'erano delle discrepanze fra il materiale che veniva usato e quello che in realtà lui aveva pagato." Cerri mi guarda e mette le mani avanti. "Non ero stato io a fare questo tipo di bassezza, ma Luigi mi accusò di non aver vigilato e aver permesso la truffa ai suoi danni."

"E aveva ragione?"

Cerri fa un mezzo sorriso.

"Lei sa, non si può essere ovunque e seguire tutto."

"Il litigio fu il giorno prima della morte di Luigi?"

"Fu l'ultima volta che vidi qui il vecchio... Sai perché un serpente quando un amico suo deve traslocare va da lui? Perché gli vuol dare una mano! Una mano, hai capito?! Buahahahahaha! Un fenomeno, sono un fenomeno proprio!"

"Disse di avere i documenti che provavano la truffa," mi ringhia Cerri. "Gli garantii che avrei licenziato il responsabile e gli promisi che avrei sistemato la questione. A lui non interessava avere i soldi indietro. Lo amareggiava che quanto fatto non fosse della qualità che voleva."

"Qualità per la quale si era affidato a lei."

"Sì, motivo per il quale si era affidato a me."

"Chi era il responsabile dell'imbroglio? E Barani per caso si è confrontato anche con lui?"

"Il responsabile era un geometra che avevo incaricato degli approvvigionamenti: e non credo che Barani lo avesse mai incontrato prima o lo abbia cercato quel giorno."

Nel frattempo la segretaria bussa e fa un timido capolino dalla porta.

"Architetto, mi sono permessa di avvisare l'assessore del fatto che arriverà appena un po' in ritardo."

"Lo chiami e rimandi. Dica che non sto bene."

La segretaria scompare di nuovo senza una parola. Cerri sta poco bene davvero.

Io mi alzo, lui sospira nuovamente.

"Ma sai che oggi sono proprio stanco? Guarda, striscio!" e il pitone imbecille scoppia di nuovo a ridere.

Lo sguardo di Cerri viene attratto dal moto lento del serpente.

"Non mi ha risposto prima... le piacciono i serpenti, signora? Io li adoro, così eleganti, così signorili e spietatamente minimali."

Come no, Cerri. I serpenti...

E il pitone nuovamente rutta: "Oh, hai mica una magnesia?!".

29.

Diciamo che se Carl non ci avesse rivelato una differente versione dei fatti, gli elementi per farla finita Luigi li avrebbe avuti tutti.

Mentre rifletto piegando le sue magliette, Luca distrugge con un martellino di plastica il cattivo che con tanta fatica e impegno ho costruito con i Lego. Per il momento è evidente che mio figlio preferisca delle oneste mazzate a delle acute trattative diplomatiche.

Durante la mia telefonata, Cantoni mi ha ascoltata in silenzio, non so se perché interessato a ciò che gli dicevo o solo stupito di quanto avvenuto fra Cerri e me.

In ogni caso i documenti compromettenti nei quali Barani aveva trovato le prove della truffa sono irrintracciabili.

Barani è morto prima di portarli a Cerri e non sono stati lasciati in casa.

Cantoni è riuscito a parlare con Giorgio Barani sul suo redivivo cellulare: lui ha cercato ovunque senza trovare nulla del genere e suo fratello Andrea dice di non aver portato via niente.

Pare che, dopo la mia incursione, Cerri abbia contattato Cantoni per dirgli cose brutte, ma anche per dichiararsi disposto a collaborare. Sul nome del geometra, Cantoni con due telefonate è già risalito a un tale Manzoni, collaboratore di Cerri su più progetti: è stato solo rimosso dall'incarico presso il cantiere di Barani, cosa che fa pensare che Cerri lasci correre più di quanto non faccia credere. A detta di Cerri e del suo pitone, Luigi Barani se n'era tornato a casa deluso dall'architetto del quale si fidava, ma anche deciso a farsi bastare il licenziamento del responsabile. Quindi a suo dire una possibile denuncia, che avrebbe messo in moto qualcuno con il desiderio di fermare il vecchio, in realtà risulterebbe scongiurata sul nascere.

Allora dove sono finiti i documenti con i conti e le evidenze sull'acquisto fraudolento di materiali? Barani li ha lasciati a qualcuno o chi quella sera lo ha costretto a impiccarsi li ha presi con sé?

Luca mi sgrida perché gioco distrattamente e ha ragione. Guardo il mio cattivone smontato pezzettino per pezzettino e mi fa tanta pena. Intanto dalla sala proviene la solita incontrollata confusione. La solita, diciamo pure quella che c'è da quando ho portato l'erbaccia a casa nostra.

Questo vegetale dall'aspetto insignificante ha compattato attorno a sé la combriccola vegetale e rettil-gusciuta, così che adesso un chiacchiericcio serrato va avanti dalla mattina alla sera. Mi si è perfino rilassato il ficus.

E mentre tutti borbottano e Luca canta una filastrocca che ha a che vedere con ciliegie, mucche e dischi volanti, suona il campanello.

"Ciao Anna! Guarda, mi sono trovata con dieci minuti e mi sono detta: 'Adesso faccio una sorpresa ad Anna'. Ciao Luca, vieni da zia!"

Mia sorella Lavinia. Qui. A casa mia. Di sorpresa come al solito.

Ha qualcosa di diverso che non riesco a inquadrare. È serena, sorridente, sì.

Ecco, è meno truccata, o no, ha un trucco più leggero. Non ha lo smalto sulle unghie, o meglio lo ha, ma trasparente. Insomma è lei, ma in versione più sfumata.

Luca subisce un piccolo bacio poi sfreccia via asciugandosi la guancia con la manica. Banzai, fino a un attimo prima acciambellato sul divano, si volatilizza.

E adesso che faccio? Le parlo di nostro padre? Non posso, c'è Luca in giro e Luca non sa nulla, una scusa neanche poi troppo scusa.

Lavinia si appoggia sul divano con la grazia di una sciarpa di seta. Questa sua nuova minimalità la rende ancora più sensuale, come se la permeasse di una sicurezza che le è sempre mancata e che la fa diventare incantevole.

"Anna, non sai, è un periodo così straordinario questo... hai mica una tisana allo zenzero?"

A casa mia, una tisana allo zenzero.

"Lavi, se vuoi ti faccio un caffè. In alternativa, acqua di rubinetto."

Mi accorgo che intanto Tarta, Rughina, il ficus e l'erbaccia sono tutti intenti a guardare mia sorella e me come se fossimo sul set di una sit-com.

"No, ma non sembrano mica sorelle, eh."

"Più madre e figlia, sì."

Bastarde di due tartarughe, parlano loro che hanno la faccia da prugna secca già appena nate.

"Anna, non hai idea del giovamento che mi sta portando il fatto di vedere il mondo in maniera nuova, più profonda. Claudio è una persona così spirituale."

"È un prete, vorrei vedere."

"Dai, su, non essere cinica, hai capito cosa intendo. Comunque lui mi fa sentire bene, mi sta facendo scoprire lati di me che non conoscevo."

"Si vede, Lavinia."

Mia sorella ha lo sguardo che brilla, non riesce a smettere di sorridere ed emana una luce pulita.

"Che poi se la disadattata si curasse di più forse..."

"No, no, anche pettinata e curata penso che non possa migliorare poi tanto."

Ci si mettono anche i due vegetali. Le tartarughe in brodo, e a voi due piante vi metto nel vasetto il defoliante, altroché.

"Comunque, Anna, sono qui per dirti una cosa! Sei pronta?"

"No."

"Fra venti giorni Claudio torna in Inghilterra per sei mesi e ho deciso di seguirlo." Eccola, lo sapevo che c'era il pacco a sorpresa!

"Lavi, e con il lavoro come fai?!"

"Nessun problema, mi organizzo con i miei due soci, ce la posso fare." Ma figurati, non sono un problema. Mezz'ora con me è stata sempre introvabile, ma sei mesi via con il pastore protestante cosa vuoi che siano.

Il peggio! Vuole scappare dopo avermi sganciato una mina e infatti guarda l'orologio e fa la boccuccia tipica del "devo andare, mi spiace".

"E quando torniamo abbiamo deciso di sposarci!"

No, ecco, non era una mina, era una bomba a grappolo. Il peggio del peggio. E intanto lei si alza dal divano, sta per andare.

"Quindi sai cosa pensavo? Pensavo di presentare la settimana prossima Claudio a papà."

Niente bomba a grappolo, direttamente l'atomica. Il peggio del peggio del peggio e lei ha già aperto la porta d'ingresso per partire in scatto, senza darmi il tempo di fare altro che prendere atto delle sue comunicazioni.

"Vado, Anna, uh, com'è tardi. Ciao Luca! Un bacio dalla zia e anche da zio Claudio."

E Luca si affaccia alla porta della sala con in testa un caschetto da pompiere e un coniglio di pelouche fra le mani.

"Ciao zia, lo sai che il nonno sta morendo?" dice.

Lavina si blocca, poi un tremito la scuote, torna dentro e crolla nuovamente seduta. Io chiudo la porta, guardo Luca, che a mio parere non sapeva niente e che corre via a giocare come se nulla fosse.

Poi mi siedo di fianco a mia sorella che posa su di me due occhi enormi, densi e pesanti come buchi neri.

Il peggio del peggio del peggio. E nel modo peggiore.

30.

Toninone tira fuori dalla tasca un panino con la mortadella largo come un tegame.

"Annare', volete un pezzetto?"

"No, grazie. Non hai fatto colazione, Toninone?"

"Sì, certo. Perché?"

"No, così..." chiedevo, giusto perché sono le nove e mezzo del mattino.

Lì di fronte al capannone nel quale è in dormienza lo spazio espositivo, sogno di Barani, appoggiati alla macchina ormai aspettiamo da più di un quarto d'ora il prode omuncolo Melli che evidentemente, ora che ha capito che non saremo certo noi a sbloccargli il lavoro, ha meno remore sull'arrivare all'orario che gli pare.

"Che mi stavate dicendo della creatura vostra?"

"Ah sì. Dicevo che ieri sera gli ho chiesto se fosse preoccupato per il nonno, per cercare di capire come si sentisse, ma non mi ha risposto. Ha fatto finta di non aver sentito. Per giorni ho creduto che non sapesse nulla e non mi sono preoccupata per lui. Tonino, sono una madre pessima."

"Ma no, Annare', non dovete dire così."

"Oltre alla mortadella cosa c'hai messo? Sento un profumo diverso."

"Scamorza affumicata. Comunque 'e creature song' accussì, capiscono e sentono tutto e sono forti. Il figlio più piccolo mio, quando mia moglie è stata operata al seno, non gli avevamo detto nulla per farlo stare tranquillo. E invece? E invece nella borsa all'ospedale c'aveva infilato un disegno pieno di cuori e una scritta che aveva capito tutto, aveva capito. Annare', iamm', lo volete un pezzettino? C'è la maionese pure."

"E adesso che cosa devo fare con lui, secondo te?"

"Eh, cosa dovete fare... la mamma sua che gli vuole bene assai, come sempre."

"Tonino, tu sei la mia medicina. Ma sì, dai, solo un pezzettino. Cos'è quella roba che esce dal bordo?"

"Ho messo pure un cucchiaino di insalata russa che tiene le verdure che fanno bene."

"Sì, infatti. Ecco, grazie... Uh, buono, Tonino!"

"Che non c'avevo in casa la salsa tonnata, sennò c'era il pesce pure che fa diventare intelligenti."

Scoppio a ridere proprio mentre all'angolo della strada compare un papillon blu elettrico con l'omuncolo appiccicato dietro. Non ha il passo veloce, non appare allegramente trafelato come un cane che fa le feste come l'altra volta. Ha la faccia arrogantella e seccata dei parassiti che sanno di avere qualcosa da dare, ma subodorano anche che ci sia la concreta possibilità che non ricevano nulla in cambio. Poteva negarci la disponibilità per questo incontro, anzi inizialmente ha fatto un tentativo. Peccato per lui che abbia provato a farlo con Cantoni, motivo per il quale alla fine ha ceduto molto rapidamente.

Oggi però ce lo lavoriamo Tonino e io: io, perché a me è venuto il sospetto che quei famosi documenti li abbia ricevuti in qualche maniera lui e sappia qualcosa dei materiali scadenti, e Tonino, be', Tonino basta già che se lo veda davanti.

Come mi aspettavo, l'omuncolo non sprizza dal desiderio di farci accomodare all'interno dello spazio espositivo e temo ci toccherà parlare lì sul marciapiede, una cosa che sa molto di film sui detective americani se non fosse che un gatto rosso, chiaramente il boss del quartiere, balza sul cofano dell'auto, attratto dal profumo del panino che Tonino ha momentaneamente appoggiato sul cruscotto.

"Ma cosa vedo! Un'opera culinaria di elevato interesse," borbotta il felino dando una zuccata lussuriosa contro il vetro.

"Grazie mille per avere accettato di vederci con così poco preavviso, signor Melli."

"In effetti sono stato costretto a rimandare la seduta con l'omeopata. Ho dei brutti eritemi da stress, ultimamente."

"Ne siamo dispiaciuti," taglio corto. "Ma sapendo quanto stimasse Luigi Barani non abbiamo avuto dubbi sulla sua collaborazione."

"Sento il profumo inconfondibile della mortadella... aroma affumicato di scamorza, maionese... sì..." ronfa il gatto che ha cominciato a strusciarsi un po' contro la portiera e un po' contro la mia gamba, così allungo una mano alla quale dedica un colpetto di guancia affettuoso e interessato.

L'omuncolo guarda con sdegno e disappunto il gatto e fa qualche passo indietro.

"Signora, quello è un gatto randagio che bazzica sempre nel quartiere. Non credo che toccarlo sia igienico, sa?!"

"Poco igienico sarai tu, umano gommoso. Non sono randagio, sono il micione bello di tutte le umane anziane della zona, nonché il valutatore ufficiale di tutte le loro preparazioni. Stasera una grande sfida: avanzi del pranzo di Mariuccia che ha a mangiare da lei i nipoti e farà le polpette contro Giovanna che invece fa l'arrosto di vitello preferito dal marito. Comunque, torniamo al panino..." il gatto schiocca appena la linguetta. "Sono pronto all'assaggio!" E poi va a sedersi composto sul cofano dell'auto, con la coda arrotolata sulle zampe davanti e l'aria seria.

Guardo il panino appoggiato sul cruscotto, Tonino capisce al volo, lo prende e ne allunga un pezzo al gatto sotto lo sguardo sempre più disgustato di Melli.

"Signor Melli, la scorsa volta ci ha riferito di essere a conoscenza di un dissapore fra Barani e l'architetto Cerri."

"Sì, Luigi Barani di punto in bianco aveva cominciato a essere insofferente e chiedeva con insistenza che i lavori procedessero più rapidamente. Non capiva che non potevamo andare più veloci. E comunque l'inaugurazione era stata fissata per il 26 novembre."

"E non vi aveva dato motivazioni?"

"Bah, lo sa come sono gli anziani con le loro fisse!"

Ebbene, qualche giorno fa Luigi Barani era un semidio malinconico e generoso, oggi è già stato derubricato a vecchio rompicoglioni. Sempre in coerenza con la mutabilità che lo contraddistingue, questo omuncolo ha trasformato l'untuosità manierosa di un incontro fa in una distesa in sabbie mobili di umana pochezza.

Il gatto si struscia contro il braccio di Tonino appoggiato alla macchina.

"Ottimo contrasto di sapori, l'arte povera unita alla raffinatezza di una salsa delicata, ma per una valutazione definitiva mi concederei un altro assaggio."

Tonino non ha bisogno di traduzioni felino-umano, è già in piena sintonia con il gattone e gli dà un altro pezzo di panino. Poi si stacca dall'auto, fa un movimento delle spalle come per sciogliere la schiena, si avvicina e con noncuranza guarda verso il basso.

"Belle scarpe..." dice con aria soddisfatta. "Signor Melli, Luigi Barani le ha mai lasciato dei documenti in custodia?"

"No, perché avrebbe dovuto?" risponde ritirando la testa all'indietro.

"Tonino, mi sa che abbiamo fatto perdere tempo al signore. Peccato, perché l'altra volta mi sembrava di aver capito che Barani si fidasse molto di lui."

"Sì, ma..."

"E invece evidentemente non era così, Annare', ma guardate che giacca, il signor Melli. Roba fina, eh?"

Il gatto rimane seduto sul tettuccio dell'auto, mentre si lecca i baffi soddisfatto.

"Peccato, se i figli volessero proseguire i lavori avrebbero bisogno di qualcuno affidabile."

"Infatti io..."

"Eh, ma si vede che il signor Melli adesso ha altri impegni. Ci scusi, andiamo, Annare'?"

"Certo, Tonino. Arrivederci, grazie."

"No, no fermi!" l'omino comincia ad agitarsi e sudare. "Il signor Luigi si fidava di me, io coordinavo tutti i lavori, ci tenevo, è un progetto meraviglioso, e a questo proposito, i figli...”

“E quindi ci conferma che non si era mai confidato con lei? Non aveva mai espresso nessun dubbio? Non le aveva mai lasciato nulla in custodia?” lo incalzo cercando di mettere in pratica quanto appreso alla scuola Cantoni.

E mentre l'ometto batte fra i denti frasette indignate, il gatto rosso sbadiglia, si stiracchia poi dice: “Perdonate l'intrusione, visto che non sono un esperto dell'arte investigativa. State cercando di capire a chi ha dato qualcosa il vecchio gentile che veniva qui, vero? Be', lo so io”.

Dallo sguardo che poso sul gatto, Tonino capisce al volo e tuona con voce allegra. “Melli, la ringraziamo infinitamente per la sua disponibilità, ma guardi, non le rubiamo più il suo tempo prezioso e la accompagno all'angolo di strada dove ci sono appesi dei cartelli che mi interessano assai.”

“Cartelli? Sono necrologi,” replica stizzoso l'Umpa Lumpa mentre Tonino con una mano appena posata sulla sua schiena lo spinge lontano da me e dal gatto.

“Uh, raccontami tutto, micione!” dico e in lontananza sento Tonino che risponde: “I necrologi so' la fonte principale d'informazioni per gli investigatori, che non lo sa, Melli? Guarda un po', ma questa camiciola bella che c'ha lei? Mi sa che questa costa come mezzo stipendio mio di un mese. Le piace vestire bene, eh?”

Il gattone, dopo una leccata poderosa fra i polpastrelli delle zampe davanti, fa: “L'ultima volta che ho visto il vecchietto, credo che fosse il giorno prima che qua ci fosse confusione e dicessero tutti che, poverello, c'era rimasto secco. Era il tardo pomeriggio, appena prima dei miei assaggi serali nel quartiere, e qui non c'era più nessuno a lavorare. In più non era arrivato con la solita umana bionda, ma con un taxi”.

Nel frattempo Melli gira l'angolo, Tonino torna e il gatto gli dà subito una testatina di stima per il panino Tonino-style.

“Micione, e poi?”

“Il vecchietto ha detto al tassista di aspettarlo appena

voltato l'angolo, poi si è messo a farmi le coccole. Gli piacevo molto, quando veniva qui non mi faceva mai mancare una carezza. Dopo poco però si è avvicinata un'umana e sono scappato là in fondo, sul muro."

"Conoscevi l'umana? Puoi descrivermela?"

"Ma no, non la conoscevo. Ero lontano: era vestita in modo sportivo, come quei pazzi che corrono pure se non c'è un topo da inseguire, un uccelletto... Voi umani su questo c'avete un problema, eh."

"Concordo, ma possiamo tornare ai due che si sono incontrati?"

"Il vecchietto le ha dato lo scartoffio che portava in borsa, poi lei se n'è andata da una parte e lui è tornato verso il taxi."

"Sai dirmi che età aveva la donna? Di che colore aveva i capelli?"

Il gatto ci pensa sotto lo sguardo divertito di Tonino.

"Mboh... come età direi che era più una figlia che non una mamma cuciniera. Sul colore del pelo del cranio era scuretto e lo teneva tutto tirato tirato in una coda... che anche lì non mi spiego. Ma siete invidiosi dei codini nostri?"

"No, micione, è che i capelli lunghi sono scomodi. Altri elementi particolari che hai notato?"

"Niente da dichiarare. E ora scusate, ma devo riposare un po' prima degli assaggi di stasera. Anche se sarà difficile uguagliare l'armonia dei sapori del panozzo di oggi."

E dopo una strusciata languida alle gambe di Tonino, il gattone rosso se ne va con la coda alta e fiera che schiaffeggia l'aria. E forse sì, a essere sinceri un po' invidiosa della coda dei gatti, la sono.

Cantoni si strofina il mento con la mano e non parla.

"Non dici niente?" lo incalzo.

"Quindi il gatto non è riuscito a dirti nulla di più di questa donna se non che era giovane? Altezza? Occhi? Segni particolari?"

"Cantoni, lo sai che gli animali non sono fisionomisti."

"Il gatto sarebbe in grado di riconoscerla... mannaggia il

gatto, Anna, quando parlo con te mi sembra sempre di essere un deficiente! Comunque, il gatto riconoscerebbe la ragazza da una foto?"

"Non l'ha vista da vicino. E poi lo sai, gli animali non..."

"Gli animali non sono fisionomisti," chiude Cantoni scuotendo la testa.

"Comunque, Cantoni, qualcosa abbiamo. In maniera sospetta, il signor Luigi ha consegnato dei documenti a qualcuno del quale non immaginavamo l'esistenza."

"E poi, come anticipavo in auto ad Annetta bella," interviene Tonino, "il buon Melli teneva un paio di scarpe che costano un patrimonio proprio. E la giacchetta pure, così come la camicia. Mo' scopriamo che questo pigliava un compenso da favola o sta ricco di famiglia, però sapendo pure di creste sui materiali, io un controlluccio glielo farei, cosa dite?"

Cantoni fa un cenno di assenso con la testa. Quando comincia a comunicare solo a gesti significa che non ci sopporta più ed è il caso che scompariamo in una delicata dissolvenza.

Così Tonino mi strizza l'occhio e torna alla sua scrivania, do una carezza a Otto e saluto con la mano dirigendomi con silenziosi passi all'indietro verso l'uscita.

"Anna, vai a casa?" mi chiede invece Cantoni.

"Sì, se non sono più utile qui."

"Vai. Però spremiti il cervello per cercare di capire chi possa essere questa ragazza. Senti la tua psichiatra."

"Psicoterapeuta."

"Quello che è, non si sa mai fosse lei o sapesse di una ragazza giovane nella vita di Luigi Barani. Parla con qualche cespuglio, fa come ti pare, ma ragionaci."

Mi sento lusingata. Alla fine, seppur borbottato, è un attestato di stima e quindi mi ringalluzzisco.

"Ah, Anna..."

"Sì?"

"Se ti viene qualche idea, cerca di evitare di chiamarmi alle cinque del mattino per dirmela."

Luca getta nell'acqua della piscinetta interi stormi di anatre di plastica, poi li segue con un tuffo a bomba e ride fra gli schizzi insieme a Caterina.

Io cerco di obbedire a Cantoni, ma la testa mi gira a vuoto neanche fosse il pedale di una bici con la catena rotta. Ho telefonato alla mia analista, ma mi ha detto non solo che non era lei e si trovava a un convegno a cento chilometri da qui, ma anche che non ci sono parenti prossimi che rispondano alla descrizione. Ho sentito padre Giorgio, ma anche lui, nei tre minuti scarsi di conversazione concessi dalla batteria del suo cellulare, ha riferito di non aver idea di chi possa trattarsi. Anche con Oxana il tentativo va a vuoto ma è rimasta molto colpita dal fatto che Luigi sia uscito da solo e abbia chiamato un taxi, entrambe cose lontane dalle sue abitudini. Tonino ha fatto una ulteriore chiamata a tutti i canili della zona e alle cliniche veterinarie e niente: Carl il carlino è ancora irreperibile.

Sono le cinque del pomeriggio. Ho ancora molte ore per continuare a brancolare nel buio, troppe prima di riuscire a cadere in un salvifico sonno incosciente.

Ma ecco che, mentre me ne resto lì con il telefono in mano, compare un messaggio di Cantoni.

"Sono riuscito a chiamare Piero Sacchetti, ci aspetta domattina a casa sua. Passo a prenderti alle nove."

"Mimi, per merenda posso mangiare un piattino di gnocchi?" mi chiede Luca abbracciandomi sorridente. "Ho chiesto a nonna Caterina e ha detto di sì."

Chi sono io per oppormi a un piatto di gnocchi alle cinque del pomeriggio?

E stasera a cena, latte e biscotti.

31.

Piero Sacchetti non abita più nella nostra città da parecchio. Si è trasferito in un quartiere residenziale di una cittadina a più di un'ora di autostrada da qui.

Il trambusto legato alle vicende aziendali gli aveva reso il clima della nostra provincia troppo difficile, almeno così Tonino ci ha riferito al telefono mentre andavamo verso il casello autostradale. Finalmente ho avuto più chiaro a quale gogna si riferiva Saverio Conti: fra i colpevoli del voltafaccia a Barani, mentre gli altri due erano sempre stati considerati elementi a loro modo esterni e quasi destinati a scelte carnivore da multinazionale, al signor Piero era stata attribuita l'aggravante del tradimento vero e proprio. Erano tutti stati disposti a sorvolare su atti compiuti da persone dalle quali non si aspettavano nulla, ma non avevano esitato a essere feroci con chi aveva sbagliato, ma sentivano somigliante. Forse ricordava le loro debolezze troppo da vicino, e i cattivi che alla fine più fanno paura sono quelli che potremmo diventare noi per primi. Comunque, il malessere cittadino si era evoluto rapidamente in una serie di rancori tenaci e diretti che avevano cominciato ad accompagnare Piero Sacchetti e i suoi famigliari anche quando andavano a fare la spesa o una passeggiata per la città. Pierone aveva scelto la via della fuga, sperando di mettere al riparo sua moglie e sua figlia da chi, quando le incrociava, sputava per terra in segno di disprezzo.

Cantoni aveva sentito Pierone per parlargli di Carl il carlino e già allora si era dimostrato disponibile: questa volta ha accettato di vederci subito.

Ci tocca un percorso più lungo del solito, ma alla fine lo vivo come un sollievo. Ieri sera, appena tornata a casa, ho scritto un messaggio a Lavinia per chiederle come stava. Lo ha letto, se non altro ora sembra aver superato la fase da cellulare spento, ma non mi ha risposto. È arrabbiata con me più per averle parlato della malattia di nostro padre che non per avergliela nascosta, e adesso soffre e si sente in difficoltà.

Alessandro è tornato di nuovo più tardi del solito e, una volta che Luca si è addormentato, abbiamo finito nuovamente per dirci cose evitabili, rinfacciarci inadeguatezze e scambiarci sguardi amari e tristi. Stamattina l'ho chiamato per dirgli che forse non sarei arrivata in tempo per l'uscita di Luca. "Nessun problema, vado io." Nessun problema, e intanto la solita sensazione che nell'andare a prendere nostro figlio faccia un piacere a me.

La macchina scivola sull'autostrada e Cantoni ogni tanto butta un occhio verso di me. Forse temeva che lo avrei inondato di chiacchiere e domande e invece me ne sto lì senza dire nulla.

"Cantoni, che c'è? Guarda che lo so che mi tieni sotto osservazione."

"Mh."

"Sono silenziosa. Posso essere silenziosa ogni tanto?"

"Mh."

"A volte anch'io ho bisogno di chiudermi in me stessa. Quindi oggi abbi pazienza."

"Mh."

"Pazienza perché non parlo, perché davvero, Cantoni, forse parlarti delle mie cose mi farebbe anche bene, ma non me la sento. Casomai un'altra volta."

"Mh."

"Cantoni..."

"Mh."

"Mio padre è ammalato, mio marito non mi sopporta, mia sorella non mi parla e non faccio una cosa giusta che sia una."

E, detto questo, faccio un gran sospiro.

Cantoni guarda avanti mentre guida sicuro nel traffico autostradale. Va forte, anche se non sembra. Supera, rientra in corsia con competenza, forse l'ennesima capacità acquisita in tempi passati nelle forze dell'ordine, tempi passati dei quali probabilmente non mi parlerà mai.

"Mi dispiace per tuo padre, Anna. Tonino mi ha accennato qualcosa."

"Vedremo come andranno le terapie, ecco. Poi mio marito è sempre stato la mia colonna e adesso è talmente arrabbiato con me che penso perfino che mi odi. E io non so cosa fare."

Le fabbriche, i campi, i campanili in lontananza scivolano lungo i finestrini in quella piana sempre uguale, sembrano resistere ferme solo le montagne in lontananza. Eppure si muovono lentissime anche loro perché nulla resta fermo, nulla resta per sempre…

"Non vuole che continui a lavorare in agenzia, ha paura per me dopo quello che è successo con il caso di Armando Piazza. E lo capisco."

"Mh."

"No, non è vero che lo capisco perché questo è il lavoro che voglio fare, mi sento utile, mi sento realizzata. C'è qualche rischio ogni tanto? Be', non più di quanti ce ne siano in altri mestieri. E poi ho rischiato perché ho fatto una stupidaggine, ho imparato e non ne farò più. Sono sicura che non ne farò più."

Silenzio.

"Cantoni, mugugna un po' così si capisce che sei certo che di scemenze non ne farò più. Su, dai che mi sento… mi sento disperata."

Crollo così, di schianto, senza avvisaglie.

Cantoni continua a guidare: ha capito benissimo come sto, ma è proprio perché mi rispetta che mi lascia un attimo di silenzio. Poi dice: "Questo non è un lavoro facile da accettare per chi ci sta accanto, Anna. Per quanto con buone motivazioni, non puoi pretendere che non ci sia un prezzo da pagare."

"Cantoni, grazie per queste parole di consolazione, eh?!" borbotto.

"Qui la questione non è venire consolati, è trovare modi per provare a risolvere i problemi."

"E io come lo risolvo allora il problema che voglio continuare a fare questo lavoro e mio marito vuole invece che mi licenzi?"

"Prima di tutto riconquistando la sua fiducia sul fatto che sarai prudente."

"Ma io adesso sono prudente!"

"Anna, non ci credi neanche tu: sei solo spaventata come una bambina appena uscita dal castigo e appena ti passerà la paura tornerai a fare qualche minchiata."

"Non è vero! Sono e sarò prudente," scatto, bizzosa.

"E poi non è solo il fatto che tu sia o meno prudente," lui continua subito, "è che tu vuoi fare sempre e comunque quello che ti pare, ce l'hai scritto scalpellato in quella zucca dura che ti ritrovi. Allora non devi dire che sarai prudente, devi confrontarti con il prossimo, e concepire che alle volte hanno ragione anche gli altri. Non sbuffare! Così stanno le cose. Se comincerai ad ascoltare davvero prima di prendere le tue decisioni vedrai che la fiducia di tuo marito la riconquisterai. Però ci vuole tempo."

Colpita e affondata.

Tu fai sempre e solo quello che ti va...

"Ma quindi anche tu Cantoni non ti fidi di me?" chiedo sentendo un dispiacere profondo.

"No, la questione non è se mi fido di te: io sono il tuo datore di lavoro e, se me ne combini un'altra, a seconda della gravità mi incazzo per davvero e ti sbatto a casa. Tanti saluti al tuo prezioso aiuto, ma ne farò a meno. Ma tuo marito ti ama, per lui è diverso. E anche se non ti senti rispettata nelle tue esigenze e nei tuoi desideri, lui in modo forse sbagliato e rabbioso ti vuole bene e non dirmi che è una cosa da poco."

No, non è una cosa da poco.

"Allora dimostra a tutti noi e soprattutto a lui che davvero hai compreso non solo che questo mestiere presenta dei pericoli, ma anche che ogni tanto ti confronti sul serio, e non solamente per metterci a conoscenza di ciò che hai già deciso. Allora sì che lui saprà capire la tua passione per quello che fai e quanto sei brava."

Quello che dice è una scudisciata dopo l'altra, ma non riesco a evitare che ogni singola parola non trovi uno spazio dentro di me e abbia una sua precisa ragione d'essere.

Restiamo in silenzio per il resto del viaggio, lui guida e io guardo fuori.

Quando l'auto si ferma di fronte a un cancello e Cantoni fa per aprire la portiera, lo fermo.

"Cantoni, comunque guarda che me lo segno che hai detto che sono brava."

32.

La casa di Piero è una bella villetta immersa nel verde e avvolta dagli alberi.

Alla fine, per la sua famiglia non era stato sufficiente spostarsi a distanza di sicurezza. Da quanto raccontato a Tonino dagli ex colleghi di Pierone, i rancori e le intimidazioni erano proseguiti anche una volta andati via dalla città d'origine e avevano costretto il capofamiglia a ricorrere a un muro di cinta imponente e a una cancellata ben chiusa. In più sembra che la figlia di Piero avesse passato un'adolescenza difficile, non aiutata dall'infanzia passata in giro per ospedali e dal rifiuto della città nella quale aveva abitato da quando era nata. Così alla fine, fra quei muri, si trovava il tentativo di Piero di creare una bolla nella quale sentirsi perdonati e al sicuro da quel mondo che era sempre stato il suo e che adesso non lo voleva più.

Entriamo nel cortile di ghiaia della casa e Cantoni parcheggia di fianco a un'utilitaria vecchia come il cucco, tutta sbocciata e carica di attrezzi da giardino.

Così come la sua auto sembra quella di un contadino, anche Piero non ha nulla che faccia trasparire qualcosa della sicurezza per i ruoli di prestigio dei suoi ultimi anni lavorativi. È solo il buon Piero emerso dal racconto di Conti e in piena tenuta da lavoro. Ci aspetta inginocchiato di fianco a uno spiazzo di terra vicino all'ingresso della casa, concentrato su una piccola buca che sta scavando. Poi si alza e ci viene incontro. Non ha un'aria dimessa, eppure c'è qualcosa di triste e spento in lui che emerge man mano che si avvicina, forse l'inclinazione della testa, forse il suo sorriso che arranca in mezzo ai lineamenti del volto arresi e abbattuti dalla forza di gravità. In più, se un giorno fu un uomo di stazza, di quel Pierone non è rimasto granché e dentro quegli abiti presi in tempi di tutt'altra opulenza fisica si muove un corpo asciugato troppo e che dà un'impressione di fragilità e malessere.

Ci mostra i palmi sporchi di terra. "Scusate, non vi posso stringere le mani, stavo sistemando l'aiuola."

Poi torna verso l'area di terra smossa dove stava lavorando, si inginocchia di nuovo e con una paletta rossa dalla vernice scrostata comincia a scavare. Toglie dal vasetto di plastica una pianta di timo e la posa con delicatezza nello spazio creato per lei.

Sempre senza dire nulla, prende la terra con le mani e ricopre le radici della pianta. Tiene fra le dita quella terra come fosse qualcosa di vivo, un cibo, un amore, tutto.

Piero si alza solo quando ha finito e, dopo aver strofinato le mani sui pantaloni già pieni di macchie d'erba, è pronto a dedicarci attenzione.

"Allora, se ho capito bene al telefono, volevate chiedermi qualcosa su Luigi. Siete di un'agenzia investigativa, vero? Andrea Barani, quando ci siamo sentiti per il cagnetto, mi ha detto che c'è stato qualche problema con l'eredità, con dei soldi dati alla badante. Se è per quello, allora vi dico già che Barani non era mica uno scemo e se c'era una sola persona al mondo in grado di fargli fare sempre quello che voleva era sua moglie. L'unica."

"Signor Piero, siamo un'agenzia investigativa, ma non siamo qui per i soldi alla signora che aiutava Luigi, né per conto di Andrea Barani."

"Ah," e fa spallucce. "Venite con me che intanto sistemo qualcosa nell'orto."

Ci cammina davanti e ha spalle forti, ma curve.

"È un problema se il nostro committente non è il figlio di Luigi? Se vuole..." accenna Cantoni.

"No, nessun problema," lo interrompe voltandosi con un sorriso. "Non mi interessa sapere per conto di chi venite e per chi fate le domande. Tanto le mie risposte non cambiano a seconda di chi le deve ricevere."

Poi si ferma, sposta un vaso, prende una forbice da potatura da un secchio di metallo dove giacciono attrezzi da giardino coloratissimi e usurati come la paletta di poco prima e recide un ramo secco da un cespuglio. Avrei preferito ci accogliesse in casa, forse ci sarebbero state anche moglie e figlia, ma più avanzo nel giardino più sono contenta di stare lì e non attorno a un tavolo. È un posto pieno di imperfezioni rassicuranti, di piante libere di crescere nella forma che hanno, di aree di prato divenute sentiero solo a forza di accogliere piedi che passano. Un vaso di gerani rossi in un angolo, un orcio spaccato a metà con dentro delle piantine grasse che lo hanno eletto casa, un altro secchio con dei rami tagliati.

Non c'è nessun animale che venga a raccontarmi i fatti suoi, ma mi lascio cullare dalla musica dolce dell'armonia vegetale che vibra nell'aria.

Piero entra in un capanno di legno, ne esce con un cesto di laccetti e si infila tra i filari dell'orto che occupa gran parte del terreno dietro alla casa.

"Devo legare le piantine di pomodoro. Crescono, vedete? Guardate che meraviglia," e accarezza un grosso pomodoro non ancora maturo, ma con la buccia turgida e traslucida. "Le piante sono cariche, danno tutto ai pomi, ma poi si curvano per il peso dei frutti e si spezzano... Mi dicevate che quindi non c'entra Andrea Barani. Cosa volete sapere da me?"

Ce lo chiede mentre tiene lo sguardo concentrato su una piantina sfacciata che cresce e sfugge alla canna messa lì apposta per sorreggerla.

"Ci hanno detto che cosa succederà presto alla ditta Barani. Sappiamo che lei, come Tavelli e Porta, è fra i pochissimi al corrente della cosa perché siede ancora nel consiglio di amministrazione."

Piero Sacchetti continua a lavorare sulle piante senza voltarsi verso di noi.

"Ho dato il mio voto negativo. Sono stato l'unico e quindi non è servito a nulla. In più ho firmato un accordo di riservatezza, quindi non potevo e non posso dire nulla a riguardo."

"Ma Luigi non aveva firmato nulla e lei era una delle persone ancora in contatto con lui," continua Cantoni.

"Bah, in contatto mi sembra eccessivo," dice, sempre concentrato su ciò che sta facendo. "Lo sentivo di tanto in tanto, ma era uno scambio rarissimo e molto formale. Cosa volete chiedermi, se ho rivelato a Barani cosa sarebbe successo?"

Posa i laccetti e ci guarda, forse per la prima volta da quando siamo arrivati.

"Secondo i miei ex colleghi e concittadini sono un vigliacco, e probabilmente hanno ragione. Ho pensato di dirgli qualcosa, poi invece non l'ho fatto. In più con Luigi non ci vedevamo da anni, non mi incontrava più volentieri. Non che volesse stare con molta gente, da quand'era morta sua moglie accettava una volta ogni tanto giusto una telefonata, gli auguri di Natale, perché non riusciva a essere scortese con nessuno."

"Secondo lei, qualcun altro avrebbe potuto parlargli della questione?"

"Non credo. Che io sappia, la notizia non è trapelata, per ora," e riprende a lavorare.

"Venga," Piero chiama Cantoni, gli prende una mano. "Regga su la pianta qua, che devo legare bene il fusto alla canna."

Cantoni è spiazzato, ed è una delle prime volte da quando lo conosco, ma continua comunque a fare le domande seppure con un'espressione prima perplessa e poi più rilassata sul viso.

"Barani aveva preso molto male la scelta sua e dei suoi colleghi. Immagino che questo vi abbia portati a uno scontro."

Ma Piero ferma il ragionamento con un gesto della mano, non in modo scortese: vuole solo aver modo di spiegarsi.

"No, nessuno scontro. Ci siamo solo allontanati... solo allontanati. Tenga qui, proprio qui."

"E nonostante l'allontanamento lei si è offerto di prendere con sé il cane di Barani," dico allora io.

"Il cagnetto, sì." L'uomo sospira, infila i laccetti in tasca e poi si riavvia verso il porticato della casa. Lo seguiamo, mentre ci cammina davanti con la sua andatura stanca.

Poi si ferma di fronte all'aiuola dove stava lavorando quando siamo arrivati e, solo in quel momento noto che sul tavolino sotto al porticato c'è un cestino di creta fatto a mano identico a quelli che si trovano in casa Barani.

"Mi scusi, Piero," dico indicando il cestino, "posso vederlo?"

Salgo i gradini e lo prendo in mano: non mi sbagliavo, sul fondo c'è la sigla M.

"Lo ha fatto mia figlia Marta quando era bambina. In ospedale i bambini seguivano dei laboratori con dei volontari. Le piace?"

Gli sorrido, poi scambio uno sguardo con Cantoni.

"Fu mia figlia a regalare il cagnetto a Luigi quando sua moglie morì. Marta gli ha sempre voluto un gran bene, a Barani. Si sentiva in debito con lui perché le aveva salvato la vita, penso volesse che, dopo la morte di Rachele, lui non soffrisse troppo la solitudine. Lo seppi dopo che lei glielo aveva portato perché avrei cercato di farle cambiare idea. Non so se gli abbia fatto un gran piacere a Luigi, lui amava i gatti, però a mia figlia era affezionato e quindi ha accettato il cane."

"Marta e Luigi sono quindi rimasti in contatto anche dopo il vostro allontanamento?"

"Sì, ma non so di cosa parlassero. Mia figlia non si è mai confidata molto con mia moglie e me." Piero poi si perde a guardare con attenzione una foglia. "Avete figli voi?"

Cantoni e io annuiamo.

"Piccoli, però, immagino," sorride. "Il bello deve ancora venire... I figli dopo una certa età... Marta e Luigi si vedevano ogni tanto, per lei era come un nonno buono. Ve l'ho detto che gli voleva bene, voleva bene anche alla signora."

Eccola qua la ragazza giovane presente nella vita di Luigi Barani!

"Potremmo fare due parole con sua figlia, Piero?" chiedo.

"Eh, due parole con mia figlia..." e si rimette in ginocchio, di nuovo con la paletta rossa in mano.

Aspettiamo.

"Certo che potete fare due parole con mia figlia. Però poi dite anche a me dove la posso trovare perché farei due parole con lei anch'io. Marta se n'è andata un paio di anni fa. Da allora sua madre e io non abbiamo idea di dove si trovi e come sia possibile rintracciarla."

È come se un secchio d'acqua ghiacciata mi si vuotasse addosso, non ho il coraggio di voltarmi verso Cantoni.

Poi Piero si infila nuovamente nel capanno e ne esce con una scatola di plastica in mano. Ci fa cenno di seguirlo e ci ritroviamo nuovamente nell'orto, dove inizia a staccare i pomodori maturi dalle piantine, le zucchine con i fiori ancora attaccati e riempie tutta la scatola.

"Tenete, almeno tornate a casa con qualcosa."

"Grazie, ma così non resta nulla per lei e sua moglie," rispondo.

"No, per me ne ho più che abbastanza."

"Piero, solo un'ultima cosa," dice Cantoni. "Potrebbe fornirci una foto di sua figlia? Mentre facciamo le nostre ricerche, non si sa mai possa emergere anche qualcosa di utile per il suo caso."

Piero fa un cenno con la testa, poi sia avvia verso casa mentre noi lo aspettiamo in silenzio e senza guardarci di fianco all'aiuola dove poco prima ha piantato il timo.

Un attimo dopo spunta dalla porta sotto al porticato passandosi delle buste da una mano all'altra. Inforca gli occhiali da lettura. Poi borbotta e se li toglie.

"Devo cambiarli, non ci vedo più. Ah, Pierone, sei diventato vecchio… Signora, può aiutarmi lei?"

Allora, mentre Cantoni resta sul vialetto faccio i quattro gradini che mi portano sul portico e mi avvicino a lui, gli leggo cosa c'è scritto sulle buste. "Per Bari", "Da dare a Giovanna", "Di Natale 2002", "AGS" .

"Ecco, è qui dentro," posa per terra le altre buste e apre quella con scritto AGS. "Di queste foto ne ho ancora una decina, le avevo fatte stampare quando abbiamo avviato le ricerche. È una delle immagini più recenti di Marta, eravamo alla festa di compleanno di sua madre."

Piero mi consegna la foto, poi ammucchia alla meno peggio le buste, scuote per un attimo la testa, fa un cenno con la mano, ci dà le spalle e rientra in casa chiudendo la porta.

Per lui la nostra visita è terminata.

Cantoni è una furia.

Otto lo osserva stando ben attento a stare basso, steso per terra, sospirando per testimoniare vicinanza emotiva e al tempo stesso chiarire la sua strenua volontà di stare fuori dalle scatole.

"Siamo andati là impreparati! Si può andare a parlare con qualcuno senza conoscere informazioni così importanti come il fatto che la figlia di Piero Sacchetti è scomparsa e che sua moglie non vive più con lui? Dei dilettanti, ci siamo comportati da dilettanti!"

"Cantoni, scusa, ma come fai a sapere che la moglie di Piero non..." abbozzo.

"Ha detto 'ne ho abbastanza' e non 'ne abbiamo abbastanza' della verdura, per esempio. I suoi pantaloni erano bucati in più punti e non accorciati, ma solo arrotolati, e lo stato in cui versava il porticato era quello di abbandono e disordine tipico del maschio solo. Perché su queste cose, tipo tenere in ordine l'ingresso, come rompete le palle voi mogli nessuno mai. Anna, devi sviluppare più capacità d'osservazione, santo cielo!"

Tonino potendo si metterebbe coricato di fianco a Otto, anche lui a sospirare, ma non può, quindi tenta un: "Nessuno nella ditta sapeva che la figlia di Piero fosse sparita, tutti pensano che lui si faccia la bella vita lontano e nessuno l'ha cercato più".

"Non mi interessa nulla di quello che sanno in ditta, Tonino! Noi dovevamo sapere di già una cosa del genere prima di andare da lui. Non efficiente tu nel trovare le informazioni e del tutto imbecille io che ho deciso di andarci subito anziché aspettare un paio di giorni. Anzi Tonino, è tutta colpa mia, però tu il cazziatone te lo prendi lo stesso perché sei qua e ti tocca. Merda, che figura!"

"Cantoni..." accenno.

“Non sono dello spirito di sentire del sarcasmo, ti avviso!”

“Volevo solo dire che andrei verso casa...” dico, vista l'ora e soprattutto vista l'aria che tira.

“E no che non vai a casa, Anna.”

“No, infatti non vado a casa. “

“Le foto erano in una busta marcata AGS e tu, Tonino, adesso chiami Paolo della AGS e gli chiedi di parlarci un po' di Marta Sacchetti.”

“Annare',” dice Tonino che si è accorto della mia espressione confusa. “L'AGS è un'agenzia investigativa grande assai, roba che tiene mille uffici ovunque, ma qui in città ci lavora uno che è amico nostro.”

“E tu, Anna, adesso prendi la foto di Marta e vai a farla vedere al gatto randagio del quartiere dello spazio espositivo. Per il momento è l'unica ragazza giovane che compaia nella vita di Barani.”

“Sì, Cantoni, però...”

“Però non mi interessa se gli animali non sono fisionomisti. Tu adesso vai e ci provi!”

“Vado.”

Ed esco senza dirgli che a quest'ora e con questo caldo il gattone buongustaio starà schiacciando una pennichella in qualche angolino ombreggiato, e io e le mie domande saremo l'ultimo dei suoi pensieri.

33.

Gli occhi di Marta non guardano l'obiettivo, ma emergono enormi su un viso magro circondato da capelli scuri, mossi e che, più che liberi, appaiono abbandonati a loro stessi. Più che un ritratto voluto, sembra una foto concessa per non scontentare qualcuno di caro. Tonino mi ha chiamato poco dopo che ero uscita dall'ufficio per dirmi che il loro collega di AGS gli aveva parlato di Marta raccontando di una vita fatta di inciampi e fatica, di fughe da cliniche riabilitative, di un maldestro tentativo di farla finita con i sonniferi della madre, sbornie nei pub e notti coperte da un oblio salvifico che non riusciva a contenerne comunque le amarezze. Al momento della sua scomparsa, Marta aveva diciannove anni, una metà dei quali passata fra ospedali e studi medici per tentare di curare la malattia e l'altra metà fra psicologi, psichiatri e cliniche per non sentirsi troppo in colpa per essere sopravvissuta. In realtà, però, l'AGS si era occupata pochissimo del caso: Piero li ha assunti solo il 28 aprile di quest'anno perché sembrava che ci fossero tracce della ragazza ad Amsterdam, dove l'AGS è attiva, a differenza dell'agenzia investigativa incaricata fino a quel momento.

Per il resto, pare che a Cantoni l'incazzatura sia svanita in fretta. Tonino dice che alla fine gli è bastato fare una passeggiata con Otto e lasciarsi curare dall'amore tranquillo e dall'entusiasmo facile tipico dei cani grossi.

Gli occhi di Marta mi restano impressi anche ora che guardo la strada di fronte a me e i lampioni si accendono nonostante le giornate siano lunghe e della loro luce non ce ne sarebbe bisogno.

Ma loro sono così, i lampioni. Degli stacanovisti, e se han programmato di accendersi lo fanno anche se mortificati nel loro sforzo da una luce del giorno più forte di loro. E io, provata da una giornata così strana e densa, tengo compresso il dolore per una ragazzina perduta e finisco quasi per commuovermi per dei lampioni.

"Mimi, per favore, mi fai assaggiare un pezzo di quel panino?"

"No, amore, non credo sia buono per noi umani. L'ho fatto per un gatto che fra poco incontreremo." Sono le sette di sera, orario nel quale le speranze di trovare il mio strambo testimone sono più concrete, soprattutto dopo aver preparato un'esca irrinunciabile. Panino con mortadella, una fettina di formaggio fuso, una di pancetta avanzata, tonno, maionese, pasta d'acciughe e passata di pomodoro. Se il gatto si è scofanato il panino di Tonino non potrà non apprezzare anche questo.

"Secondo me, quel panino lì mi piace anche a me."

"No, Luca, per te non va bene. Abbi pazienza, parlo con il gatto e poi andiamo a casa a cena."

"Tì."

"Ah, e non dire a nessuno cose come: 'Mia mamma parla con il gatto' perché sennò alla mamma fanno fare una visita medica complicata."

"Tì, mimi. Lo so che sei un po' matta, ma non si deve sapere."

Ecco, il concetto non era proprio quello che volevo veicolare, ma fa lo stesso. Siamo di fronte allo stabile adibito a futuro spazio espositivo. Il capannone sembra la carcassa di una balena spiaggiata, con le impalcature come ossa spolpate. Tutto è sprangato, immagino la luce scivolare attraverso i finestroni per accarezzare pannelli, poltrone e sogni incompiuti.

Ada forse vorrà dare una possibilità di vita a quel luogo e a quel progetto, ma se il cantiere verrà coinvolto nelle indagini ci saranno tempi di attesa, lunghi e fatti di sassi contro i vetri, forse di offese dovute alla rabbia urbana, forse di tutto quello che si scatena su ciò che sa di abbandono e urla una fragilità da animale malato.

Eppure manca così poco: ci sono anche alcune targhe, già appese e che non avevo notato le altre volte, presa com'ero a puntare l'attenzione su quanto questo luogo doveva diventare e non su ciò che già era. Sono avvolte da una plastica scura protettiva, ancora al riparo da sguardi e intemperie, e dormono in attesa di tempi migliori.

Scendiamo dalla macchina, ma del gattone neanche l'ombra.

Allora tolgo dal suo incarto la bombazza gustativa: il tragitto nella macchina calda ha creato fra le due fette di pane una specie di fusione termonucleare e, non appena apro l'involucro, un effluvio micidiale si sparge tutto intorno con un effetto tanto forte che mi prende un leggero cerchio alla testa.

"Mimi, secondo me quel panino lì è molto buono."

"No, Luca. Ah, eccolo!"

La palla di pelo rossiccio trotta possente verso di noi, con gli occhi gialli che luccicano di brama e curiosità. Un balzo e il micione è sul cofano della macchina e si struscia contro il parabrezza: la trappola ha funzionato.

"Ciao umana, ciao nanerottolo. Umana, mostra la leccornia che vuoi sottoporre al mio giudizio."

Sotto lo sguardo divertito di Luca, espongo l'incarto con il mio capolavoro.

Il gatto mi guarda con una punta di delusione. "L'impiattamento lascia a desiderare."

"Sì, gatto, lo so: sull'estetica non sono il massimo perché per scelta stilistica metto tutta me stessa nel pragmatismo. Fatti, non foglioline di prezzemolo. Sentirai che sapore."

Il felino mi guarda poco fiducioso. Poi avvicina il muso al panino, dà una leccata esplorativa e poi un bel morsicone. Hai visto, bestia? Guarda cosa ti ha preparato Annetta tua.

Mastica, fa una raffichetta di fusa, si lecca i baffi, si siede e si ripulisce il muso con una zampetta, poi sospira: "Una schifezza proprio".

"Ma come? Ti sei leccato i baffi! Quello che ti ha offerto il mio amico Tonino ti è piaciuto tantissimo e questo no?"

"Il tuo amico ha accostato i sapori con arte e maestria creando una sinfonia profumata con perfetto bilanciamento degli ingredienti. Il tuo invece è un montarozzo di prodotti a caso che trasuda poca tecnica e molta superficialità. Umana, perdona la schiettezza, ma in campo culinario manchi di talento."

Mortificata, appoggio il panino in auto, mentre Luca gratta la testa al micione.

"Gatto, non hai idea in quanti campi io manchi di talento: uno più, uno meno non fa differenza. Mi aiuti lo stesso, anche se come cuoca sono una frana?"

"Ma certo, sono un micio come si deve io. Che vuoi?" e mi dà una testatina delicata di rassicurazione.

Rincuorata dalla sua generosità, gli mostro la foto di Marta: lui avvicina bene il musone, l'annusa, poi punta i suoi occhi verso di me.

"Per caso è questa la ragazza che hai visto scambiarsi delle carte con il signore anziano che ti piaceva tanto?" chiedo senza molta convinzione.

Il gatto osserva meglio la foto. Poi si gratta dietro un orecchio con una zampa posteriore.

"Non lo so, può essere. Il pelo della testa era marrone, sì... un po' smunta come questa qui... ma l'ho vista da lontano e poi sinceramente della cosa non mi poteva importare di meno."

"Quindi è lei o non è lei?"

"Può essere lei, ma anche no."

Mi abbacchio in maniera palese.

"Dai umana, non ti abbattere. Vuoi che ti porti una polpetta della signora Tina del terzo piano del vicolo qui affianco? Stasera le cucina di sicuro, ho sentito prima il profumo del soffritto. Niente nouvelle cousine o sperimentazione, solo buona cucina casareccia ad altissimo contenuto di grassi saturi."

"No, ti ringrazio, sei molto gentile. Se ti dovesse ricapitare di vedere qui in giro quella ragazza potresti darle meglio un'occhiata?"

"E come no? Però mi porti qualcosa preparato dall'amico tuo e non da te."

Comprendo il gatto. In cucina sono una frana.

"Umana, sai mica se qui adesso ci faranno un ristorante?" mi chiede poi il gatto.

"No," rido, "non credo, gattone. Mi piace pensare che diventi ciò per il quale molti hanno già lavorato. Non ti piacerebbe una culla di cultura e bellezza?"

Il gatto si siede, si lecca una zampa, poi chiede: "Nel caso si prevedono dei buffet?".

"Immagino ci possano essere dei rinfreschi eleganti."

Lui sospira, poi si alza e ricomincia a farmi le coccole.

"Mh, non sono tipo da microtartine e finger food."

E figurati, sei un gatto da lasagna e panini di Tonino. Uno come me, insomma.

Il gatto intanto guarda verso l'ingresso del capannone, dove anche il mio sguardo si perde stanco.

"Umana, certo che voi siete una specie proprio strana. Vi scaldate tanto se noi animali vi facciamo uno spruzzetto su un davanzale, nelle feritoie d'aerazione della macchina, sui vasi, manco fossimo delle cimici, e poi arriva qualche esemplare vostro che quel giorno gli gira così e spacca tutto. Non trovi che, anziché castrare noi, andrebbero castrati gli esemplari vostri?"

Seguo meglio dove puntano i suoi occhi gialli e l'obbiettivo è una delle insegne, quella affissa di fianco alla porta avvolta nella plastica e nello scotch da pacchi.

"Spiegami meglio, per favore."

"Una notte passo di qua e cosa trovo? Tutta la plastica che avvolgeva quella targa per terra e il metallo tutto graffiato, rigate le scritte, una cosa da violenti. Roba che a uno gli ha preso l'ormone e giù aggressività. Che mi ricordo io quando avevo ancora le pallette e spupazzavo tutte le gatte della zona. Avevo dei momenti che via di mozzichi, ma mai una cosa così violenta e gratuita da buttare giù gli alberi a capocciate. Io dico, se sei nervoso, prendi a zampate un altro maschio così vi sfogate in due, no?!"

"Ma tu come fai a sapere che era un maschio? Hai visto chi è stato?"

"No che non ho visto, ma certe minchiate di violenza bruta le facciamo solo noi maschi."

Vorrei dargli ragione, ma poi penso a me in certi momenti.

"Quando è accaduto, micione?"

"Almeno sei-sette bistecchine al sugo fa."

Aggrotto le sopracciglia.

"La signora al primo piano del palazzo d'angolo fa un menù settimanale che è nell'ordine..."

"Ho capito ho capito, quante volte la settimana fa le bistecchine al sugo?"

"Non so fare di conto, devo dirti i menu in ordine."

Mi preparo a sentir enunciare la programmazione pasti di una famiglia sconosciuta, poi l'illuminazione.

"Prima o dopo che Luigi incontrasse l'umana con i capelli legati e la tenuta sportiva?"

"Prima, ma poco poco. Un paio di pappe e non di più."

Quindi appena prima della sfuriata di Barani da Cerri e della sua morte, qualcuno aveva compiuto un atto vandalico brutale contro una targa all'ingresso dello spazio espositivo.

Do una grattata dietro alle orecchie del gatto. Lui mi ringrazia con una testatina gentile e poi fa languidamente per allontanarsi.

"Scusa, ma devo andare ad assaggiare la frittura di pesce della sposina al secondo piano della palazzina blu. Sta imparando, qualche volta fa una schifezza proprio, ma grazie al mio feedback, conto nelle sue capacità di apprendimento prima che devasti il fegato del suo giovane maschio."

Sorrido mentre si allontana con il suo incedere da felino da strada.

"Grazie mille, gattone. Sai mica cosa ci fosse scritto sulla targa rovinata?" poi mi fermo e ragiono a voce alta. "Che sciocca, scusami, non credo tu sappia leggere."

"E sì che so leggere," mi risponde senza voltarsi. "Ma solo in cirillico e qualche cosina in cinese," e scompare dietro l'angolo.

Forse il cinese lo sa grazie al ristorante nella via vicina, ma il cirillico... poi con l'aiuto delle chiavi dell'auto tolgo lo scotch, scarto la targa. Mi si chiude lo stomaco.

Con un oggetto dotato di punta qualcuno ha rigato una parte dell'incisione fino a lasciarci delle strisciate di vernice scura che rivestiva lo strumento. Un atto compiuto non per semplice vandalismo, ma per furia cieca, un tentativo non solo di cancellare, ma di umiliare e ferire il nome dell'intestataria di tanta bellezza, Rachele Rustici.

A quel punto Luca mi richiama, è già sul suo seggiolino, sbadiglia.

"Mimi, andiamo a casa?"

"Certo, ti sei agganciato bene la cintura, amore?"

"Tì."

Poi mi volto verso il sedile anteriore e, là dove avevo posato il panino puzzolente, giace solo l'involucro vuoto.

"Luca!"

"Mimi, non era cattivo il panino, sai? Me ne fai un altro domani e ci metti anche la marmellata?"

34.

Quando ho fatto la mia apparizione in sala attrezzi, Alberto mi ha guardata incredulo.

Stamattina ero talmente priva di alibi che non mi restava che venire in palestra.

In più, anche se non lo ammetterò mai con lui, la schiena sta migliorando veramente.

Quando ieri ho aggiornato Cantoni e gli ho chiesto cosa dovevo fare oggi mi ha risposto: "Le tue cose," ma io non desidero fare le mie cose, voglio accumularle ancora in un bel montarozzo da tenere dietro le spalle per far finta che non esistano.

Alberto ha borbottato un divertito: "Anna, cos'è successo? Un colpo di sole?". L'ho ignorato e sono andata verso una cyclette, con il mio passo da pantera, tutta sensualmente fasciata nella mia bellissima maglietta della Sagra della polenta taragna 2009 taglia unica, così ci sto due volte, passa l'aria e fa meno caldo. Sono un perfetto connubio di stile e strategia.

"Se ti proponessi di fare un po' di ginnastica a corpo libero anziché appallottolarti sulla cyclette facendo finta di pedalare, sarebbe chiederti troppo, vero?"

Non ho la forza di polemizzare e sono in fase vittimismo arreso, un approccio al mondo che ho scoperto da pochissimo e che talvolta è davvero più riposante della mia abituale resistenza tignosa, così guardo Alberto come Luca guarda me quando gli dico di lavarsi i denti, scivolo giù dalla cyclette e mi porto con andatura fiacca verso il tappetone.

"Adesso facciamo qualche esercizio di stretching e poi quelli specifici per la schiena che dovresti fare regolarmente a casa e non fai. Poi ti insegno anche un paio di allungamenti. Solo dopo potrai andare agli attrezzi che ami tanto e sui quali bari meglio."

"Io sono stanca, Alberto."

"Oh, non hai idea di quanto mi dispiaccia. Ora cominciamo."

Così, dopo un'ora di fatica, a essere precisi quarantadue minuti con una pausa pipì in mezzo, esco dalla palestra e la lucertola supercazzolina è sul solito muretto che mi attende puntandomi contro gli occhietti pungenti.

"Tu, lacertile, l'altra volta mi hai portato sfortuna. Dunque ciao, non dirmi nulla e lasciami andare."

"Non temere, arcano fenomeno da baraccone, non ho intenzione di intrattenere un dialogo inutile con te."

"Ecco, ottimo."

"Non intendo dialogare, cosa assolutamente priva di valore e costruttività, ma donarti spunti di crescita emotivo-culturale tramite un mio breve monologo sul senso dell'esistenza dei viventi, della loro impermanenza in contrapposizione alla permanenza dei non viventi, che al contrario vengono considerati inesistenti nell'accezione classica del termine, cosa che dimostra l'inadeguatezza della comunicazione ruotante attorno a un pensiero egocentrico autoreferenziale."

E si mette comoda al sole con le zampette ben distese e la testolina appena in alto, pronta per declamare.

"Lucertola..."

"Dimmi e poi non interrompermi più."

"Ma mi prendi in giro?"

"No, e ora taci e ascolta."

Essendo ancora in fase arrendevole non mi resta che rimanere lì, con il tono muscolare di un sacco vuoto, ma almeno all'ombra. Dopo venti minuti di sproloquio, finalmente la lucertola conclude con un: "Ecco dunque dimostrato in maniera elegante e inequivocabile l'assoluta verità delle mie supposizioni," arraffa una zanzara di passaggio e sparisce in una fessura fra i mattoni.

Alla sera, mi infilo a letto e Alessandro anziché fermarsi a leggere le sue cose in studio come fa di solito, viene a sedersi di fianco a me.

"Come è andata la giornata?" mi chiede.

Resto per un attimo dubbiosa sul cosa rispondergli. Vorrei parlargli del lavoro, ma ho paura che finiamo per litigare. Se gli racconto di mio padre e Lavinia temo di diventare pesante. In pochissimo tempo siamo passati dall'essere una coppia che comunicava di qualsiasi cosa senza filtri e in un flusso di pensiero pulito e continuo, a due persone che devono soppesare ogni parola pur di non ferirsi a vicenda. Opto per un "Banzai ha detto che è stressato," e il gattone alza un orecchio, continuando a far finta di dormire sul cassettone della nostra camera da letto. "L'erbaccia chiacchierona ormai ha messo su una specie di bisca clandestina, e il ficus e le tartarughe passano la giornata a scommettere su cosa facciamo noi umani, su come ci vestiamo, su cosa diciamo."

"E cosa puntano?"

"Niente, è un esercizio puramente contemplativo, ma mi sembra di stare al Grande Fratello. Non mi pare giusto. Ti pare giusto a te? Domani ci parlo, faccio una piazzata con i fiocchi."

"Devi ammettere che rispetto alla tristezza del ficus da solo e a Banzai che si faceva gli affari suoi, adesso con le tartarughe e l'erbaccia tutti insieme si fanno compagnia."

Guardo Alessandro, l'homo praticus razionalis maximus che ho catapultato nel mio mondo surreale fatto di lunghe chiacchierate con i ragni per convincerli ad andare fuori da casa e tessere altrove le loro ragnatele e di cani che per strada mi fermano per scambiare quattro chiacchiere mentre fanno la cacca attaccati ai guinzagli di padroni distratti.

"Alessandro, ti ringrazio per la sopportazione. So che non dev'essere facile vivere con le mie stramberie."

"Non è vero, vivere con le tue stramberie è spiazzante, ma divertente. E poi ricordati perché ti ho sposata."

In effetti. Lui, serio, pettinato, in camicia inamidata si era dichiarato a me che sembravo un negozio di vernici dopo un terremoto dicendomi: "Perché non c'è niente e nessuno che mi faccia ridere quanto mi fai ridere tu".

Modestamente... eppure è da tanto che non lo faccio più ridere.

"Alessandro, ti giuro che non farò più imprudenze e mi confronterò sempre prima di prendere delle decisioni. So che faccio spesso, anzi sempre, di testa mia."

Alessandro abbassa gli occhi.

"Sono disposta e capace di cambiare. Tu però permettimi di continuare a fare questo lavoro che amo. Pur di non continuare con questa guerra fredda e per l'amore che ho nei confronti tuoi e di Luca potrei rinunciarvi, ma so che ho imparato la lezione. Non farmi lasciare l'agenzia e ti dimostrerò che avrai fatto bene a darmi fiducia."

Allungo una mano e la appoggio sulla sua. Lui però non la prende, non reagisce. Continua a guardare in basso con un'aria dolente che mi fa sprofondare lentamente nelle sabbie mobili del timore che ormai sia tutto perduto.

Poi sento uno strano rumore.

È il mio cellulare che vibra. Una chiamata alle undici e mezzo di sera.

Corro a rispondere.

Poi torno in camera, Alessandro è in piedi con gli occhi sgranati.

"Devo andare, tu stai qui con Luca, ma ti chiamo appena so qualcosa di più."

"Tuo padre, Anna?"

"No. Mia sorella."

La porta d'ingresso della casa di Lavinia è accostata, Claudio deve avermi sentita arrivare, si affaccia e con la mano mi fa cenno di non fare rumore.

"Cos'è successo?" bisbiglio entrando.

"Lavinia stasera mi ha telefonato ed era agitata, in forte malessere dopo aver avuto un attacco d'ansia mentre era qui a casa da sola."

Ho una fitta di gelosia purissima: Lavinia stava male e ha chiamato lui. Non me.

"Ti ringrazio per essere corso qui, Claudio," e il mio ringraziamento viene fuori con l'esatto tono da chiarimento riguardo al fatto che lui ha avuto un gesto di cortesia applicato a qualcuno che non gli compete e lui è troppo intelligente per non rendersene conto.

"Appena le ho detto che ti avevo chiamata, si è addormentata più tranquilla. Ora sta riposando in camera da letto," mi dice, poi sorride con dolcezza, a dispetto del fastidio che nutro nei suoi confronti e che mi guardo bene dal mascherare.

"Sono giorni che Lavinia non risponde alle mie chiamate e ai miei messaggi," ringhio gettando di malagrazia la borsa sul divano.

"Non lo sapevo."

Restiamo così per qualche minuto, senza dire nulla, avvolti dall'aroma di fiori emanato da un profumatore posato su un mobiletto, essenza di perfezione laviniesca decisamente surreale vista la situazione.

"Lavinia è molto turbata da quando ha saputo di vostro padre."

Guardo Claudio. Dai, grande uomo, cosa vuoi farmi adesso, un'omelia?

Non aspetto altro che avere qualcuno che mi spieghi la vita dicendomi di affidarmi all'imponderabile.

Ma lui non dice nulla di simile.

"Vorrei aiutarla, ma lei si è chiusa, si è buttata sul lavoro, ha trovato delle scuse per non vedermi. Speravo che almeno con te riuscisse a parlare, ma ora mi dici che non è così."

Caro mio, benvenuto nel mondo dei *Lavinia's friends*: ansia, preoccupazione, senso di impotenza e dubbio di essere sfruttati per finire poi cestinati.

"L'altra sera le ho detto che adesso era il tempo di stare vicina a suo padre," continua. "Io sarei partito tornando qui tutte le volte possibili e avrei cercato di accelerare i tempi per avere un'assegnazione in Italia. Lei non ha detto nulla, poi ha cominciato a non rispondere al telefono, fino a stasera quando mi ha chiamato dicendo che stava male."

Claudio, sei un pirla. Lavinia è terrorizzata e la metti in una posizione dalla quale non sa come uscire: lei non lascia mai, si fa lasciare perché così può essere solo vittima, ma tu non la vuoi mollare. Dandole il tuo incondizionato amore e dicendole che andrai da solo, cercando comunque di esserle vicino sempre. Così le stai togliendo l'alibi perfetto per tagliare la corda dalla malattia di nostro padre. Da ciò la sua crisi d'ansia, non perché soffra per la situazione come probabilmente credi. E tu, Claudio, invece hai gli occhi da innamorato, navighi sospinto dalla tua ingenuità da prete che crede nel disegno divino e nella bellezza del genere umano e ti intenerisci nel pensare Lavinia come una creatura fragile e sensibile.

"So che Lavinia gestisce male la prospettiva di vostro padre ammalato. Vorrebbe fuggire, e il fatto di venire in Inghilterra con me la metterebbe al riparo dal vivere quello che invece vuole evitarsi."

Ecco. Claudio non sei un pirla.

"Se lei venisse con me, temo che l'unica cosa che guadagnerebbe sarebbero dei sensi di colpa perenni. Così non so come aiutarla e allo stesso tempo salvare la nostra storia."

Scuoto la testa, rassegnata all'evidenza che quest'uomo è in gamba e io sono una zuccona.

"Ma voi preti non eravate quelli con una risposta a tutto?"

Lui ride, poi con un dito indica in alto. "No, quello che ha tutte le risposte è il nostro Principale."

Mannaggia a te, Claudio, non si smontano i rassicuranti preconcetti del prossimo con tanta disinvoltura.

"Dai che mentre lei dorme ci facciamo una tisana, un tè, o qualsiasi cosa mia sorella tenga in casa," e apro la credenza. "Ecco, cosa vuoi che abbia Lavinia se non un infuso drenante al finocchio selvatico?"

Claudio sorride e prende due tazze.

"Mia sorella... cosa ti posso dire di mia sorella che tu a questo punto già non sappia?"

In quel momento Lavinia compare alla porta, è pallida e l'aria smarrita la rende ancora più eterea del solito.

Claudio le si avvicina e poi l'accompagna fino a una sedia sulla quale lei si siede senza dire una parola.

Allora mi inginocchio fino ad avere gli occhi dritti in quelli di mia sorella.

"Lavinia, affronteremo tutto e lo faremo insieme," poi guardo Claudio, gli sorrido e lui appoggia una mano sulla sua spalla. "Non sei e non sarai sola."

Allora lei mi crolla addosso e scoppia in un pianto infantile e liberatorio. Le bacio i capelli, poi mi stacco, lascio il mio posto a Claudio e lei gli si stringe addosso, si abbandona, mentre lui la culla delicatamente.

E io mi allontano di qualche passo.

35.

Guido tranquilla, nel buio della città addormentata.

Le strade vuote delle due del mattino sembrano più larghe, gli alberi ai lati più alti. Quando ero tornata a casa in piena notte dopo l'emergenza di mio padre non avevo notato nulla di tutto questo. Ero solo preda dei miei pensieri e dei miei timori, braccata da un futuro di incertezza e paura, non ero stata nemmeno per un istante conscia del presente silenzioso che avevo vissuto, di quella strada liscia che mi aveva fatto scivolare fino a casa come se fossi una biglia.

Ora invece il mio animo più sereno resta posato lì dov'è, in quel che vivo, fra quei rari fanali che incrocio, i semafori che dormono e lampeggiano un loro russare ritmico.

Quando parcheggio nel cortile ho timore che il solo chiudere la portiera svegli il quartiere, così cerco di fare il più piano possibile, poi quatta mi avvio verso la porta di casa, quando sento un: "Uè, bella zia, cosa ci fai fuori a quest'ora?".

La voce è quella di un pipistrello, appeso a testa in giù al bordo del porticato che copre i posti auto del condominio. Di fianco a lui ce ne sono altri tre che, a differenza di lui che mi fissa con occhi scintillanti, hanno l'aria decisamente poco vispa.

"Ho avuto un contrattempo, ma adesso vado a casa nel mio candido lettuccio."

"Uè, sei tu che hai messo la casetta per pipistrelli lì?"

"Sì, se ricordo bene l'ho montata l'estate scorsa."

"Grande sorella, ci piace! Senti, vuoi venire con noi? A due minuti da qua c'è un rave fighissimo, ci facciamo uno squazzo di zanzare. Voi umani le riempite di insetticidi, queste ci si pettinano, ma se le mangi ti fanno un effetto allucinogeno che ciao! Vieni dai."

"Il vostro invito mi tenta molto, ma no, grazie. Gentilissimi."

"E dai, ci sono anche le lampade blu, quelle che le fanno fritte, croccanti, e c'è pure un effetto strobo."

"Davvero, grazie. Come se avessi accettato, ma sono un po' stanchina."

"Come vuoi, sorella. Ragazzi, salutate che andiamo. Oh, salutate o no?!"

"Ciao zì."

"Sì, ciao."

"Non sono cattivi, li devi scusare. Sono rintronati che in questo periodo è uno zanzara party dopo l'altro. Ci vuole il fisico."

"Nessun problema."

Infilo la chiave nella toppa, poi mi fermo.

"Scusa, pipistrello, da quando sono partiti questi festini a base di zanzare?"

"Da un mesetto ci stiamo scaldando, sorella, ma adesso ci spariamo verso l'apoteosi estiva."

Vuoi vedere che...

"... e quindi gli ho chiesto se poteva chiedere ai suoi amici di bisboccia."

"Anna, non ho capito niente. Mi telefoni all'alba per blaterarmi cosa?"

"Cantoni, hai preso il caffè stamattina?!"

"No, Anna, sono le sei e dieci, non l'ho ancora preso il caffè."

"Dai, su, concentrato. Quando sono stata nella serra interna della casa di Barani ho notato che sul tetto di vetro c'erano tanti insetti morti. Una cosa normale? Un po' di cadaverini, sì, ma così tanti, no. Infatti Barani quando andava a letto spegneva la luce della sala, e la serra restava immersa nel buio notturno anche dal lato della grande vetrata. Ma la sera nella quale è stato assassinato, non ha ovviamente potuto spegnere la luce."

"Certo, e la luce è rimasta accesa tutta la notte."

"Bravo! Era una notte senza luna, nel buio pesto è rimasto come un fanale acceso che dal salotto usciva sul tetto con conseguente accumulo di zanzare. E, quindi, vai di megaparty di pipistrelli."

"Anna, sei imbarazzante."

"Grazie. Ho chiesto a Cesare, si chiama così il pipistrello amico mio, di informarsi dagli altri pipistrelli balordi per capire se hanno visto qualcosa. Probabilmente il rave è partito a notte fonda, quando quella luce anomala è diventata un polo di attrazione. Forse qualche pipistrellozzo volava in zona già prima. Cantoni, il carlino potrebbe non essere il nostro unico testimone."

All'altro capo del telefono lui tace.

"Cantoni, dovevo dirtelo. È una figata. Vero che è una figata? Sono molto fiera. Tu sei fiero di me?"

Clic. Ha messo giù.

36.

"Quindi il vecchio ha scoperto che c'erano delle irregolarità nei lavori e si è arrabbiato."

"Sì, e poi ha consegnato dei documenti a una che potrebbe essere la figlia di Piero."

"Che però è scomparsa."

"Sì, ma molto tempo prima."

"E poi ci sono quegli altri tre dei quali lui si era fidato per la vendita che invece hanno fatto quello che pareva a loro, lo hanno deluso e adesso salta fuori che c'è qualcosa di losco anche in ciò che a breve succederà alla ditta."

"Ennesimo elemento che incasina tutto."

"In più vai a scoprire che il vecchietto faceva donazioni su donazioni perché si sentiva in colpa. Lui. Con tutti quelli che lo hanno fregato, poveretto, a sentirsi in colpa dovevano essere loro, no? Ma guarda che gli umani sono strani forte!"

"Comunque la questione è tutta annodata. E figurati se la sciroccata ce la può fare."

"E basta!" brontolo, ma a bassa voce per non svegliare i maschi della casa ancora addormentati.

Il ficus, l'erbaccetta e le due tartarughe sono partite con una discussione animatissima sul caso.

Perfino Rughina è tanto appassionata alla questione che si è scordata di avere una preoccupante afonia probabilmente sintomo di qualche male gravissimo e chiacchiera tranquilla dicendo la sua.

"Guarda come si arrabbia... è la frustrazione."

"Certo, esattamente quella che ti viene quando non capisci niente."

E giù a ridere.

"Basta!" borbotto nuovamente mentre me ne torno in cucina con il barattolo di gamberetti essiccati per le tartarughe e il bricchetto dell'acqua per il duo ficus-erba senza aver distribuito né l'uno né l'altro.

"Ma no, dove vai?! Si faceva per scherzare, su!"

"Si faceva per scherzare un corno! Anche voi, Quartetto Cetra dei poveri, ma l'astuzia nel far arrabbiare proprio me che sono quella che vi nutre sennò schiattate? No, ma dico, una riflessione e due domande fatevele."

"Sto svenendo, la debolezza..." pigola Rughina.

"Ma dai, che c'è la terra secca!" piagnucola il ficus adolescente.

Razza di strambi, figuratevi se non vi nutro. Ogni tanto mi scordo, ma farvi stare male apposta no, neanche se parlate di me e dite che sono una stordita.

Cibo alle rettili gusciute, acqua alle piante e poi me ne vado comunque ferita nell'orgoglio fino in cucina per non sentirli più.

"E allora?" mi chiede Banzai, che con un balzello arriva sul tavolo dove si siede elegantemente.

" E allora in sala mi trattano male," rispondo tirando fuori un biscotto dalla scatola di latta.

"Non è mica una gran novità," dice cominciando a lavarsi il muso.

"Banzai... e se Carl mi avesse mentito e Luigi si fosse davvero suicidato in balia della mortificazione?"

Banzai fa per scendere dal tavolo, ma poi si ferma e inizia a fare toeletta.

"Voi animali non mentite. Non mentite, vero?"

Il gatto stoppa l'opera di lavaggio e, con la linguetta ancora appena di fuori, mi perfora con i suoi occhi verdi, poi si alza e se ne va.

"Banzai, dove stai andando? Perché non mi rispondi?"

Ma niente, è già in qualche angolino fresco della casa e se non vuole rispondermi so già che è inutile che io insista.

"Mimi, è già giorno?"

Ecco, si è svegliato Luca e sento i suoi passettini veloci dalla cameretta al bagno. "Mimi, ma i pesci dove fanno la pipì?"

Mentre sistemo la sua tazza per la colazione e il mio bimbo ancora impigiamato prepara una torretta di biscotti che polverizza qualsiasi legge gravitazionale, continuo a pensare che ho sempre dato per scontato che gli animali e le piante non potessero dirmi delle bugie, che fossero sinceri per definizione come nel migliore cliché.

Scovo Banzai lungo disteso su un ripiano della libreria in camera di Luca.

"Gattone, ti prego dimmi, spiegami. Ti scongiuro!"

Banzai ha uno sguardo fra il compassionevole e l'annoiato.

"Umana, noi animali e le piante non mentiamo. Quando si tratta di creature elementari non vi è la capacità psichica. Quando si è evoluti e intelligenti non si mente perché è qualcosa che richiede un dispendio inutile di energie. Facile, no?"

Mi siedo per terra sentendomi decisamente sollevata.

"Perché noi umani invece non facciamo lo stesso?"

"Perché voi umani non siete elementari, ma siete evoluti e intelligenti molto meno di quanto crediate e non capite che raccontare la verità è sempre e comunque la strada più semplice."

"Banzai, forse noi umani non siamo sempre pronti a pagare il prezzo che la verità comporta."

"Mah, comunque quando mentite siete ridicoli, vi si becca subito, fate una gran fatica per niente e siete solo dei grotteschi imbranati."

"E io come faccio a capire se qualcuno mi mente, Banzai? Svelami qualche trucchetto."

Banzai si stiracchia, stufo della mia insistenza.

"Non ci sono trucchetti, umana. Per capire quando un vostro simile mente, dovreste ascoltare di più la vostra parte istintiva, guardare i gesti, accettare le vostre sensazioni profonde. Invece ve ne state lì, sulle vostre impalcature fatte di parole a guardarci dall'alto, senza chiedervi mai cosa vi siete persi per strada."

Vorrei avere degli elementi per difendere la mia specie, ma non li ho e me ne resto nuda e cruda di fronte a un ritratto così impietoso.

"Però," continua Banzai venendo a sistemarsi sulle mie gambe, "qualche volta quando mentite avete la decenza di vergognarvi. E quando vi vergognate cambiate la tinta del pellame, ma fate anche altri gesti un po' psicopatici e li ripetete in maniera fastidiosissima, come toccarvi le orecchie, tirarvi i peli della testa, strizzare gli occhi e cose così."

E io, qualcuno che aveva da vergognarsi in questo modo, l'ho incontrato.

37.

Quando Cantoni inserisce le monete nel parchimetro lo fa da uomo preciso quale è. Calcola quanto tempo resterà, mette quanto serve e l'omino-controlla-biglietti-sui-cruscotti lo sa: ha imparato a riconoscere coloro che si muovono bene nell'ambiente, come Cantoni, e le vittime predestinate come me.

"Quindi secondo te Cerri si è vergognato, non ci ha detto del tutto la verità e questo tu lo deduci dal fatto che..."

"Lo deduco dal fatto che continuava a toccarsi un orecchio con il pollice e il mio gatto dice che certi segni sono tipici di noi scimmie spelacchiate quando mentiamo e ci vergogniamo. Sì, lo so che è poco, però proviamoci!"

"Conosco un sacco di gente che si tocca le orecchie e non si vergogna, eppure ti garantisco che ne avrebbe tutti i motivi. Sai che stiamo perdendo tempo, vero?" bofonchia Cantoni, poi con le mani in tasca si dirige con passo spedito verso il palazzo con lo studio di Cerri.

"Era un gesto ripetuto, ma cosa te lo spiego a fare."

Mentre gli sto di fianco a fatica a causa della sua camminata bersagliera, a un tratto mi blocco: dall'altro lato della strada, nella vetrina di una cartoleria campeggia lui, il Torakù blu e verde versione notte fase 2. Lui, l'introvabile, il desiderio deluso per il compleanno di Luca.

Immagini di mio figlio che gioisce e illumina il mondo con gli occhi a stellina cominciano ad annebbiarmi la mente.

Mollo Cantoni senza dire nulla, attraverso e mi appiccico

alla vetrina. Quanti millemilamilioni di euro costerà? Volete un rene? La cornea di entrambi gli occhi? Si può fare. E invece l'etichetta segnala un prezzo abbordabile.

"Cosa fai?" mi chiede Cantoni che mi ha seguito.

E in quel mentre sento: "Uh, ma quello non è il Torakù che piace tanto a Martina?".

Una mamma rivale. Stella mia, mi spiace per te e Martina, un giorno sarò generosa e lascerò il passo a te e alla tua bimba, ma non è questo quel giorno.

Entro nella cartoleria, arraffo il Torakù dalla vetrina, pago ed esco con il peluche grande come mio figlio e un sorriso tanto ampio che mi scivola fin dietro alle orecchie.

"E adesso, con questo coso? Dobbiamo andare da Cerri."

"Cantoni, tu non ti rendi conto. Questo è un Torakù."

"Lo so cos'è, ho tre figli, santo cielo!" poi sbuffa.

"Un Torakù versione notte fase 2, blu e verde. Cantoni, tu non cogli l'importanza dell'oggetto. Giubila con me che ti fa bene al cuore."

"Stai per farmi fare una figuraccia tremenda. Altro che bene al cuore!"

Continuando a litigare suoniamo, entriamo, saliamo sull'ascensore e dling, siamo già al piano.

Questa volta l'architetto Cerri non si è negato. Cantoni lo ha chiamato e ha accettato di vederci subito, probabilmente per togliersi l'impegno quasi fosse un dente dolente e forse per evitare che all'incontro ci andassi io e invece, sorpresa, sono in allegato.

La porta dell'ascensore si chiude dietro le nostre spalle mentre ci viene incontro la segretaria sul suo solito tacco vertiginoso. Lo sguardo che dedica al pupazzo gigante e a me che gli sono attaccata è l'immagine dei pensieri che vorticano nella sua testa, impostati per dimostrare fastidio e sprezzo, ma che di fronte al surreale non sanno neanche da dove cominciare.

"Posso lasciarle il pupazzo qui? Lo riprendo all'uscita," dico sorridendo e le piazzo il Torakù nel centro della scrivania.

"L'architetto vi sta aspettando," sibila seccamente.

Quando la porta dell'ufficio di Cerri si apre, lo spazio

progettato per incutere timore e reverenza in chi vi accede ci accoglie con un sapiente gioco di luci. La scorsa volta ci ero entrata zampettando al fianco di uno scocciatissimo archistar, ma ora lui è là, in fondo, seduto alla sua scrivania come in una sala del trono, con alle spalle la teca con l'enorme pitone, questa volta in parte arrotolato attorno al tronco.

La chioma candida e leonina fa spiccare il volto abbronzato, mentre il suo sguardo non si sposta dalle carte sul tavolo per sottolineare la scarsa importanza della nostra presenza.

Peccato che la strategia non mi tocchi e a quanto pare non faccia una gran presa nemmeno su Cantoni, che di fronte alla scrivania semplicemente sposta le due poltroncine sulle quali ci sediamo comodamente.

"Architetto..." sussurra la segretaria.

"Vai pure, Luisa. Se ho bisogno ti chiamo all'interfono," risponde lui, senza alzare lo sguardo mentre Cantoni lo guarda con il suo sorriso sornione.

Finalmente punta gli occhi dritti in quelli di Cantoni, mentre a me viene riservata la cura dello svilimento che aveva abbozzato già l'altra volta. Mi ignori, archistar, ritenendo che la tua attenzione e cura sia il massimo dono e privilegio da concedere al prossimo, soprattutto se femmina e, esattamente come l'altra volta, non sai quanto caschi male con me che sopravvivo da anni alla scuola di vita che mi impartisce il mio gatto domestico.

La porta dell'ufficio si chiude senza fare rumore.

"Ti vedo in forma, Giovanni. Cosa posso fare per aiutarti?"

"La mia collega Anna e io siamo venuti a chiederti qualche chiarimento," risponde Cantoni mentre il pitone si srotola lentamente dal ramo per adagiarsi sul fondo sabbioso della teca.

Cerri si alza e va verso il mobile bar.

"Non credo di potervi dire più di quanto vi ho già riferito, ma tu e la tua simpatica collega domandate pure," e con flemma si versa un bicchiere di qualcosa di costosissimo che non ci offre.

A quel punto il pitone si muove verso il vetro finendo per dare una sonora testata.

"Quando mi lucidano la teca prendo sempre questa fregatura. Mi ci vogliono gli adesivi anticraniata come quelli per gli uccellini. Buahuahuahahahah... fantastico che sono, ironico anche nella sofferenza."

"Architetto Cerri, lei è sicuro di non sapere come mai Luigi Barani avesse deciso di accelerare i lavori e fosse così determinato?" chiedo io, la collega simpatica.

"Come le ho già detto, non ne ho idea. E le ho anche detto che gli anziani hanno le loro fissazioni."

"E la fissazione di Barani dietro al cambio di data di consegna secondo lei qual era?" incalzo, visto che il "simpatica" l'ho preso proprio bene.

"Il vecchietto aveva paura che finisse tutto a carte quarantadue, quarantasei... quarantotto!" borbotta ridacchiando il pitone e poi fa un rutto più contenuto di quello della volta precedente. "Ecco, digerito anche quest'altro topo e comincio ad aver quasi fame. Per fortuna che fra una decina di giorni mi portano da mangiare. Guarda come sono bello! Che addominali. E che bicipiti! Ah, no i bicipiti no. Addominali, moltissimi addominali!"

"Barani non avrà mica avuto paura che i lavori si bloccassero per qualcosa di sospetto, vero?" chiedo mentre Cantoni mi lascia agire senza battere ciglio.

"Non credo, non ce n'era motivo, signora."

"'Dottoressa', Gianluca, chiama pure 'dottoressa' la mia collega," subentra Cantoni lasciandomi di stucco. Che poi sì, è vero, sarei anche laureata, volendo, ma non mi formalizzo. Però sì, Cerri, per te sono sicuramente dottoressa. E poi parte con un bluff straordinario. "Abbiamo fondati motivi per credere che Luigi Barani temesse che i lavori non sarebbero stati portati a termine."

Cerri si siede di nuovo dietro alla scrivania. Non ha più l'aplomb di prima: è un uomo che ama fare il dominante solo con chi non ha i denti.

"Ma sì, il vecchietto aveva paura che cadesse una signorina, una che si chiamava Linda, Licia, boh," sibila il serpente". E se fosse caduta sarebbe stata la fine anche del suo progetto. Che a me le cadute fanno sempre ridere, chi inciampa è buffissimo. Mi immagino se anch'io inciampassi nei miei stessi pie… ah no! Buahahahaha, bella questa!" E ride.

Devo inventarmi qualcosa: Cantoni ha lanciato l'esca e Cerri tace.

"Cerri, non pensa che sia il caso di parlarci davvero di quello che sa, adesso?"

L'architetto è teso, ma non molla. Poi il suo cellulare comincia a vibrare forsennatamente, lui ci rivolge un cenno con la testa e risponde, forse perché non può fare altrimenti, ma più probabilmente per sfuggirci almeno per qualche istante e riorganizzarsi.

E mentre si alza ed esce dall'ufficio, io borbotto: "Cantoni, il pitone qui mi ha detto che Luigi aveva paura che cadesse una che si chiamava Linda, Licia o giù di lì. Non ho capito nulla".

Ma Cerri è già di ritorno, la telefonata più breve del mondo. E adesso?

In piedi dietro alla scrivania, sembra aver ricaricato la precedente baldanza e forse ha capito che non abbiamo niente di concreto in mano. Ha la faccia di chi sta per cacciarci fuori dal suo studio.

"Siediti, Gianluca, dai, che è meglio per te e parlaci della LISA Srl.," dice invece Cantoni con lo sguardo del gatto che ha appena messo all'angolo la sua preda.

E Cerri impallidisce a vista d'occhio e si siede.

"Gianluca, Luigi Barani aveva deciso di velocizzare i tempi dei lavori perché era un uomo d'affari e non uno sprovveduto. Così aveva capito che la LISA, della quale è socio di maggioranza il tuo studio, sta per fallire in seguito allo scandalo dei fondi esteri sul quale sta indagando la Finanza. Quando ha capito che la situazione era peggio del previsto, ti ha intimato di terminare i lavori per il timore che il suo progetto venisse travolto. Tu lo hai rassicurato, lui non se l'è lasciata raccontare e ha approfondito la cosa investigando fra i libri contabili e scoprendo anche che non avevi eseguito i lavori a dovere."

E a questo punto Cerri incassa, mentre io cerco di fare la mia migliore faccia da bluff, ossia una schifezza assoluta.

L'ascensore con specchio sberluccicone ci porta elegantemente al pian terreno. Mi sono trattenuta fino al chiudersi delle porte e alla scomparsa dell'occhio ferino della segretaria, ma ora devo sapere.

Cantoni scende con le mani in tasca senza dire una parola, poi si dirige verso il muro dell'ingresso coperto delle targhe delle società con sede nel palazzo, mi guarda e dà un colpo leggero di nocche a una di esse, la "LISA Srl", società per la gestione fondi.

"E quindi mi vuoi dire che hai capito tutto da una targhetta che hai visto passando? Cantoni, ma io ti odio tantissimo!"

"No, non l'ho capito solo da una targa," e mi apre galantemente la porta. "Dottoressa..."

Gli rispondo male, ma lui è allegro.

"Anna, hai presente di quando ti ho parlato dell'inchiesta che ha visto contrapposti Cerri e me e di quel mazzolino di società vicine allo Studio Cerri? Tutto in quell'occasione parve regolare, Cerri ne uscì pulito, ma la LISA e un altro paio di piccole società mi sono rimaste come un chiodo nella testa. Quando siamo entrati ho gettato un'occhiata alle targhe restando colpito dal fatto che gli uffici della LISA ora si trovassero qui, proprio sotto allo studio Cerri e in uno stabile interamente di sua proprietà. Così, non appena mi hai citato Linda, Licia e così via, è stato facile collegare."

Luigi non era un vecchio pazzo, faceva bene a pretendere la fine del suo prezioso spazio espositivo: se tutto fosse stato bloccato per motivi legali, avrebbe rischiato ritardi non gestibili per un uomo di più di ottant'anni.

"Che la società LISA potesse essere spazzata via da un momento all'altro è qualcosa che avrebbe potuto comprendere chiunque masticasse un po' di finanza e avesse letto i giornali degli ultimi due mesi. Che invece il signor Luigi, approfondendo la cosa, avesse trovato qualcosa che non si doveva sapere, è ancora poco chiaro."

“Cantoni, ma quindi adesso c’è un’altra pista legata a quanto aveva scoperto Barani? Perché immagino che qui si tratti di cifre e questioni ben più di peso dei materiali di scarsa qualità. E se nei documenti scomparsi ci fossero delle prove?”

“Lo scopriremo quando e se troveremo i documenti.” Accidenti, uno scandalo economico alla base della morte di Barani? Forse.

“Ma porca miseria!” esclama Cantoni e aumenta il passo per arrivare verso il foglietto giallo della multa che sventola agganciato al tergicristallo dell’auto. Cinque minuti dopo la scadenza. E mentre imparo tutta una nuova serie di improperi da Cantoni, guardo l’omino del parcheggio che sogghigna all’angolo della strada.

“Cantoni, lo faccio bombardare da una tortora? Eh? Te lo faccio bombardare?”

“No che non lo fai bombardare. Ha ragione e ha fatto il suo mestiere.”

Guardo Cantoni mentre avvia l’auto sbuffando.

“Cantoni...”

“Eh.”

“Tu lo sai, vero, che quando c’era stata l’inchiesta e non avevi avvisato il tuo amico Cerri avevi fatto bene? Tra l’altro con queste novità su LISA, forse era solo riuscito a scamparla per miracolo.”

“Lo so e non ho sensi di colpa. Però essere corretti e avere ragione non ha nulla a che vedere con la sofferenza per il prezzo che si paga per questo.”

Giovanni Cantoni, ti stimo.

“Anna, nei prossimi giorni puoi fare un salto per aggiornare Oxana?”

“Certo. A proposito di Oxana, però, Cantoni...”

“No.”

“No cosa?”

“Non rispondo a nessuna domanda tu abbia da pormi a riguardo.”

“Ma io volevo solo...”

“Appunto, resta no.”

“Cantoni...”

"Eh."
"Mi vendicherò per questa tua continua antipatia."
"No che non ti vendicherai. Anzi sentiti in colpa, perché con la tua sosta per acquisti assurdi ci hai fatto fare tardi e mi hai fatto prendere la multa."
Vero, e in quel momento, mentre ci tuffiamo nel traffico, mi accorgo di aver lasciato il peluche per Luca sulla scrivania della segretaria di Cerri.

38.

Mio padre tanto per cambiare è chiuso nel suo studio. Spero non decida di nasconderci la data dell'inizio delle terapie giusto per mantenere fede all'abitudine tipica della nostra famiglia di compiere atti senza senso.

Guardo Luca intento a fare uno dei suoi giochi preferiti a casa dei nonni, quello di nascondersi nell'armadio di Caterina e, mentre noi chiacchieriamo, tira fuori abiti coloratissimi, cappelli improbabili e scatole piene di bigiotteria dall'originalità sgargiante. Oggi pomeriggio mi sono inventata di assegnargli l'arduo compito di trovare una camicia bianca che Caterina mi possa prestare in caso mi tocchi di partecipare a qualche occasione ufficiale. Lui è impegnatissimo e fiducioso, ma so già che le probabilità di trovare un capo in tinta unita in quel guardaroba sono molto basse. Con questo trucco però il pomeriggio rotola via anche senza piscinetta, visto che una pioggerella ha deciso di transitare da qui per il solo gusto di scombinarci i piani giocherecci.

Mentre appoggiamo sul letto gonne taglia 50 a strisce orizzontali, parlo a Caterina di Lavinia, le svelo che adesso ha un compagno che sembra fare sul serio, che addirittura è venuto con lei a cena a casa nostra. Non le dico del mestiere di quest'uomo e dell'attacco d'ansia, ma lo scopo è quello di far sorridere Caterina e quindi va bene concedersi qualche omissione. Claudio mi aggiorna spesso su mia sorella e mi rassicura. Io lo ringrazio e alla fine sono contenta e sollevata per questo nostro strano connubio post-apocalittico. Lavinia, dal canto suo, non accenna in alcun modo alla possibilità di parlare con mio padre.

"Mimi, guarda che bella! Va bene questa?" Luca sbuca dall'armadio con una maglia stampata con tigri stilizzate.

"No, amore, dobbiamo cercare una camicia bianca."

E si ricaccia fra i vestiti che profumano di lavanda per spuntare con il faccino sorridente fra una gonna a scacchi e un'altra fucsia a righe nere.

"Anna, perché non cominci a indossare gli abiti di tua madre?" chiede a un tratto Caterina. "Ne aveva molti ed eleganti, e tu hai lo stesso figurino."

Caterina non si è mai posta in contrapposizione con mia madre, cura il suo ricordo perché ci ama tutti incondizionatamente e sa che per amarci davvero deve accogliere anche lei, lasciarle non solo tutto lo spazio del passato, ma anche la consistenza piena dell'affetto del presente e del futuro che sarà.

"Sono certa che lì, qualora davvero ti servisse, una bella camicia chiara la troveresti."

I vestiti di mia madre li ho presi tutti io. Lavinia non volle saperne nulla. Si tuffò a capofitto nella sua tesi di laurea, facendo finta che niente fosse cambiato mentre tutto dentro di lei si sgretolava. Mio padre applicò la stessa strategia della figlia minore, così in un pomeriggio interminabile piegai e misi via da sola ricordi, pezzi di vita e di cuore in scatole che ora dormono quiete in cima all'armadio.

Certo che lì potrei trovare abiti raffinatissimi e senza dubbio una camicia bianca, anzi so con certezza che di quelle ce ne sono tre. Ma non riesco a pensare di mettere un capo di mia madre, sentirei che c'è qualcosa di dissonante in me, di inadeguato per quei vestiti che avevo visto portare con tanta grazia e un'eleganza che non potrei mai eguagliare.

Caterina mi fa una carezza, poi mi indica il mio cellulare impegnatissimo a vibrare e lampeggiare.

"Non è niente, Caterina, ti ringrazio. È un messaggio del mio fisioterapista. Oggi dovevo andare in palestra, ma ci vado domani."

Alberto, gli ho tirato l'ennesimo pacco, ma senza fargli perdere gli appuntamenti perché sono una bidonara per bene.

"Mimi, e questa?" Luca sventola una maglietta bianca, ma fiorita di papaveri blu elettrico.

"Bellissima, amore, ma temo non vada bene. Cate, ma quella non è la maglietta che avevi quando mi sono sposata?" La risposta è tutta nel suo sorriso, poi si siede sul letto, batte la mano su una gamba, segno di "bambino subito in braccio alla nonna", allorché Luca abbandona l'armadio e si tuffa sulle superfici morbide di Caterina.

L'eco di una risata baritonale echeggia dallo studio di mio padre. Chissà quale battuta tra colleghi lo fa ridere al telefono...

Poi Luca se ne vola via come una farfalla verso la cucina dove la nonna gli ha confidato nell'orecchio che può guardare un pochino di cartoni animati.

Caterina lo segue, ma prima mi fa un sorriso.

Ancora una risata dallo studio.

E mio padre e io continuiamo a restare dai lati opposti di una porta.

"Mimi, questa maglietta è bellissimissima. Te la metterai tutti i giorni, vero? Te la metterai sempre sempre?"

In auto, Luca tiene stretta a sé una casacca verde, gialla, rossa e blu con delle rose bianche stilizzate che ha trovato nell'armadio di Caterina e che non le avevamo mai visto addosso perché perfino lei la riteneva un po' eccessiva. Ovviamente lui se n'è innamorato subito, decidendo che è fatta proprio per me, e ovviamente Caterina gliel'ha regalata. Lui è esploso di gioia immaginando la sua mamma con quel tendone da circo addosso, io invece ne sono stata decisamente meno contenta.

"Te la metti sempre, mimi, vero?"

"Certo, amore," rispondo pur di non spegnere quell'entusiasmo scintillante, mentre penso in che modo mantenere la parola e allo stesso tempo andare in giro salvaguardando un briciolo di rispetto per la mia immagine. Nel frattempo guido concentrata perché ho fretta di arrivare a casa e mettere l'auto al sicuro sotto alla tettoia: dopo la pioggerellina dispettosa del pomeriggio, il cielo si è fatto progressivamente sempre più minaccioso e l'aria è così satura di energia e calore che da un istante all'altro potrebbe scatenarsi una grandinata memorabile.

Parcheggio un attimo prima che il cortile venga inondato dalla luce di un lampo. Faccio scendere Luca nella speranza che scordi la casacca sul sedile e là essa diventi un complemento d'arredo dell'auto, ma lui invece la porta con sé, fiero del suo bottino.

"La metti già domani, mimi?"

"Amore, corri verso la porta che sta cominciando a piovere forte."

E un altro lampo illumina il cielo, seguito a brevissima distanza da un tuono poderoso. Al coperto del pergolato che protegge il nostro ingresso e sul quale cominciano a battere sempre con più frequenza grosse gocce d'acqua, infilo la chiave nella toppa e sento: "Bella zia, finalmente ci si becca!".

È Cesare, è appeso alle travi del tetto che ci ripara e non mi sarei mai aspettato di incontrarlo alle sette di sera. Un istante dopo gli planano di fianco due dei suoi compari sciroccati dell'altra volta. Il terzo chissà dov'è finito.

"Oilà, pipistrello, che ci fai fuori a quest'ora?"

"Con questo cielo buio con i nuvoloni, mica c'è il sole che ci sparaflescia. Così siamo venuti adesso che stanotte, appena smette di piovere, hai presente lo zanzarame che ci aspetta? Che, se poi resta pure il temporale in lontananza, fa pure ambientazione post-apocalittica di tendenza."

"Mimi, che belli i pipistrelli. Ne adottiamo uno?" Luca, incuriosito, osserva la scena mentre tiene la maglia sulla testa come fosse un mantello con il cappuccio, diventando il supereroe più colorato di sempre.

"Amore, la mamma arriva subito. Entra in casa che c'è il vento fresco," cerco di convincerlo perché non sono sicura che vedere la sua mamma che parla con dei loschi figuri sia un bene.

"Ma, mimi, io sto qui. Ho paura a stare in casa da solo."

"E c'ha ragione, umana" dice Cesare. "Guarda che serata da vampiri!"

E in quel momento un altro tuono ancora più deciso del precedente scuote l'aria e dà il via a uno scroscio di pioggia ben poco promettente.

"Va bene, Luca, stai qui con me che ci mettiamo poco. Ci mettiamo poco, giusto pipi di zia?"

"Yeah. Ti abbiamo mica spaventata, vero?" ridacchia Cesare. "Che cominci ad avere una certa, non vorrei ti tirasse un colpo."

"L'altra volta volevate invitarmi a un rave a mangiare zanzare e oggi mi tratti come una salma? Va bene che ho avuto giornate pesanti, ma insomma, un po' di educazione, Cesare! Hai qualche informazione per me?"

"Ma certo, bella! Che vuoi, che non ti porto novità?"

E, mentre parla, l'amico, anche lui a testa in giù appeso alla trave di fianco a lui, comincia a muovere la testa avanti e indietro. Fa pure una specie di strano fischio leggero.

"Uè, non ci badare, zì. L'altra sera è andato in balla pesante, si è sparato una dose di zanzare da urlo e poi due scarafaggi che chissà cosa s'erano assorbiti, erano pure fluorescenti. Non è che l'ha squassata bene. Ti dirò, secondo me emana pure un pochino di luce propria, è fuori come un balcone però ha un gran ritmo tututunz tunz tunz."

No, non mi sembra che il tipetto emani luce, in compenso il terzo pipistrello è catatonico come la volta scorsa e la cosa sembra non turbare i suoi compagni.

Distolgo lo sguardo perché quella espressione vacua e in più sottosopra mi spiazza, mentre Luca non stacca gli occhi da quei curiosi topi volanti.

"Dai, Cesare, dimmi."

"Stai scialla. Allora, amici di amici mi hanno detto che dei loro amici quella sera si sono sparati una serata da paura. Roba che tipo per tutta notte è venuto fuori un faro dal tetto di una casa e si sono raccolte tutte le zanze di un quartiere. Una situazione che pareva di stare in riviera al sabato sera. Da paura, oh! Una festa memorabile, la serata è quella che volevi, il posto pure. Oh yeah."

“Grande! Qualcuno degli amici degli amici ha visto qualcosa o notato qualcuno?”

“Ma scherzi? No, tutti presi a spararsi le zanze e andare fuori di cucuzza, roba che alla mattina di tre giorni dopo ti svegli a testa in giù in una tubatura fognaria e manco sai come ci sei arrivato e temi che possa pure essere che a breve ci sia una sventagliata di pipistrellini piccoli con il preciso taglio tuo di occhi. Tutti imballati a botto insomma. Però sai cosa ti dice il pipi tuo, zia?”

“Sentiamo cosa mi dici, pipi di zia.”

“Che un gruppetto di pipi si è fermato sull'albero di fronte alla casa con il faro prima di lanciarsi a far bisboccia. Era notte tarda, non è che ci fosse chissà che via vai: sono passate tre macchine.”

E si ferma. Aspetto, aspetto ancora. Tace.

“Allora?”

“Allora basta, sono passate tre macchine. Ma che pensavi? Guarda che è già tanta roba, gli amici miei a quell'ora non sanno neanche stare a testa in giù e sono tanto sparati che ruotano come le altalene.”

“Va bene, sono passate tre macchine: i tuoi amici sanno di che modelli si trattasse?”

Il pipistrello mi fissa.

“Zia, siamo pipistrelli, noi, adesso non pretendere l'impossibile.”

“Hai ragione. Almeno il colore?”

E il pipistrello mi fissa nuovamente.

“Erano di un parugno con sfumature squartili scurette.”

“Non ho capito.”

“Stella, che colore ti devo dire che ci vediamo diversamente io e te, dai.”

“Scusa pipi, pensavo che essendo mammiferi...”

“Molla l'osso, zia. Chi s'accontenta gode e bella lì.”

I due sciroccati di fianco al lui non fanno una piega, uno continua a far ritmo con la testa e l'altro è clinicamente morto.

“Aspetta che m'hai fatto perdere il filo, zia. I pipi amici di amici di amici non hanno visto nulla, anche perché poco dopo la vecchia li ha cacciati via dall'albero, ma le vecchie così stanno a spiottare tutta la notte. Quindi chiedi a lei."

"Ma certo, la vecchia signora vicina di casa di Barani!" esclamo, è quella con la quale aveva parlato Tonino.

"Macché vecchia signora. La vecchia civetta che sta sull'albero e fra un po' si mangiava i poveri pipi amici degli amici degli amici miei. Su, ci vieni a zanze con noi?"

"Ti ringrazio di tutto, Cesare, grazie anche dell'invito, ma sono stanca, ho con me il bambino e poi, a dire il vero, non mangio le zanzare."

"Come vuoi, non sai cosa ti perdi. Andiamo, raga. Bella, zia! Ciao pupo."

E se ne svolazzano via così storti che ho paura che uno di loro becchi in pieno un palo della luce fra le orecchie.

Apro la porta mente il vento comincia a soffiare sempre più forte e, una volta dentro, mi accorgo che mio figlio, fino a un istante prima sorridente, ora ha gli occhi lucidi e il labbro di sotto che tremola. O no, non dovevo farlo assistere a questa ennesima performance di disagio della sua mamma. Sono una incosciente! Sta diventando grande, non posso coinvolgerlo nella mia follia con questa leggerezza...

Mi chino e lo abbraccio mentre il senso di colpa mi azzanna il cuore.

"Mimi..."

"Amore, dimmi cosa c'è! Ti ha spaventato la mamma che parlava con quei brutti cosi neri?"

"Ma no, mimi! È che la maglietta di nonna Caterina l'ho presa per te che così ci vai tutti i giorni al lavoro bella bella, ma c'è che adesso mi piace molto anche a me come mantellino magico per giocare a fare il pipistrello colorato!" ed esplode in un pianto dirotto perché si sente combattuto per quel dono per me che ora si vuole tenere.

E mentre mi sento alleggerita di dieci chili di rimorso e altri dieci di problematiche strategiche di gestione outfit, gli sorrido dolcemente e consolandolo dico: "Amore, non preoccuparti! La maglietta usala tu come mantellino che la mamma è contentissima così nel saperti felice."

In quel momento comincia a grandinare. Poco male, siamo al riparo, l'auto è al riparo.

I pipistrelli invece sono fuori, ma anche se beccano qualche chicco di ghiaccio dritto sulla testa, credo che nemmeno se ne accorgano.

39.

"Inutili anche i pipistrelli drogati. Stupendo!"

"Cantoni, hai fatto passi avanti sul fronte Carl il carlino? Hai trovato la figlia scomparsa di Piero? Hai qualche idea per risolvere il problema della fame nel mondo? Ma che è, un po' di entusiasmo, no? Sempre questa negatività."

"Anna, è che pareva che i pipistrelli fossero la soluzione e invece no."

"Ora abbiamo una civetta. Stamattina sono passata dal quartiere ma la signora pennuta non c'era. Tu mi perdi il cagnetto testimone chiave e poi devo risolvere tutto frequentando dei pipistrelli che neanche i peggiori bar di Caracas."

"Annare', nun te scalda', iamm'," Otto mi posa il testone sulle gambe.

"Oggi invece mi vedo a pranzo con la mia analista: voglio chiederle di più sulla signora Rachele, sua zia. Tutta quella violenza sul suo nome inciso sulla targa non può essere frutto di un atto vandalico casuale. Abbiamo qualche novità sulle motivazioni che potevano spingere Barani a espiare con donazioni tanto massicce?"

"Al momento Barani pare un uomo integerrimo, sembra non aver evaso un soldo in tutta la vita, praticamente due multe in auto per infrazioni irrisorie, e dalle ricerche fatte da Tonino non emerge nessuna storia extraconiugale. Una gestione trasparente anche nel periodo più disastrato del figlio Giorgio. Tieni conto però che per fare ricerche su questi aspetti ci vuole tempo, e se Barani, come sembra, non era uno sciocco, potrebbero volerci pazienza e ricerche ulteriori per sapere davvero come stanno le cose."

"Sul fronte architetto Cerri e illeciti?"

Cantoni fa un borbottio che traduco con un: "Ci sto lavorando".

Otto tenta di stemperare la nostra tensione dando la zampa a turno a entrambi: anche se non può rasserenare i nostri animi cupi non si arrende e continua a starci vicino, con chiarissimo il senso dell'amore al di là dei suoi risultati.

"Dai che abbiamo scoperto informazioni che non ci aspettavamo."

Cantoni è pensieroso. Mentre lui guarda verso il muro e io all'opposto verso la finestra, chiedo: "Ti ha poi richiamato la segretaria di Cerri per dirti quando posso passare a riprendermi il peluche di Luca?". Ho fatto la vigliacca rifilandogli il compito di chiamare la buona Luisa.

Lui non mi risponde, prende il cellulare, telefona all'ufficio dell'archistar, poi mette giù e dice: "Se passi entro un'ora dovresti trovare la segretaria ancora al lavoro".

Scosto con delicatezza la zucca affettuosa e impegnativa di Otto, mi alzo e mi accingo a uscire con un frettoloso: "Grazie, ci sentiamo".

Cantoni continua a fissare il muro: so che di fronte agli occhi ha gli elementi del caso Barani ed è alla ricerca disperata di un collegamento, un particolare che ora ci sfugge. Lui mi ha sempre detto che "la realtà non si nasconde, Anna, al più siamo noi che non la vediamo o non la vogliamo vedere".

Aggiungere all'ingiustizia anche il senso del proprio fallimento è roba da duri o forse solo da pazzi con poco amor proprio e scarsa capacità di autodifesa, così torno a sedermi e Otto si dispone di nuovo con la testa sulle mie gambe per fare il ferma-Anna.

"Cantoni, guarda che se non riusciamo a saltarci fuori non è colpa tua."

"La realtà non si..."

"Lo so già. Sei sempre il saggio pistolottaro della nostra premiata coppia investigativa, ma oggi il cazziatone motivazionale te lo faccio io, va bene?"

"Anna..."
"Niente Anna e Anna. Hai sempre un approccio da giustiziere con grandi responsabilità emotive che al confronto Batman sembra Ciccio il clown scoreggione. Su questo ti fai del male, e visto che hai la testa dura non so se potrai cambiare mai più."
"Grazie."
"Prego, ma il discorso è che su questo caso hai da subito cominciato a gestire la questione in modo anomalo ed emotivo, tra l'altro rubando un ruolo, quello dell'irrazionale fuori controllo, che è mio di diritto. Allora, sei insopportabile e questo lo tollero. Se però sei insopportabile e soffri, questo diventa troppo anche per me. Cantoni, dimmi una buona volta che cosa c'è."
"Anna..."
"Sì, dopo. Adesso parla."
Cantoni si appoggia allo schienale e so che il suo sbuffo è una dichiarazione di resa. Otto percepisce subito il suo momento di difficoltà, sposta gli occhi da lui a me, poi di nuovo da me a lui come se avesse voglia di andare a fargli una coccola di sostegno, ma allo stesso tempo temesse che, allontanandosi da me, io mi sentissi abbandonata, così gli do una carezza per fargli capire che può andare tranquillo.
"Per esempio, Cantoni, potresti partire dicendomi chi ti ricorda Oxana."
"Oxana non mi ricorda nessuno. È che la conosco, anche se lei non conosce me."
Ecco, questo non me lo aspettavo.
"Quindici anni fa, ero ancora in Polizia, un collega che mi era molto caro morì di infarto. Era una persona che mi aveva insegnato tanto, ero in debito con lui per un sacco di motivi, passavamo ore uno accanto all'altro e lui sapeva tutto di me, della mia famiglia, del mio desiderio di lasciare il lavoro e avviare l'agenzia. Io invece non sapevo nulla di lui, era uno di quelli che sorrideva e non parlava mai di sé. Sapevo che non era sposato, che forse viveva solo. E invece non viveva solo." Cantoni si passa una mano sugli occhi. "Viveva con sua madre, malata di demenza da molto tempo. Più di un

anno dopo la sua morte, scoprii per caso che, appena prima dell'infarto, in casa era arrivata una badante. Be', quando lui morì non c'era nessun altro parente a occuparsi della vecchia. La badante era Oxana, era appena arrivata dal suo Paese d'origine e, anche se la pensione minima della donna era davvero insufficiente per le ore di cura che lei le forniva, non l'abbandonò. La tenne con sé vivendo con lei della pensioncina e andando a lavorare nelle poche ore nelle quali qualche amica le faceva la cortesia di sostituirla."

Lo ascolto mentre sorride a un ricordo, a un atto di umana tenerezza che lo lascia ancora profondamente toccato.

"Però l'appartamento del mio collega era in affitto e alla fine Oxana e la vecchia non riuscivano più a pagare. Quando scoprii la cosa c'erano sei mesi di arretrato da versare e il padrone di casa voleva procedere con uno sfratto."

"Mamma mia, Cantoni."

"Lo sfratto non ci fu, la vecchia morì un mese dopo e Oxana trovò lavoro altrove. Al funerale della madre del mio collega, alla fine eravamo in cinque. Oxana, tre sue amiche ed io. Lei era imponente come adesso, forse meno coriacea, eppure si vedeva che soffriva per quella donna che non aveva abbandonato."

"Allora Oxana ti vide, Cantoni."

"No, rimasi in disparte, in più avevo i capelli ancora neri e una barba fitta. Mi vergognavo, Anna, perché io ero così amico del figlio di quella vecchia che, se fosse stata sola a casa, per quello che ne sapevo sarebbe morta di stenti. Perché io al mio amico dovevo raccontare le mie cose e il tempo di ascoltare non lo trovavo mai."

Restiamo in silenzio.

Cerco parole che possano rassicurarlo sul fatto che se qualcuno non ci parla possiamo fare poco, non è colpa nostra, ma poi *"La realtà non si nasconde, Anna, al più siamo noi che non la vediamo o non la vogliamo vedere"*.

E allora no, non dico nulla.

"Quando ho visto il nome ho ricordato chi fosse. Di persona lei è cambiata poco, a differenza di me."

Sorrido a quell'uomo stanco e per un istante mi sorride anche lui.

"Così ho perso il mio piglio professionale, la mia imparzialità è andata a farsi benedire. Mi è successa la cosa peggiore che mi potesse capitare, mi sono Annettizzato."

"Oh, Cantoni, guarda che..."

"E che succede qua?! Che state parlando calmi e mi sono spaventato assai. Nun state bene? È morto qualcuno? Otto bello, che combinano qua dentro?" Tonino entra tutto sorridente e dà una smanazzata poderosa sulla schiena di Otto che la sostiene tutto fiero.

"Tonino, non le chiedi di andare a prendere un cappuccino al bar con te così ti aggiorna e me la togli finalmente dai piedi?"

"Ma no, Annarella nostra mi ha telefonato stamattina alle sette e ci siamo fatti un'ora di chiacchierata. Vero Annare'?! Bella siete!" e mi dà un bacio in testa. "Maronna, signori', che tristezza. M'ha chiamato poco fa Paolo di AGS: m'ha detto che i colleghi suoi ad Amsterdam hanno cercato la ragazza, poi, sarà venti giorni fa, è arrivato là Piero Sacchetti che stava già uno straccio. S'è fatto in un paio di giorni il giro degli ospedali e degli obitori della città, poi se n'è tornato scornato in Italia, povero cristo."

Restiamo in silenzio di fronte a qualcosa che è davvero troppo grande, poi la voce di Cantoni spezza gli indugi. "Anna, facciamo che vai dalla segretaria di Cerri, altrimenti il pelouche per Luca non lo recuperi più." Guardo l'ora. Uh, sì, devo andare e anche velocemente.

"Vado: Cerri, pelouche, Luca alla scuola materna, ciao a tutti," e lancio un bacio sciantoso.

Non mi pento di essermi fermata più del dovuto: Cantoni mi stupisce sempre e, alla fine, in realtà non mi stupisce affatto. Diciamo che ogni tanto mi permette di vedere qualcosa della persona che è, giusto per il gusto di contraddirmi meglio schiacciando i preconcetti che ho su di lui, cosa che mi fa sempre tanto piacere.

Invece di preconcetti non ne ho neanche uno sull'ausiliario del traffico che già mi attende all'angolo della solita strada: ho solo solide certezze. Lo fisso, non si sa mai che se distolgo lo sguardo lui si materializzi sul cruscotto per mollarmi una contravvenzione finta così, solo per arroganza, e intanto scavo con le dita nel portamonete. Scavo scavo... niente! Ho solo un gettone per il carrello del supermercato, poi dieci centesimi tristi. Sono fottuta.

Il palazzo di Cerri è vicino, se facessi una corsa velocissima? No, impossibile scamparla, l'omino è là che avvoltoieggia sulle auto in sosta e mi ha già vista.

Scavo ancora. Nel fondo della borsa, solo una caramella mezza ciucciata, la sorpresina di un ovetto di cioccolato e trecentomila scontrini in forma di pallina di carta.

Devo giocarmi l'arma della compassione, magari quest'ometto l'ho preso giù male e invece è una persona gentile, asservita a un lavoro che gli impone di indossare un giacchino catarifrangente che lo fa sembrare un paracarro. Così chiudo la macchina e poi gli vado incontro con il mio migliore sorriso per finire di fronte a lui e pigolargli: "Mi scusi, le devo chiedere un'immensa cortesia: vede quel palazzo? Devo solo suonare il campanello e farmi consegnare un pelouche per il mio bambino. Non ho nemmeno una moneta, ma faccio davve..."

"C'è la app."

"Cosa?"

"C'è la app."

E, senza cambiare di una virgola la sua espressione incredibilmente rapace e bovina allo stesso tempo, mi indica con un dito il macchinotto per pagare con le monetine.

Mi avvicino e sì, praticissimo: basta installare sul cellulare una applicazione che, dopo averti richiesto anche il codice fiscale dei nonni dei vicini di casa nonché il tuo codice iban che ovviamente chiunque ricorda a memoria, in sei o sette ore ti permette di pagare on line i quaranta centesimi di parcheggio nonché di controllare una parte dei satelliti in orbita e lanciare un raggio laser distruttivo su qualsivoglia palazzo presidenziale, ma non sull'omino ausiliario del traffico appostato all'angolino.

"Mi scusi, non ho i dati per installare la pratica app."

Non mi risponde nemmeno. Bastardo, ti ho visto che hai già preparato il blocchetto per la multa. Corro a cambiare al bar, poi corro a inserire la monetina, poi corro ancora a mettere il bigliettino in macchina e corro verso il palazzo di Cerri sotto lo sguardo radar dell'omino.

Arrivo di fronte all'ingresso vetrato del palazzo mentre temo stia per tirarmi un infarto per questo correre.

Proprio mentre mi accascio con tutto il mio peso sul dito appoggiato al tasto del citofono, la porta a vetri scatta ed esce una donna alta, fasciata in scarpa ginnica-fuseax-canottiera aderente-enormi occhiali da sole-capelli tirati.

Corpo perfetto, stile impeccabile, borsa a tracolla supertecnica, orologio che fa da personal trainer, insomma una femmina dello stesso modello di quelle che in palestra ritengo siano prezzolate per mettermi in difficoltà.

Si volta un attimo verso di me, poi si ferma e mi fissa nuovamente con espressione infastidita.

La guardo meglio anch'io: è la segretaria di Cerri, ma in versione sportiva e non dea in tailleur.

"Mi scusi, sono riuscita ad arrivare solo adesso. Per il pupazzone..."

Arriccia il naso per farmi capire che il fatto di tornare in ufficio non è nella categoria del "ma non si preoccupi, non fa niente, si figuri, nessun disturbo".

Sbuffa infastidita, poi si gira verso l'androne e la seguo sussurrando un "grazie" imbarazzato.

Nell'ascensore ci accompagna una musichetta della quale non mi ero mai accorta nei precedenti tragitti, forse perché accompagnata dallo sferragliare delle mie ansie o dal brontolio di Cantoni.

Quando le porte si spalancano e la distesa scintillante della sala d'attesa di sua maestà Cerri si apre di fronte a noi, tutto mi sembra ancora più grande.

La donna cammina davanti a me impettita, poi apre un armadio e, tenendola con due dita per il manico, mi porge una busta con dentro il peluche.

La ringrazio e faccio per andare all'ascensore, ma mi blocco.

"Luisa, che documenti le ha lasciato Luigi Barani di fronte allo spazio espositivo il giorno prima di morire?"

Siamo sole e dalla porta aperta filtra solamente la luce del rettilario.

Il viso di porcellana di Luisa fino a un attimo prima insofferente, ora si abbandona allo stupore.

È una donna non abituata a essere qualcosa di diverso da un gradevole interludio che dura giusto il tempo di attraversare un androne o passare una telefonata. Strofina le labbra, poi si ricompone e senza dire nulla va verso la sua scrivania.

"Il signor Luigi," comincia, "ogni tanto veniva qui, e se l'architetto non c'era o era impegnato, mentre aspettava facevamo due parole. Quando all'inizio dell'anno scorso mi sono separata e stavo molto male lui se ne accorse. Mi faceva parlare, mi chiamava bimba, voleva sapere come stavo quando tutti invece, se vedono che hai bisogno di parlare, se la danno a gambe."

Ecco chi era la bimba citata da Barani nei diari e che lui voleva che fosse aiutata da Ada.

Gli occhi di Luisa divengono una fessura mentre è presa da un leggero tremito, non so se per la disillusione nei confronti del genere umano o per il dolore per la perdita di Barani.

"Luigi di fronte allo spazio espositivo mi riconsegnò qualcosa che gli avevo passato io. Quando Cerri gli aveva detto di stare tranquillo sulla LISA ovviamente Barani non ci era cascato. Aveva deciso di tornare con in mano una buona motivazione per fargli accelerare i lavori e salvare lo spazio espositivo, ossia le prove che i lavori non erano eseguiti a dovere e che c'era qualcuno che faceva la cresta sulla qualità dei materiali."

"Barani voleva ricattare Cerri, allora?"

La donna fa un cenno secco di sì con la testa.

"Chiese a me di fornirgli quelle prove. Fu facile, mi bastò fotocopiare alcune bolle di accompagnamento e stampare un paio di scambi di mail fra Cerri, Melli e il geometra. C'erano in mezzo tutti nello spennare il vecchio Barani. Dopo la sfuriata con Cerri, Luigi mi disse che voleva riconsegnarmi i documenti perché non gli servivano più. Cerri aveva ceduto. Lo spazio espositivo era diventato una priorità."

"Luisa, ma perché lei acconsentì alla richiesta di Luigi?"

"Perché era stato gentile con me e..." si ferma, ha un moto vivido di insofferenza ,"e perché lo studio Cerri verrà presto travolto dallo scandalo, mi ritroverò senza lavoro e Luigi Barani mi garantì che mi avrebbe versato quindicimila euro sul conto corrente."

Di fronte a me, invece di un vecchio onesto, con una sua ingenuità e senza macchia mi ritrovo un Luigi Barani corruttore e ricattatore pur di raggiungere i suoi scopi.

E mi torna in mente Banzai, con la sua saggia osservazione sul nostro invecchiare imparando a giustificarci sempre.

"Luisa, perché mi sta confessando tutto questo?" chiedo mentre mi accorgo di stringere il peluche più di quanto vorrei.

Luisa mi osserva con uno sguardo freddo e che ha vagamente del rettile, sicuramente più di quello del pitone che dormicchia nella teca lontana. "Perché a giorni la Finanza arresterà Cerri nell'ambito dell'operazione Rete di Ragno. Cosa vuole, mia cara, lavoro qui da tanti di quegli anni che mi sono dovuta sporcare le mani. A capire come stanno le cose non è stato certo solo Barani, anche se, tutto preso dalla sua sollecitudine per me, mi ha aperto gli occhi su quanto Cerri fosse inguaiato, per cui quando è morto sono andata alla Polizia con il mio avvocato e ho contrattato."

"Informazioni in cambio di uno sconto di pena."

"Sconto? No, non farò un solo giorno di prigione: avevo abbastanza prove per incastrare non solo Cerri, ma anche molti altri coinvolti nello scandalo finanziario che fra poco scuoterà la città. Ormai è solo questione di ore. E adesso si levi dai piedi, finalmente."

Si siede alla sua scrivania, con le mani intrecciate e mi sorride con aria di sfida, una sfida che non colgo.

Prendo l'ascensore da sola, abbracciata al Torakù che dallo specchio mi restituisce la sua espressione bonaria e surreale.

Torno alla mia auto, chiamerò Cantoni quando sarò di

fronte alla scuola di Luca. Ora non riesco, sento un malessere che mi stringe alla bocca dello stomaco. Se non altro, ora ho capito perché gli ex colleghi di Cantoni lo rimbalzavano sul discorso del suicidio Barani: avevano già dubbi sulla questione e avrebbero affrontato tutto molto presto alla luce di questa sfilza di truffe e ricatti.

Poso il peluche sul sedile passeggero, gli allaccio anche la cintura.

Intanto l'omino l'ausiliario del traffico mi fissa: il biglietto scade fra trenta secondi esatti, così lo accartoccio di fronte ai suoi occhi attenti.

"Pupazzone, tu ce l'hai la app per pagare il parcheggio?"

Poi parto verso la scuola del mio bambino.

40.

Dopo la lunga telefonata con Cantoni, sento il bisogno di staccare un po' tuffandomi nella avvilente, ma rassicurante routine quotidiana, ma non va come vorrei.

"Mimi, oggi dai nonni non ci voglio andare."

"Come mai, Luca? C'è la piscinetta pronta, le pistole ad acqua, ti faccio la doccia con l'annaffiatoio della nonna. Non stai bene, amore mio?" E per un attimo di nuovo mi attanaglia il dubbio che la mia chiacchierata pipistrellica abbia cagionato danni irreversibili al mio bambino.

"Sto bene, mimi, ma ho solo voglia di stare a casa mia."

È la prima volta che Luca esprime qualcosa del genere e, seduti in auto, aspetto a ripartire per capire dove dirigermi.

Quando è salito in macchina e ha visto il pupazzo che tanto desiderava è esploso di gioia, mi ha coperta di baci grati, poi però ha subito chiarito ciò che evidentemente gli ruotava nella testolina già da prima che lo venissi a prendere e non si è lasciato distrarre dalla sorpresa.

"Ma la nonna ti aspetta," mi scopro a dire e di botto mi è tutto più chiaro. È colpa mia. Tanto per cambiare però, i problemi veri non nascono dalle mie chiacchierate strane, ma dai punti deboli legati alla mia umana normalità.

La nonna ha bisogno di Luca per alleviare la preoccupazione e l'infelicità, io ho bisogno di alleviare in lei entrambi questi sentimenti pesanti per liberare una "casellina" fra le mille alle quali devo tenere dietro, ma Luca si sente usato, è stanco di sentirsi così e ne ha tutte le ragioni.

Sta crescendo, ha nuove consapevolezze e il bisogno di spazi di esistenza suoi.

"Allora andiamo a casa nostra, tesoro."

Non sono cresciuta come genitore quanto è cresciuto lui. È facile che sia sempre così, che io sia destinata ad arrivare sempre in ritardo, che esisterà sempre uno spazio di sfasamento nel quale resterò lì a raccogliere le pratoline come ho sempre fatto e lui invece sarà già un passo avanti. Guardo Luca dallo specchietto retrovisore che sorride mentre parlotta con il suo peluche.

"Ti preparo per merenda il latte con i biscotti?"

"Tì, mimi."

Quando entriamo in casa, Banzai ci guarda stupito, incorniciato dallo stipite della porta della cucina. Mentre raccolgo tutto ciò che Luca semina per casa, scarpe, calzini, cappello, cestino della merenda, mi accorgo che le tartarughe stanno zitte e danno il lato posteriore al vaso di piante. Nel vaso sia il ficus che l'erbaccia sono silenziosissime.

Mi avvicino a Banzai. "Tutto bene, qui, la compagnia del piffero?"

Gli occhi di Banzai brillano di puro divertimento.

"Benissimo, non si parlano più. Senti che silenzio."

"Ma come non si parlano più, Banzai?!"

Butto un'occhiata circospetta alla sala, un attimo di disattenzione e Banzai è già sparito.

"Mimi, posso guardare i cartoni mentre mangio un biscotto?"

Certo, intanto mamma deve risolvere una questione diplomatica complessa.

"Noto una certa tensione o sbaglio?" esordisco.

Nulla, il più riottoso mutismo.

"Luca, amore della mamma, dopo vuoi colorare i gusci delle tartarughe con le tempere?"

"Tì, mimi."

"Ma tu sei folle! Le tempere sono tossiche per me, mi viene l'asma, la dermatite e i brufoli attorno all'ano!"

Anche se Tarta comincia a mostrare una certa agitazione, sapevo che Rughina avrebbe ceduto per prima.

"Rughina, cos'è successo?"

"È successo che erbaccia ci ha detto una cosa orribile!"

Mi volto arcigna verso l'erbaccia che fa finta di niente e non parla.

"Ci ha detto che siamo delle assassine mangia insalata e non è vero."

"In effetti mangiate le briciole di gambero."

"Appunto, mangiamo solo gamberetti e i gamberetti non so che cosa siano, ma sono buoni e non sono insalata. Quindi non assassiniamo nessuno."

"Più o meno, Rughina."

"Poi ci ha anche detto che moriremo! E questa è una sciocchezza bella e buona, detta solo per farci male," sussurra tremolando Rughina.

"Brutta piantaccia bugiarda, non ci freghi!" rincara la dose Tarta con il collo allungato e la testina verso l'alto quale massima espressione di sdegno.

Guardo il vaso. Il ficus tace, la piantina pure.

Quanto è ridicolo che una creatura ipocondriaca, in realtà sia certa di essere eterna. Ridicolo e grottesco così come capita per Tarta, pragmatica e cinica, ma non a sufficienza da sapersi caduca.

Lì, nel loro mondo statico fatto di anni in una vaschetta di plastica, la vita è divenuta qualcosa di così noiosamente scontato da cristallizzarsi e non rendere possibile nessuna alternativa.

Le due piante sono in silenzio non perché arrabbiate e offese, ma solo perché nella mia stessa situazione di difficoltà e malinconia. Prendo fiato.

"Sono certa che erbaccetta non volesse ferirvi. Alle volte capita di discutere anche con chi ci è amico o amiamo profondamente e dire cose delle quali poi ci pentiamo. Vero, erbaccetta?"

L'erbaccetta risponde subito "Certo, certo!". Spiazzata e desolata, coglie al volo il salvagente che ho lanciato.

"Tartarughine, l'importante è che adesso capiate che non siete state colpite in modo intenzionale e che il vostro rapporto vale più dell'orgoglio che adesso sentite ferito. Sono certa che la vostra amicizia sarà lunga e bellissima, non buttatela via per un piccolo incidente."

Rughina singhiozza appena, è commossa.

"Va bene, va bene, erbaccetta, ti perdoniamo. Ma non dire più cose brutte, ok?" rompe gli indugi Tarta.

Resto appena in timoroso silenzio, ma l'erbaccetta risponde semplicemente: "Ok". E c'è una tristezza sottile in quell'accettazione di un'inconsapevolezza tanto surreale.

"Erbaccetta, ficus, pace fatta," borbotta Tarta. "Dai Rughina, piantala di piangere che allunghi l'acqua della vaschetta. E adesso cerchiamo di allearci nuovamente per tentare di sopravvivere a questa mentecatta."

E una risata generale di piante e gusciute suggella la ritrovata sintonia.

Torno in cucina, dove Banzai nel frattempo si è rimaterializzato: ha ascoltato tutto, come al solito a distanza di sicurezza.

"Umana, aveva ragione la piantaccia. Perché non hai detto alle gusciute che moriranno come tutti?"

"Perché a volte, anche se la realtà si trova davanti ai nostri occhi, non si è pronti per accettarla."

"Stai legittimando il banalissimo concetto di bugia a fin di bene?"

"No, sto solo dicendo che a volte chi ti vuole bene deve rispettare i tuoi tempi e le tue fragilità."

Il gattone mi arriva vicino e mi dà una testatina. "E nel tuo caso, umana, tutto ciò in cosa si traduce?"

"Lo so, Banzai, lo so. Si traduce nel fatto che il nostro mondo statico alle volte è una vaschetta di plastica, altre uno studio con la porta sempre chiusa o quello di un'università dove si viene da sempre serviti e riveriti. E io devo imparare a essere la persona cara che fa il percorso di fianco, quella che rispetta tempi e fragilità."

Banzai soddisfatto fa una raffica di fusa, si struscia ancora per un attimo e si allontana con zampettio elegante passando di fianco a Luca che si affaccia alla porta con il pelouche sotto il braccio e addosso il suo casacca-mantello coloratissimo.

"Mimi, e la merendina di latte e biscotti?"

41.

Ora che sanno che si è aperta la pista del ricatto a Cerri e che le forze dell'ordine su quella sono ben attive, Cantoni e Tonino sono entrambi più sollevati, ma hanno comunque intenzione di continuare a scavare nella storia della vendita della Barani.

"Cantoni, anche stamattina ho controllato se davanti a casa Barani ci fosse la civetta, ma niente. Vive lì di sicuro visti i resti per terra, ma fa orari diversi dai miei."

"Annare', allora adesso che fate, ci venite con me a pedinare un tipo noioso così nel frattempo chiacchieriamo assai?" chiede divertito Tonino.

"Grazie, Toninone, ma a mezzogiorno ho appuntamento con la mia analista per parlarle un po' di sua zia."

"Bene, raccogliamo informazioni anche da girare ai miei ex colleghi," dice Cantoni.

Esco dall'agenzia e in un quarto d'ora mi ritrovo nella sala d'attesa nella quale sono già stata molte volte. La mia analista poco dopo apre la porta, lascia che esca il suo paziente, mi fa cenno di entrare nello studio e poi si scioglie posando ogni algida severità professionale.

Una volta alla scrivania, senza una parola tira fuori un contenitore con un'insalata, quella che penso sia il suo pranzo. Salutista e dalla disciplina ferrea: lattuga, cinque chicchi di mais, due pomodorini e un filo d'olio, probabilmente il sale no che fa ritenzione idrica.

"Scusami, Anna, ho delle visite già dal primo pomeriggio

e se volevamo vederci l'unico spazio disponibile era questo, quindi devo mangiarti in faccia."

Sposto gli occhi altrove: dallo studio sono sparite tutte le piante, sostituite con soprammobili lineari in legno colorato.

"Stai notando che non ho più piante in studio, vero?" mi scopre subito. "Non pensare le abbia tolte per nasconderti chissà quali testimoni, Anna. La responsabilità è comunque tua: mi sentivo in colpa quando le lasciavo da sole nei giorni non lavorativi o al buio nel fine settimana. Renditi conto di cosa mi hai fatto."

Poi guarda la sua ciotola di verdura, scuote la testa e borbotta un: "Adesso mi sento un mostro anche a mangiare una carota," e sbatte il tappo sul contenitore ancora pieno.

Vorrei dirle che, insomma, su frutta e certe verdure si può stare più tranquilli, ma capisco che probabilmente mi sbatterebbe fuori dalla porta.

"Cosa vuoi sapere da me, Anna?"

"Allora..."

"Perché allontani dalla scrivania la sedia dove sei seduta, Anna? In più ti scosti anche all'indietro. Hai paura che dopo la tua domanda io ti dia una testata?"

"E vabbè," sbotto, "se lei mi analizza i movimenti come faccio a farle le domande? Mi renda le cose appena più semplici!"

Lei mi fissa soddisfatta e io provo a ricompormi.

"Volevo chiederle di sua zia Rachele. Tutti ne parlano come di un vero angelo, ma mi è rimasto in testa il discorso che mi fece lei, sulle donne della sua famiglia. In più abbiamo scoperto che, pochi giorni prima della morte di Luigi Barani, la targa allo spazio espositivo che riporta il nome di sua zia è stata sfregiata."

"Giusto per inserirmi meglio nel contesto," risponde lei mentre mi squadra con il viso posato sul palmo di una mano, "hai anche un testimone su questo discorso del cartello o semplicemente lo avete saputo in maniera consuetudinaria per una normale agenzia? Dai, Anna, fammi capire, il testimone era una pantegana? Una tortora?"

"Un gatto randagio."

"Ecco, mi pareva. Hai finito con le domande?" A questa fucilazione verbale, in effetti avrei preferito una testata e aspetto il colpo di grazia.

Invece tira fuori dal cassetto una tavoletta di cioccolata con le nocciole ancora avvolta nella stagnola. Le dà un pugno per romperla, la apre e se ne spazzola un terzo, alla faccia dell'insalata salutista.

Poi sposta l'incarto verso di me, come a suggellare un patto: ne mangi un pezzo anche tu, così siamo pari e custodiamo entrambe il segreto che andrà a breve a sedimentarsi sui nostri fianchi.

"Dunque, mia zia Rachele... Le donne della mia famiglia sapevano farsi amare fino a consumare tutti coloro che avevano intorno, ma, a dispetto dell'apparenza angelica, erano insondabili e di una lucidità tagliente. Non capivi mai quanto le loro azioni fossero spontanee o frutto di un calcolo complesso. Nel caso di mia madre, cominciai ad avere questo dubbio quando ero così piccola che da lì in poi non capii più se mi volesse bene veramente."

Ringrazio di essere nello studio e non a casa perché i commenti della gatta su un'affermazione del genere sarebbero stati troppo dolorosi.

"Mia zia era ancora più insondabile di mia madre, più calcolatrice e sottile. Posso dirti con certezza di non aver mai conosciuto una persona più intelligente di lei. Altro cioccolato?"

"No, grazie. Sa che a sentire tutti coloro che la conoscevano, almeno nella ditta, ne viene fuori una donna dolcissima e generosa?"

"Non dico che non fosse anche questo, Anna, e devo moltissimo a mia zia, lo sai già. Ma era tutto fuorché una donna che si muoveva solo su onde emotive. Per farti capire, mia zia venne ripudiata inizialmente dalla nostra famiglia perché, anche se di lignaggio nobilissimo, voleva sposare un meccanico. Ma mio zio non era un meccanico qualsiasi: era un genio promettente che aveva già brevettato un paio di progetti e ne aveva in cantiere degli altri. Anna, in quel periodo nella mia aristocratica famiglia l'unica cosa che c'era rimasta era il titolo nobiliare e una serie di beni immobili che cominciavano solamente a gravare, tanto da essere riciclati in donazioni agli enti pubblici. La verità era che i miei parenti avevano un problema di liquidità devastante, in pratica eravano poveri in canna e così strategicamente ottusi che la mia famiglia trattò mia zia come una traditrice. In compenso lei nel giro di qualche anno tornò vincitrice. Lei e mio zio presero in mano le economie disastrate e la gestione dei beni e riportarono tutto in salvo. Non solo, in seguito mia zia fu alla base delle contrattazioni per il matrimonio fra i miei genitori, un matrimonio di puro interesse."

Resto in un silenzio che ben presto spezza lei.

"Ora una domanda te la faccio io. Nonostante il fatto che ti sei data alla macchia per mesi, hai forse intenzione di tornare per riprendere un percorso di chiarimento sulla tua strampalata condizione e sulle tue chiacchierate surreali con piante e animali? Sono una professionista seria, ma soprattutto una persona con una certa vena masochistica, quindi nel caso sappi che ti accetterei."

"No, non riprenderei, cioè sì, ma... mi spiego. Io ci sto benissimo con la mia parte bislacca. A dire il vero è quella da persona normale che fa acqua da tutte le parti, ne ho parlato anche con Giorgio e più volte con Banzai," rispondo rendendomi conto che pagherò in maniera salata quanto mi è appena scappato dalla bocca.

"Sai che Giorgio in quanto frate sulle sedute di supporto ha un'idea di base leggermente differente da quella della psicanalisi, vero?"

"Lo so."

"E Banzai è un gatto, il tuo gatto se ricordo bene."

"... lasciamo perdere."

"Lo sapevo che avresti tirato fuori un cane, un topo, un cinghiale. Anna, non se ne esce."

"È un gatto molto saggio, Banzai," cerco di mantenere un contegno mentre invece subito dopo frano in una supplica: "E comunque sì, sento il bisogno di parlare con lei".

"Terza scelta dopo il fallimento con un frate e un gatto. Mi sento lusingata."

Appoggio la fronte sulla scrivania. Io sto sbagliando l'approccio, ma anche lei non me ne fa passare una.

"Ada, mi scusi, so di non essermi comportata bene. Vuole che sbatta forte più volte il cranio qui sul mogano per dimostrare il mio pentimento o possiamo andare oltre?"

E d'un tratto, l'inatteso: la sento ridere. Per la prima volta da quando la conosco lei ride. Sollevo la testa dal tavolo e il suo viso ha onde tutte nuove, perfino i capelli tirati sembrano rilassarsi e uscire dalla crocchia stretta che li chiude. Non riesce a trattenersi, ma non ha nulla dello scherno cattivo o del sardonico, è solo incredibilmente divertita. Quando smette, asciuga appena gli angoli degli occhi perché il trucco non coli.

"Anna, io con te davvero non so cosa fare."

"Ma guardi che ho tantissimi problemi, eh? Lasciamo da parte il discorso animali e piante, giuro che non gliene parlerò più. Ho tutto un altro vastissimo campionario di paturnie e nodi irrisolti, prometto di portarle roba buona per una pubblicazione o due, dottoressa."

"Chiamami Ada, dammi del tu e non posso più essere la tua dottoressa, ci rinuncio."

E la mia analista tira fuori un pacchetto di patatine alla paprika, mi guarda con aria di sfida e lo apre.

"No, Ada, ti prego, le patatine no."

"E invece sì, le patatine sì. Tu mi hai ammorbato per mesi in maniera tale che adesso mi chiedo perfino se queste patate hanno sofferto in fase di frittura. E io adesso mi rivalgo così: da analista passo a essere la tua amica problematica."

"Ma tu come terapeuta non hai una collega o un collega con cui parlare?"

"Sì, certo, ma poi dove lo metti il piacere della vendetta?"

Tiro verso di me il pacchetto di patatine e ne arraffo una manata, che non si dica che scappo davanti alle sfide. Ada sorride soddisfatta, ma ancora non del tutto.

"E adesso, cara la mia amica, tu mi ascolti perché i miei problemi ce li ho anch'io. Parto? Certo che parto. Dunque, avevo dodici anni e..."

Da lì in poi passa un'ora, mi salva il suono del campanello della paziente del pomeriggio.

Quando esco dallo studio della mia ex analista, attuale amica ad alta criticità, chiamo Cantoni per aggiornarlo, ma lui non mi lascia aprire bocca: "Anna, qualsiasi cosa tu stia facendo molla tutto e vieni qui subito! Abbiamo trovato il carlino".

42.

“Tonino, quindi sei sicuro che parlino di Carl?”

“Annare’, secondo me stavolta si tratta del cane brutto nostro.”

Mi sento tesa e speranzosa.

“Un carlino quindi? Ferito, ma vivo?”

Tonino annuisce mentre guida verso l’ambulatorio veterinario che gli ha segnalato l’arrivo di un cane che corrisponde alla descrizione di Carl.

L’ambulatorio si trova in una frazione della città, verso la collina, e come un botolo tanto imbranato sia potuto arrivare fin là resta un mistero.

Che sia salito sul cassone di un camioncino? Ce lo spiegherà dopo aver raccontato cos’è successo a Barani e questa volta non ci saranno ricatti che tengano, anzi un ricatto c’è: cane, parla o ti porto dal tuo nuovo padrone che ti fa depallettizzare prima che tu dica bau.

L’ambulatorio è immerso nel verde ed è stato ricavato dalla parziale ristrutturazione di una cascina. Sul retro c’è un ampio recinto dove trottano cani di tutte le fogge e misure. Il veterinario è un uomo alto, curvo, anche se ancora giovane. Ci accompagna dietro all’ambulatorio dove tiene gli animali ricoverati: a parte una gabbia con dentro un gatto indignato per essere stato rinchiuso al sicuro dopo un intervento nel quale è stato ricostruito come un transformer, c’è soltanto un trasportino per cani in fondo alla stanza.

“Il cane ha una zampa steccata, ma non è nulla di grave.

Deve aver subito l'urto di uno spostamento d'aria da parte di un mezzo ad alta velocità, se fosse stato colpito non ne sarebbe rimasto niente. Invece per fortuna tornerà come nuovo nel giro di una decina di giorni."

Mi chino e guardo dentro alla gabbietta chiusa: il cane è appallottolato sul fondo e completamente nascosto da una coperta.

"Carl, sono Anna. Come stai, brutta bestia?"

La schiena dell'animale sotto alla coperta ha un tremito, poi si gira un musetto che sussurra: "Mi scusi signora, come mi ha chiamato? Credo ci sia un fraintendimento".

Porca miseria, non è Carl. Non è nemmeno un carlino.

"Scusi, ma questo non è un carlino!" sbotto rivolta al veterinario.

"Veramente non mi hanno parlato di un carlino. La signora che lo ha trovato a bordo strada mi ha detto solo che secondo lei non c'erano dubbi: era il cane che veniva cercato da giorni in città, così mi ha dato il vostro numero di telefono e vi ho chiamato ."

"E la signora si sbagliava," scuote la testa Tonino.

"La signora non mi ha trovato, mi ha investito, concedetemi la lieve rettifica," dice il cagnetto sporgendo il suo muso meticcio fornito di orecchie pipistrelliche attaccato a un corpiciotto salsicciato, quello sì degno di qualche avo carlino. "Io me ne stavo bel bello a guardare il cangiare delle tinte del cielo all'imbrunire di fianco a un paracarro, quando ho scorto un bolide rasente al lato strada. Mi sono testé scostato per scongiurare il pericolo di morte, ma un lieve urto ha cagionato comunque in me codesta ammaccatura."

"Se la signora mi ha mentito, allora dovrà pagare le cure del cagnotto prima che io chiami il canile perché non ha il microchip," sussurra il veterinario che vedo allontanarsi sempre più ingobbito verso il suo ufficio.

Il cane mugola: "La signora aveva il piano infame di fornire un numero falso al fine di non essere giammai rintracciata. Ma no, il canile no, ve ne prego! Io sono così, un animo errante, un poeta che vive dell'aria sul peluccio, delle ristrettezze nel cibo compensate dalla ricchezza di cieli pieni di stelle. Chiuso in gabbia muore il cuore mio".

Tonino mi posa una mano sulla spalla. "Mi dispiace Annare', vi ho fatto fare un giro a vuoto. Come il dottore mi ha detto che aveva il cagnetto nostro, sapendo che era un veterinario non gli ho chiesto di più. Mo' torniamo a casa così fate in tempo ad andare a prendere Luca."

"Ah, me tapino, destinato a turpe morte fra le sbarre. Saprà mai l'animo mio volare oltre le prigioni? Non è tempo per gli animi liberi e raminghi, per canidi con il core da avi lupeschi benché avvolti da un corpo simile a un involtino primavera. Volete voi forse limitare la visione e l'ampiezza del sentire e del diritto all'esistenza a un mero involucro mortale?"

"Scusate." Il veterinario torna con un'aria contrariata che lascia in fretta spazio a una desolata rassegnazione. "La signora temo mi abbia lasciato delle false generalità. Scioccamente non ho controllato il suo biglietto, mi sono messo per prima cosa a curare il cane. Quindi numero di telefono inesistente, sicuramente nome finto. Nella zona tutti gli abbandonatori di animali devono essersi passati la voce che con me la fanno franca. Scusate ancora per avervi fatto venire qui per nulla."

"Non si preoccupi, dottore. Grazie in ogni caso."

E Tonino e io ci avviamo verso la porta.

"Come farò, io piccolo e dall'animo delicato, fra le mura cementizie di un canile? Come potrò scordare i giorni vissuti fra fienili e collinette baciate dal sole, ad amoreggiare con le cagnette e a subire l'indiscutibile fascino culinario di qualche gallina di strada?"

Ci avviamo verso la macchina silenziosi e, saliti in auto, chiudiamo le portiere. Restiamo fermi un attimo.

"Tonino..."

"Voglio sapere cosa ci fa qui un cane mezzo topo con una zampa steccata, e perché appena comincia a mugolare Otto si addormenta all'istante!"

"Cantoni, non ti scaldare, respira e abbi fiducia in Annetta tua."

Ma Cantoni non mi ascolta, soprattutto al telefono non mi ascolta mai.

"Allora, diciamo che devi avere un pochino di elasticità mentale," continuo.

Caterina nel frattempo ride con Luca che fa dentro e fuori dalla piscinetta. Oggi non ha fatto storie per venire, anche se temo che sia perché ha in animo il piano di trovare nell'armadio della nonna un'altra maglia pacchianissima che questa volta possa essere tutta per me.

"Anna, ma che elasticità mentale?! C'è un cane! Un cane brutto quasi come il carlino, ma che non è il carlino che ci serviva!"

"In estetica non sarà il massimo, ma ti assicuro che è molto intelligente e poetico."

Cantoni esplode in improperi.

Quando Toninone e io siamo arrivati in ufficio Cantoni non c'era. Non potevamo lasciare che la bestiola finisse in canile che poi chissà se la sua anima sarebbe riuscita a volare oltre le sbarre eccetera eccetera. E il veterinario andava pur supportato: nel suo personale zoo aveva anche diciotto gatti, tredici criceti, cinque conigli di quelli con le orecchie a pantofola e un lama.

Così ho pagato il veterinario e abbiamo preso il cagnetto con noi, che in queste azioni impulsive e irrazionali Tonino è sempre un mio fido alleato.

"Si chiama Bergerac e, sì, ti confermo che appena comincia a declamare, Otto si accascia. Ma Cantoni, ho tutto sotto controllo."

"Non dubito che tu ne sia convinta, ma è il tuo concetto di sotto controllo che non ha nulla di tranquillizzante."

"Dai Cantoni, sii un pochino più ottimista, guarda alle cose positive. Per esempio Tonino mi ha detto che Andrea Barani ti ha già fatto l'accredito totale per il nostro lavoro..."

"Certo. Ha pagato tutto in una soluzione unica. Direi che non poteva andare meglio, così adesso quei soldi potrò spenderli per nutrire un altro cazzo di quasi cane!" e butta giù.

Luca mi corre incontro, ha una tenue tinta bluastra che mi fa supporre che sia giunta l'ora di uscire dall'acqua. Caterina ci sorride e mio padre è al solito chiuso nel suo studio.

E in quel preciso istante il tempo mi sembra dilatarsi all'improvviso, come mi trovassi in un déjà vu intensissimo e il nastro della mia vita avesse una piccola torsione, un lieve strappo. Dura giusto il momento di darmi la consapevolezza di un'anomalia. Ho le mani posate su Luca, lo asciugo avvolto nell'accappatoio ed è come se non sentissi la spugna al tatto.

Come può essere tutto così identico e sempre così diverso?

Ogni cosa passa muovendosi a tante velocità differenti dalla mia. Luca cresce e io mi sfilaccio per stargli dietro. Mio padre invecchia, si ammala e forse morirà e io mi strappo come figlia nel tentativo di essere anche con lui. E il resto è un presente fluido, di affetti verso i quali mi tendo, mi lacero, così, ferma come mi sento, con il resto che gira vorticosamente intorno.

E in quel momento tutto frena bruscamente con il suono del campanello dell'ingresso che dà sul giardino.

"Zia Lavinia!" festeggia Luca con un grido correndo per il giardino verso mia sorella. Caterina attende al mio fianco mentre le spunta un sorriso morbido e commosso: mia sorella non è sola. C'è Claudio al suo fianco.

"Tu lo sapevi che sarebbero venuti?"

Caterina fa no con la testa e va loro incontro.

Lavinia non dice nulla, mi posa solo una mano su una spalla, poi apre la portafinestra che dal giardino conduce in casa e chiama con una voce bassa, ma che non ammette repliche: "Papà, puoi venire per favore?".

Di fianco alla piscinetta Luca mostra tutto fiero il suo stock di papere di gomma a Claudio, mentre Caterina resta lì vicina a loro, ancora sorridente, ancora silenziosa.

Mio padre, con i suoi tempi, si affaccia alla porta. È guardingo, si sta chiedendo perché ci sia la sua figlia minore nel suo giardino in un pomeriggio feriale.

"Papà, voglio presentarti Claudio, il mio compagno. Vogliamo sposarci, lui presto partirà, ma per ora io resto qui perché voglio stare con te, Caterina e Anna."

Lavinia dice tutto con voce ferma, quasi fosse in tribunale, là dove l'ho sempre vista resistente e sferzante come un giunco.

Claudio guarda Lavinia con fierezza, poi saluta con un cenno del capo.

Mio padre è bloccato e preso in contropiede su troppi fronti contemporaneamente per poter reagire.

So che vorrebbe tornare a chiudersi in studio con una scusa qualsiasi, ma Caterina, di fianco al tavolo da giardino, scosta una sedia per lui.

43.

Non riesco a prendere sonno. Sicuramente i rivolgimenti della giornata mi hanno caricata di adrenalina, ma non c'è solo questo.

Ho provato a fare gli esercizi consigliati da Alberto, ma devo aver sbagliato qualcosa, così ora mi sento come una palla di impasto per la pizza dopo che è stata sbattuta più volte su un pianale.

Alessandro russa, Luca russa, russano le tartarughe e non russano, ma evapotraspirano rumorosamente perfino le due piante nel loro vaso. Banzai invece è sveglio, seduto sulla cassettiera e mi fissa con gli occhi luccicanti nel buio.

"Bestia inquietante, dai che andiamo in cucina," gli sussurro mentre gli passo di fianco arrischiando perfino una carezza.

Scaldo l'acqua: una bella camomilla calda, forse...

Banzai mi compatisce dalla sua postazione, poi mi umilia esibendo il suo stiracchiamento deluxe e alla fine va a sedersi sul pacco di carte posato sul mobile.

"Umana, non per infierire, ma ti muovi come se avessi il guscio come le due rettili in vaschetta, ma montato alla rovescia."

"Banzai, stai buono e scostati che intanto che bevo la camomilla do un'occhiata alle carte del caso Barani."

"Puff," brontola spostandosi con molta calma, "le avrai già guardate un milione di volte. E poi se è stato Cerri ci pensa la Polizia, sulla pista della ditta Barani per ora sembra che nessuno abbia parlato al vecchio e siete fermi. Andiamo a letto, dai."

"Macché andiamo a letto, che poi al buio mi fissi come la bambola assassina. Adesso camomilla e lettura atta a sedare i miei sensi di colpa, così poi mi accascio arresa e forse dormo."

Il rumore del bricchetto che schiocca appena sul fuoco, un bisbiglio dalla sala che tradisce un breve istante di risveglio delle tartarughe.

Per l'erbaccia dovrò trovare un vaso tutto suo perché sta crescendo. Pare che non voglia essere trapiantata all'aperto, sta bene qui. Su Tarta e Rughina avevo già pianificato un ritorno in grande stile allo studio di Cantoni, ma niente, a meno che non porti là anche piantaccia e il ficus perché queste quattro creature ormai sono inseparabili.

L'acqua è a temperatura perfetta, il filtro sprigiona un profumo che invita in modo gentile al sonno.

E mentre la bustina resta in infusione, sfoglio le fotocopie del quaderno di Luigi, gli incartamenti per il progetto dello spazio espositivo, le immagini, c'è anche copia di un report degli investigatori che hanno cercato inutilmente la figlia di Pierone e che ci eravamo fatti inviare quando pensavamo che la ragazza che aveva ricevuto i documenti da Luigi fosse lei.

Barani chiamava tutte le donne che vedeva come figlie "bimba", nei vecchi quaderni è chiaro che il nomignolo viene assegnato a Marta e in quello recente si riferisce a Luisa. Mi viene da sorridere per la dissonanza fra l'indole di Luisa e quel nomignolo, tutt'altro capita con la foto della figlia di Pierone e il suo viso dagli occhi enormi e tristi. Nonostante l'aspetto strafottente, nel suo sguardo c'è solo paura e fragilità. Fra quelle carte che ci ha passato l'Agenzia AGS che terminano sempre con un nulla di fatto, l'amarezza di vedere che domani Marta compirà ventun anni. Chissà dove sei, bimba...

C'è qualcosa nella sua immagine che mi ricorda le foto di Giorgio Barani da ragazzo. Cerco di capire cosa possa accomunare uno scricciolo immobile dagli occhi cerchiati di kajal e un ragazzo alto e allampanato con il sorriso e l'esigenza di un movimento così continuo da non riuscire a bloccarsi neppure l'istante necessario per una foto.

Forse è quel sentirsi persi, non arrabbiati, solo persi. Che quando ci si arrabbia si reagisce, ci si ribella veramente, anche decidendo di chiudersi in sé stessi, diventare dei secchioni arroganti e portare solo polo tinta salmone tutta una vita, come Andrea Barani.

Ma se invece non ci si incazza, finisce che il mondo diventa davvero un luogo sempre più lontano e inospitale e ci si intristisce sciogliendosi piano nella convinzione che si è sbagliati e sempre e comunque fuori posto.

Chissà se Luigi Barani, impotente nei confronti del figlio Giorgio, aveva pensato di poter fare qualcosa di più per la figlia di Piero.

Mi perdo tra i fogli e le foto, ormai la mia camomilla ha assorbito tutto quello che il povero filtrino poteva dare e Banzai sbuffa.

"Umana, bevi la brodaglia che poi andiamo a letto. Sono stanco e se arrivi quando mi sto addormentando mi dai ancora più fastidio del solito."

È passata mezzanotte, Banzai ha ragione, è tardi.

Metto via la cartelletta, bevo la camomilla ormai appena tiepida.

Mi corico, chiudo gli occhi, li riapro e sono già le cinque e mezzo del mattino.

Mi alzo, forse va meglio e sono appena meno pesta. Invece no, e non faccio in tempo a prenderne atto che sento: "Mimi, se mi alzo adesso che c'è ancora buio buio, anziché fare la colazione posso cenare?".

44.

Bergerac guarda nel vuoto con l'occhio sognante del poeta, ma tace perché sennò Otto si abbiocca e Cantoni si arrabbia.

Tonino non è in ufficio, ma su Bergerac però è molto sereno: l'aver aggiunto il micro meticcio al gigante Otto gli pare un'inezia, qualcosa del tipo "Anziché due etti è venuto due etti e trenta. Che faccio, lascio?", "Lasci lasci."

Cantoni invece emette fumo dal naso, mi guarda malissimo e non sa che rispetto ai miei piani di portargli un alligatore o un dromedario gli è andata di lusso.

"Annare', ma il cagnetto qua sta guardando da due ore là nell'angolo." Otto viene a darmi una leccata sulla faccia mentre sono chinata per prendere l'agenda dalla borsa. "C'ho provato anch'io, ma non vedo nulla. Che ci sta, una macchietta di muffa?"

"Oh, là nel vuoto, nell'assenza langue il cuore mio e fiorisce il ricordo dell'amore e l'estasi e tutta quella storia là delle api e i fiori..."

"Questo cane mugola appena e lì, ecco Otto che sviene," ringhia Cantoni

In effetti Otto è come entrato in catalessi istantanea. Ronfa che è una meraviglia, mentre Bergerac riprende il suo verseggiare in rima più o meno baciata, qualcosa che ha a che fare con l'aroma del sedere dei cani da pastore.

"Insomma, Anna, cosa devi fare qui in ufficio stamattina?"

Cantoni prende un plico e lo appoggia sulla scrivania, poi

inforca degli occhiali da lettura. Mai visto con gli occhiali, che bella novità.

"Cantoni, invecchiamo, eh?" ridacchio mentre mi accomodo sulla sedia di fronte a lui. "Sto aspettando che arrivi l'ora di andare a cercare la civetta."

Cantoni sbuffa di nuovo, poi si cava gli occhiali con il gesto stizzito tipico di chi non è abituato a portarli.

La porta si apre e Tonino entra.

"Non dovevi star fuori ancora parecchio, tu?" chiede Cantoni.

"Cantoni mio, non mi vuoi vedere?! Annare', quest'uomo non mi vuole più bene," e appoggia allegro un sacchetto profumato di dolciumi sulla scrivania fra me e Cantoni, al che Otto e Bergerac alzano la testa e cominciano a scodinzolare. "Non ci provate, voi due, queste sono per gli amici miei a due zampe." Poi tira fuori dalla tasca un altro sacchetto e lo sventola. "Qui due salsiccine per voi, però. E che è, che Tonino vostro non vi pensa?"

Otto accoglie subito con entusiasmo il dono culinario. Bergerac invece mangia rapido la sua salsiccina, ma poi, preso dalle sue vicende esistenziali, si mette nuovamente seduto su una sedia a guardare fuori dalla finestra. Fa un piccolo guaito, dice "Mi scappa molto una poesia," e poi comincia a declamare:

"O cane là sul marciapiede che alzi la zampina
nei pressi dell'albero di fianco alla panchina,
il ricordo mio vola ardito
a ciò che un tempo mi lasciò allibito.
A quando nel bosco vidi di pelo bianco e nero una cagnetta,
le corsi incontro, ma ahimè sbagliavo: era una moffetta".

Alla terza strofa Otto è già per terra spampagnato, Tonino comincia preoccupantemente a sbadigliare e Cantoni sbuffa ancora. "Ma cosa blatera in continuazione questo cane?!"

"Non lo vuoi sapere davvero, Cantoni, fidati."

E mi alzo per avviarmi verso casa Barani.

Finalmente trovo la civetta sull'albero. Se quella sera, come mi ha detto Cesare, lei era lì, può aver visto uscire l'assassino dalla villa. È ancora addormentata, così mi avvicino lentamente per non spaventarla. Mi guardo intorno, non c'è nessuno e allora provo a chiamarla. Niente risposte, è catatonica.

"Signora civetta?" provo nuovamente. Nulla. Se le tirassi un sassolino? E proprio mentre mi chiedo se sia una buona idea, lei spalanca verso di me i suoi occhi gialli con l'aria sdegnosa tipica dei rapaci notturni.

"Signora civetta, la disturbo perché mi hanno detto che la notte nella quale è morto l'umano che abitava qui di fronte..."

"Cosa vuoi? Vattene, non compro niente," mi risponde secca.

"Non voglio venderle nulla, solo chiedere..."

"Cos'è, uno di quei questionari ai quali se rispondo poi mi trovo inguaiata? Non firmo nulla."

"Essendo una civetta il firmare lo vedo un atto improbabile..."

"Non mi imbrogli, sai? Sono vecchia, ma non stupida. Non ti faccio venire qui su, che poi mi addormenti e quando mi sveglio scopro che hai rubato i ramettini del mio nido. Pussa via."

"Non voglio rubare niente."

"Sei una di quelle dell'azienda del pattume? Luce del lampione?"

Resto zitta: questa civetta è completamente rincitrullita.

"Ci andavate eh, da quello là, l'umano che è morto. Neanche lui vi apriva! Bravo!"

"Ecco, l'umano. La notte nella quale è morto, cara civetta, ha notato qualcosa di strano?"

La civetta finalmente mi guarda con interesse, ma è solo un istante e poi mi assale di nuovo. "Sei della Polizia? Fammi vedere il distintivo, il tesserino. Non mi freghi, ah!" Che delusione. "Che qui era un quartiere rispettabile una volta. Ora una schifezza, tutto un degrado. Quella notte là addirittura una festa di pipistrelli, quei debosciati drogati. Una vergogna. E poi una volta i soli umani che passavano di qua avevano belle macchine, erano tutti vestiti per bene, pettinati a modo. Adesso, invece, gente che sembra uscita dal pattume, con carriolini imbarazzanti, anche peggio del tuo. E vestiti bene, mica come te."

Non caverò niente da questa bestia, per cui sto per risponderle a tono quando lei continua con: "E umani pettinati, non come quell'ammasso di pelo arruffato lì".

Mi volto e l'ammasso di pelo è Giorgio Barani che mi guarda sorridendo.

L'enorme sagoma di padre Giorgio emerge da dietro alla siepe del giardino con la barba e i capelli pieni di foglioline.

"Giorgio, volevi farmi un agguato?" gli dico chiedendomi quanto abbia visto della mia scena triste con la civetta.

"Ma no, mi sono accorto ora che c'eri. Sto montando una gattaiola qui nel muretto. Metti che il cane torni e trovi il cancello chiuso. Dalla gattaiola può entrare."

Di fianco al cespuglio c'è un mucchietto di calcinacci e l'inizio di quello che sarà il buco nel muro. Per terra è posata una gattaiola con lo sportellino.

"Non vorrei deluderti, ma il culotto del carlino di tuo padre non ci passa di sicuro."

Giorgio butta gli occhi sulla gattaiola e fa spallucce.

"Va be', poi finisco comunque, così entrano i gatti dei vicini. Sì, il muretto è basso ed entrano lo stesso..." si gratta la testa, "così sono più comodi... ho fatto una scemenza. Vieni in casa, dai."

Una volta dentro, riempie e mi porge un bicchiere d'acqua con le manone ancora sporche di terra mentre ce ne stiamo nella cucina dove al nostro primo incontro avevamo chiarito di essere in pace.

"Giorgio, cosa dice tuo fratello del fatto che in qualche giorno, qui hai messo su una confusione unica? Come fanno gli agenti che vi devono vendere la casa?" dico mentre sposto una maglietta e un gigantesco calzino da uno sgabello.

"Abbiamo fermato tutto. Andrea è molto veloce quando si tratta di gestioni burocratiche e riteneva la vendita di casa nostra qualcosa del genere. Ma adesso aspettiamo un po'. Avevi bisogno di qualcosa? Uh, ma sì, sei passata a ritirare altri due quaderni di mio padre, ho chiamato poco fa in agenzia lasciando un messaggio. Sono davvero vecchi, non so se possano tornare utili. Sei stata velocissima."

Colgo la palla al balzo e faccio sì con la testa mentre mi posa davanti quello che ha trovato.

"Grazie mille."

Vorrei raccontargli cosa abbiamo scoperto finora, ho paura che si ritrovi qui la Polizia pronta a dirgli cos'è successo a Luigi, ma anche come si era comportato con Cerri e Luisa, però è giusto attendere che ci sia più chiarezza. Chissà poi se un atto di corruzione e ricatto da parte di suo padre è qualcosa che lo stupirebbe veramente...

"Giorgio, posso chiederti una cosa molto personale?"

"Certo."

Guardo il suo faccione con gli occhi scuri scintillanti e per un istante comprendo quanta libertà delicata ci abbia trovato la mia analista.

"Non hai più cercato o chiamato tuo padre da quando sei andato via perché dopo la morte di tua madre, ci avevi litigato?"

"No, è solo che non ho mai pensato che anche lui potesse avere bisogno di me."

Su queste parole abbasso lo sguardo, mi sento vacillare e padre Giorgio se ne accorge subito. Se mi chiedesse qualcosa riuscirei a tirare su il mio muretto di scuse e difese, invece da bravo prete conosce anche lui la strategia dell'interrogatorio, mi guarda senza dire una parola e dunque sono spacciata.

"Dopo questa affermazione, sento che la mia vita privata ha fatto un'irruzione e mi sta prendendo a ciabattate."

Giorgio mi riempie nuovamente il bicchiere di acqua.

"Ti ringrazio, ma mi stanno venendo le ranocchie nella pancia. E a dire il vero per consolarmi dovresti mettere nel bicchiere un superalcolico, se non fosse che sono astemia e che tu sei un frate e far ubriacare il prossimo non credo sia previsto dalla dottrina."

Padre Giorgio fa una bella risata.

"Ti sembro uno che si attiene alla dottrina, io?!" dà una manata sul tavolo e poi dice: "Questa abitudine del bicchiere d'acqua sempre pieno l'ho presa da padre Juan, un frate comboniano che ho conosciuto in Sud America. Lui diceva sempre che quando parlava con qualcuno prima di tutto preparava due bicchieri belli pieni d'acqua. Questo perché quando l'altra persona non sapeva cosa dire, aveva l'alibi di fermarsi un attimo per bere e intanto pensare senza dare una risposta troppo emotiva. E a lui permetteva di ascoltare mandando giù dei bei rospi e spesso darsi il tempo di contare fino a dieci e non partire con degli sberloni."

"Uh, Giorgio Barani, non prendermi a sberle che, con le pale da forno che hai, alla prima vado giù stecchita!" preciso subito.

"Padre Juan mi ha insegnato parecchio. Lui accoglieva a parlare tutti, ma proprio tutti. Bicchieri d'acqua sempre belli pieni, e giù parole, giù sorsate. E, quando la gente andava via, lui andava dietro alla chiesa della missione e per un'ora o due spostava un mucchio di mattoni da una parte all'altra del cortile. Lo chiamava il mucchio della riflessione, spostare i mattoni non aveva un gran senso, ma aiutava l'animo."

"Chissà che bicipiti aveva, padre Juan."

"Due braccia così, Anna. Non ho i mattoni, ma se vuoi ti faccio spostare qualche mobile qui in casa."

"O mi fai finire di picconare il muro per costruire una gattaiola improbabile per cani."

Giorgio ride di nuovo di gusto.

"*Touché!*" e poi mi guarda senza parlare.

"Allora, non è che sono sempre poco professionale, Giorgio: è che la questione di tuo padre capita in un periodo difficile con il mio. Insomma, mai che con mio padre sia stata facile, però ora si è aggiunto un livello di complessità superiore legato alla sua malattia e non la sto vivendo benissimo."

"Vivere la malattia di un genitore non è mai semplice."

"Lo so, ho vissuto quella di mia madre, l'ho persa tanti anni fa. Ma, nel caso di mio padre, c'è che non so cosa sento. Vivo tutto come una grana, emotivamente mi sento arida. Non so se gli voglio bene e quindi penso di essere una persona orribile. Ecco, l'ho detto: sono una persona orribile. Poi sono anche orribile perché sono qui per lavorare e invece me ne sto con l'anima spalancata in lamentazione. E a questo proposito sappi che non puoi e non devi prendere questa come una confessione perché sono atea, ateissima. Che poi ho pure una sorella, che tu non sai cosa sta facendo con un prete…"

"No, con un prete no, dai, Anna."

"Sì, ma è un prete protestante. Si vogliono sposare, ma mio padre se sa questa cosa, malato o non malato, fa esplodere una guerra. Tra l'altro mia sorella si fa gli affari suoi da tutta la vita, passa da un uomo all'altro. No, non voglio dire che sia poco seria, è che cerca l'amore, ma quella è un'altra storia... ma vabbè, e adesso?! E adesso vuole sposare un prete protestante, andare in Inghilterra, poi forse… Giorgio, perché riempi di nuovo il bicchiere d'acqua?"

"Tranquilla, bevi un goccino."

"Sì," e bevo. "Che poi mio marito è offeso con me, ha le sue ragioni, però le ho anch'io. Cantoni dice che devo cambiare, ci provo e non mi crede nessuno. E non ho nemmeno una camicia bianca nel mio armadio. Ma ti rendi conto che a quarant'anni non ho una camicia bianca nell'armadio?! C'è un problema, c'è!"

"Un goccino d'acqua ancora?"

"No, grazie. Sarei a posto così."

"Allora andiamo fuori a picconare il muretto."

"Mi pare una buona idea. Però tu dimmi, hai una qualche idea del perché tuo padre avesse deciso di fare delle donazioni?"

"No, Anna. Come ti dicevo era una persona che dava poco peso al denaro."

E ci ritroviamo in giardino, dove so che la civetta ci tiene d'occhio, brutti come siamo.

"Prendi questa piccozza, tu colpisci qui dove ho già cominciato a fare il buco."

"Non vuoi piccozzare tu?"

"No, no, io intanto sposto questi sassi."

"Bene. Ma mi dicevi di tuo padre…"

"Eh, dicevo che era una persona non legata ai soldi, che se aveva da finire qualcosa ci dava dentro finché poteva."

"Da quello che mi è parso di capire l'anima delicata, generosa e attenta era tua madre, anche se molto lucida."

Giorgio posa un grosso sasso decorativo che sta trasportando da un angolo all'altro del giardino, e ci pensa un attimo prima di rispondere.

"Mia madre era una persona molto pragmatica, sai? Gentile, delicata all'apparenza, ma il cuore tenero di famiglia era mio padre, lo è sempre stato. Loro avevano questo gioco delle parti con noi figli. Sai che questa chiarezza l'ho raggiunta da adulto? Forse quando ero già frate."

"Io invece credo di non prendere una cantonata sui miei genitori... cioè mia madre era una persona elegante, come la tua, ma piena di gioia, luminosa. Mio padre no, accetta solo quello che vuole lui, noi figlie siamo una seccatura a meno che non gli diamo soddisfazioni spendibili in pubblico... Giorgio, e quel sasso lì dove lo sposti?"

"Qua, di lato. Tu piccona intanto."

"Sì. Ma torniamo ai tuoi. Si amavano, almeno questo pensi fosse così?"

"Mio padre adorava mia madre, l'ha adorata fino al suo ultimo respiro. La loro è stata una storia di riscatto, ma lui non ha mai smesso di guardarla come se fosse un sogno. Mia madre era più insondabile, ma alla fine anche lei ha rotto con la sua famiglia pur di sposarlo."

"Poi, se non sbaglio, c'è stata una riappacificazione."

"Sì, tutto era tornato più tranquillo e già quando eravamo molto piccoli la situazione si era calmata, tanto che abbiamo praticamente sempre vissuto con mia cugina come se fosse una sorella. Vuoi anche una mazzetta?"

"No, faccio benissimo con la piccozza che così ci metto più tempo e faccio più sana fatica inutile. Te l'ho detto che ho una sorella anch'io? Sì, quella che si sposa con il prete protestante, te l'ho detto... che poi il problema è che lui è proprio fico, il prete dico. E tra l'altro secondo me è l'uomo che va bene per lei anche se prima lo odiavo. Invece adesso no, però c'è che lei è incostante... ma torniamo agli affari tuoi. Forse tuo fratello ha qualche idea sulle donazioni, sul senso di colpa di tuo padre. Era qui, più vicino, magari..."

"No, non ne sa nulla, ne sono certo."

E figurati se Andrea Barani poteva sapere qualcosa che non

riguardi gli affari suoi. Mi vergogno subito del mio pensiero, ma evidentemente la mia faccia lo ha lasciato trasparire.

"Hai un'idea sbagliata di mio fratello, Anna." Giorgio viene a sedersi per terra, vicino a me. "So che può sembrare uno stronzo e un po' lo è, ma non è solo questo. Fin da piccolo ha avuto dei grossi problemi alla vista e un forte diabete, nostra madre si è dovuta concentrare parecchio su di lui, sui ricoveri interminabili in ospedale. Ma lei non era fatta per questo tipo di cura e la sua fatica si percepiva. Io crescevo sano come un pesce, Andrea e io abbiamo due anni di differenza e sembrava ce ne fossero sei. Poi è arrivata l'adolescenza e ho cominciato a fare il cretino. Lui ce la metteva tutta per sopravvivere fra iniezioni di insulina, sovrappeso e prese in giro per gli occhiali spessi e scuri. Io invece ho deciso di cominciare a prosciugare le riserve di energia e pazienza dei miei, così lui si è trovato ad affrontare tutto molto da solo, e poi ci ha fatto l'abitudine."

"Non sapevo, Giorgio..."

"Questa è la questione, Anna. Che degli altri non sappiamo mai abbastanza, però attacchiamo le nostre etichette comunque. Non lo fai solo tu, lo facciamo tutti. Non che le motivazioni che si sviluppano in infanzia giustifichino l'atteggiamento di mio fratello o gli sbagli miei, però comprendere ci aiuta ad affrontare il mondo in maniera più costruttiva, non pensi?"

Annuisco e poso per terra la piccozza da giardino.

"In più, mentre io affinavo sempre nuove tecniche per rovinarmi la vita, sui miei è piombata anche la situazione di Adina. Mia madre con la sorella che si spegneva, una ragazzina che si aggirava per casa nostra come uno spettro, e che mi seguiva vedendo in me il cugino grande, sorridente e giocoso."

Andrea era quindi rimasto sempre e comunque l'ultimo della fila, a crescere facendo tutto come si doveva, a ubbidire, a cercare di pagare il debito di essere stato un bambino malato e fragile. Con un fratello che tutti amavano, bello, affascinante, travagliato e allo stesso tempo cazzone oltre ogni limite e una cugina più piccola, ma che richiamava il senso del dovere dei coniugi Barani. E ora penso all'orologio con le cifre grandi, la sua fretta, il suo fissarlo in continuazione. Sì, il lavoro, ma forse anche l'abitudine per i farmaci, la consapevolezza indurita di un uomo che, se crolla, non avrà nessuno a tenerlo su.

"Giorgio, mi dispiace sia stata difficile."

"Mah. Era difficile per tutti gli altri, non per me. Andrea combatteva per restare al mondo senza essere rigettato, Adina si aggrappava dove poteva, mia madre faceva quello che doveva in famiglia, mio padre quello che doveva al lavoro. Io non ero un combattente come loro, cedevo e mi arrendevo a qualsiasi esigenza del momento, poi qualcuno mi veniva a salvare e il bello era che credevo di non voler essere salvato. Anna, non hai idea di quanto delusi Ada la prima volta in cui tentai il suicidio. L'avevo illusa, l'avevo presa in giro con tutta quella felicità finta ed ero trasparente solo perché ero di vetro."

"E i tuoi genitori?"

"Colonne apparentemente incrollabili. Sempre uniti nella loro spartizione netta dei compiti e delle responsabilità. Ignorarono così tanto Andrea che quando si ricordarono di lui, l'unico pensiero fu il sollievo per il fatto che se la fosse cavata da solo. Mettevano tutte le pezze necessarie per tappare le falle potenzialmente devastanti nella vita di Ada. E poi c'ero io a vivacizzare tutto, finché non pensai di andare in una missione per tre mesi e tornai deciso a farmi frate. Tollerarono meno quella scelta che non il fatto che mi facessi di coca e acidi o avessi tentato di tagliarmi le vene. Per mia madre un tentativo di suicidio era un intoppo superabile, potevo riprendere la retta via che nella sua visione era quella di finire di studiare, lavorare nella ditta, sposarmi e avere figli. Ma il fatto di farmi frate era un sigillo su qualsiasi progetto differente. Lei ne soffrì molto, mio padre non se ne capacitò per anni e divenni un estraneo che aveva fatto una scelta incomprensibile."

"E Andrea?"

"E Andrea fu l'unico che con tranquillità mi disse: 'Fa' un po' come ti pare'. E me lo disse sinceramente. Pochi fronzoli, poca affettuosità, forse anche poco affetto. Però, come se l'era alla fine cavata lui, riconosceva il mio diritto a cavarmela a mia volta e con i miei modi. Anna, Andrea non giudica. Gli stiamo sulle palle tutti indistintamente e forse ha anche le sue buone ragioni, vive come può e lascia vivere, senza ipocrisie."

Io invece l'ho giudicato fin dall'inizio.

"Partii e, quando tornavo, Andrea faceva sempre di più la sua vita, Ada diventava una professionista affermata e mio padre era oppresso dagli obblighi dirigenziali. Mia madre era impegnata in associazionismi di varia natura e, se chiedevano di me, diceva solo che lavoravo all'estero. Poi, proprio quando l'azienda è stata venduta, mia madre si è ammalata ed è morta in pochi mesi."

"Riuscisti a stare con i tuoi in quel periodo?" chiedo.

"Solo gli ultimi giorni. I miei decisero di non dirci nulla. Non a me, non ad Andrea. A Ada fecero promettere di stare zitta e, quando lo sapemmo, mia madre era entrata in coma e mio padre era un uomo chiuso nel silenzio. Non perdonai mai i miei di averci voluti proteggere togliendoci l'opportunità di esserci quando avevano bisogno."

E nella mia situazione? Esserci per mio padre. Un dovere, ma forse anche un'opportunità...

Giorgio si alza, poi va a spostare un'altra roccia ornamentale lasciando nuda la terra nera sotto di essa a segnare la sua impronta nel prato. Forse anche noi siamo così come i sassi, mostriamo cosa teniamo nascosto solo quando scompariamo. Resta un'impronta, poi svanisce perfino lei in questo continuo movimento che non rende nessuno indispensabile ed eterno, ma tutti importanti, anzi inesorabilmente decisivi.

"Anna, non so quali sensi di colpa avesse mio padre, ma aveva deciso di scontarli con le sue donazioni. Non voleva assoluzioni, voleva fare tutto ciò che poteva nel tempo che gli era rimasto," e mi fa un sorriso che in mezzo a quell'ammasso di barba e capelli ha la trasparenza di quello del ragazzino sfuocato nelle foto.

"In questo periodo sto scoprendo un po' troppi preti che smontano i miei preconcetti e questo non va bene per niente. La prossima volta che ci vediamo cerca di starmi un tantino più antipatico," gli dico.

"Farò del mio meglio."

"Ah, e una domanda: adesso tutti quei sassoni ornamentali che hai spostato dove li piazzi?"

"Li rimetto tutti al loro posto, ovviamente."

Scoppio a ridere.

"Grazie per non avermi presa a pugni, padre Barani."

"Grazie per aver bevuto tanta acqua, Anna."

Mi alzo: Giorgio poi rimetterà a posto i sassi che ha spostato, ma quello che ho smosso io dentro di me non intendo rimetterlo più là dove stava malamente incastrato. Rientriamo in cucina dove ho abbandonato la borsa.

"Giorgio, la tua cucina è un porcile: chiama la signora Oxana, lei voleva bene a tuo padre e credo possa anche raccontarti tante cose di lui. Sarà felice di tornare e darti una mano. E poi, se e quando ritroveremo il cagnetto brutto, convinci il signor Piero a non prenderlo con sé e regalalo a lei. Gli vuole bene, ne sarebbe felice e se lo merita."

Barani mi fa un cenno di assenso con il testone, poi, mentre armeggia con i cassetti della cucina alla ricerca di un foglietto, urta contro la porta del frigo e le cartoline che vi erano attaccate con delle calamite volano tutte per terra. Mi chino insieme a lui per raccoglierle: provengono da città italiane e capitali europee. Tutte sono firmate "M", Marta Sacchetti, e hanno un timbro di spedizione risalente all'ultimo anno, quando lei era già scomparsa per i suoi genitori. Quella più recente, datata fine aprile, viene da Amsterdam.

45.

"Marta Sacchetti è sempre rimasta in contatto con Luigi Barani gli mandava delle cartoline per fargli sapere che era viva e stava bene. Vista la coincidenza delle date fra cartolina e giorno di ingaggio dell'Agenzia AGS da parte di Piero, Luigi deve averlo avvisato quando è arrivata l'ultima cartolina, quella da Amsterdam. Quindi Piero ci ha mentito dicendoci che non lo sentiva né vedeva da tempo," dico mentre Cantoni tiene gli occhi fissi sulla strada e guida veloce, a un soffio dai limiti di velocità.

Quando parcheggiamo di fronte al cancello di casa Sacchetti, suoniamo ripetutamente, ma il citofono non dà risposta.

"Cantoni, Piero sarà dentro e non ci apre?" Mentre lui osserva pensieroso la cancellata, faccio qualche passo lungo il muro di cinta, sento sotto ai piedi la risposta dura della terra asciutta.

Emergono solo le chiome degli alberi, mentre fuori non c'è nulla se non qualche cespuglio e un ceppo, residuo di una pianta tagliata forse per evitare qualsiasi appiglio o punto di arrampicata.

Nel campo, fra l'erba fanno capolino con le loro lunghe orecchie due lepri che ci tengono sotto osservazione.

Provo a chiamarle, ma una fugge, l'altra si allontana di qualche balzo, poi però si volta verso di noi e inizia ad annusare l'aria nervosamente.

"Leprotto, non voglio farti del male. Guarda," alzo le mani per fargli vedere che sono disarmata e per sicurezza alza le mani anche Cantoni che nel frattempo ha abbandonato il cancello e mi è arrivato di fianco. "Voglio solo chiederti qualcosa, non sono una mangialeprotti, giuro."

"Eh, bella forza non sei una mangialeprotti. Voi ci ammazzate anche solo per divertimento, ci ammazzate."

"Non sono armata," e alzo di più le mani aperte, sgomitando anche Cantoni perché sia più convincente nel suo dimostrarsi inoffensivo.

"Anna..."

"Taci un attimo, Cantoni."

La lepre continua a fissarci pronta allo scatto.

"Mica ci sparate e basta. Ci investite pure apposta, ci investite!"

"Non lo farei mai e poi siamo a piedi," provo a rassicurarla.

"Ci mettete le tagliole, ci mettete."

A quel punto abbasso le mani. Come si fa a rassicurare una bestiola che ha ragione ad avere paura? Non di me, no, ma poco conta. C'è chi fa della paura la sua unica strategia per sperare di sopravvivere e avrei bisogno di molto tempo per dimostrare che non le voglio fare del male. Cantoni nel dubbio resta con le mani in alto e un'espressione smarrita.

"Lepre, davvero scusaci per tutto questo. Comprendo il tuo timore. Non mi avvicino, voglio però solo chiederti se sai se lungo questa recinzione ci sia un punto dal quale sia possibile entrare."

La lepre resta immobile, poi muove appena un orecchio, si tocca il muso con una zampa. È indecisa.

"Certo che c'è," dice infine, poi saltella voltandosi ogni tanto per controllare che io la segua, ma restando a debita distanza.

Arriva davanti a un tratto di muro identico a quello che ho costeggiato fino adesso.

Sono confusa. "Perdonami, ma non vedo un'apertura..."

"Hai chiesto da dove si potesse entrare. Voi da qui non potete, ma io sì." Allora noto che ai piedi del muro, di fianco a lei, c'è una buca.

"Amica mia," chiedo, "puoi andare dall'altra parte e dirmi se vedi l'uomo che abita qui?". Non faccio in tempo a darle qualche elemento in merito che la lepre scompare nel buco. Resto esattamente dove sono perché non vorrei che uscendo si spaventasse e faccio cenno a Cantoni di rimanere immobile.

Poco dopo rispuntano le orecchie della lepre che con un balzo si tuffa nuovamente nel prato.

"L'uomo c'è." Si ferma in piedi su due zampe muovendo velocissima la punta del naso. "È seduto sui gradini del porticato e tiene in mano una scatola. Però la vedo grigia perché ha una trappola di corda appesa di fianco."

"Cantoni, la lepre dice che Pierone è sotto al porticato con di fianco una trappola di corda."

"Anna, trappola di corda... un cappio pronto," esclama. La lepre intanto si allontana saltellando.

"Grazie di cuore: con tutte le cose orribili che vi facciamo, ci hai aiutati comunque," le dico.

Lei si ferma, poi si volta e si mette di nuovo su due zampe.

"Certo che vi ho aiutato. Voi sarete quelli che siete, ma io sono quello che sono io, ossia una leprotta coraggiosa e gentile." E detto questo parte scomparendo nella macchia che contorna i campi. Vorrei avere quello stesso coraggio di essere belli in maniera leprottesca, un coraggio che invece mi manca, soprattutto per affrontare ciò che ci attende.

"Dobbiamo entrare subito," esclama Cantoni.

Torniamo di corsa al cancello, Cantoni senza una parola apre il bagagliaio dell'auto, scarica una valigetta degli attrezzi. Ecco cos'era quel suo fissare la serratura, la stava studiando e lei in meno di un minuto fa uno scatto e cede.

Piero è seduto sui gradini del porticato esattamente dove ha riferito la lepre. Di fianco alla casa, la macchinetta scassata, indecente e perfino più brutta della mia per la vecchia civetta, così come indecente per lei era Piero quando lo vide nei suoi abiti da orto, gli stessi che porta addosso da quando ci siamo visti e che probabilmente non erano migliori quando venne da Barani la notte nella quale si impiccò.

Da una delle travi esterne del portico pende una corda con un cappio pronto. Sotto di essa, uno sgabello da scalciare.

Piero si è accorto che abbiamo aperto il cancello e siamo all'ingresso, ma continua a non guardare verso di noi. Si alza lento tenendo stretta fra le mani la scatola con le buste piene di foto di Marta e, dopo averla posata con cura sul tavolino, si avvicina alla corda e allo sgabello.

Cantoni e io ci blocchiamo. Grido: "Piero, fermo, la prego!".

Mi ignora, sale sullo sgabello e infila la testa nel cappio. Sa che se dà il calcio, per quanto corressimo per sostenerlo dal vuoto, non potremmo percorrere il viale che separa il cancello dal porticato prima che la corda non spezzi il suo collo.

"Piero, posso avvicinarmi?"

Fa cenno di no, lo sgabello trema sotto i suoi piedi incerti.

Non mi volto, Cantoni ha deciso di lasciarmi fare sennò mi avrebbe già fermata.

A passi lenti, scivolo lungo il viale.

Piero non dice nulla, poi urla: "No!" e allora mi blocco. Non sono neanche a metà strada.

"Oggi è il compleanno di Marta, vero?" cerco di prendere tempo. "Quanti anni compie?"

"Ventuno," leggo quasi solo il labiale a distanza mentre non stacco gli occhi da lui.

"Cosa c'è nella scatola, Piero? C'è qualcosa che vuole che diamo a qualcuno? A Marta quando tornerà?" continuo, poi accenno a un passo, ma mi fermo ancora perché lui minaccia di nuovo il calcio allo sgabello.

"Ci sono tutte le sue foto, tutte le sue foto da quando è nata," risponde in un sussurro.

Scorgo un paio di occhiali gettato nel prato: sono quelli che Piero, quando è stato da Luigi, ha scambiato con i suoi per errore. Qualche giorno fa con quelle lenti sbagliate non poteva nemmeno leggere le parole scritte in grosso sulle buste con le foto di Marta, e mi ha chiesto aiuto. Ora, come ultimo desiderio, voleva guardare le foto di sua figlia, ma non riuscendoci ha scagliato via con rabbia quegli occhiali non suoi, quell'ultimo dispetto di Luigi.

"Ha una figlia bellissima, Piero," non so come tenerlo fermo se non ancorandolo al ricordo più pesante che ha, proprio quello per il quale vuole farla finita.

"Era bellissima, sì," dice con un verso di pancia. Era bellissima... era.

"Marta c'è ancora, anche se non sappiamo dove sia. E ha ancora bisogno di suo padre," tento, mentre avanzo di qualche passo, ma lo spazio e il tempo non hanno più significato, esiste solo un filo che va da me a lui in piedi sullo sgabello.

"Marta è morta, non c'è più la mia Marta!"

"Perché dice così?" e provo a scivolare ancora appena avanti.

"Perché è così e basta!"

Si sta chiudendo. Anna, pensa! Anna, pensa pensa pensa!

"Piero, se lei muore non darà giustizia a sua figlia, deve dirci cos'è successo."

"Non le posso dare giustizia, non ci riesco! Ora i figli di quella maledetta porteranno a termine la sala e tutta la città continuerà a osannarla. Ma almeno lui l'ho sistemato, è morto male, io l'ho fatto morire male!" urla.

"Piero, deve restare per raccontare la verità," dico e, per un istante, lui posa gli occhi nella mia direzione. E a me viene un dubbio che si trasforma in un attimo di devastante chiarezza. "Diremo a tutti cos'aveva fatto Luigi Barani, diremo che sapeva dove si trovava Marta e che non lo aveva detto a suo padre."

"E io che ero andato da lui per svelargli che cosa stava per accadere alla sua ditta, per dirgli che lo avrei affiancato se avesse voluto far qualcosa per fermare tutto... Ma lui mi ha fatto entrare in cucina e lì, nella posta appena arrivata e appoggiata sul tavolo ho visto la cartolina da Amsterdam, poi quelle sul frigo."

"Le cartoline di Marta."

"Sì, quelle che lei gli spediva mentre io e sua madre... Sa cos'è il terrore e la speranza a ogni suono del telefono? Lo sa? E lui ci ha lasciati in quello stato per due anni."

Alza gli occhi su di me, di nuovo solo il buio di una disperazione sconfinata.

"Barani, ritenendola uno dei responsabili della morte di sua moglie, voleva vendicarsi così, vero Piero?"

"Sì... Mi guardava con occhi cattivi mentre mi mostrava lui stesso le cartoline, e ho capito che aveva fomentato la mia Marta, lui l'aveva aizzata contro di me fino a farla andare via! Sono uscito da quella casa, l'ultima cartolina era da Amsterdam, ho trovato chi poteva cercare la mia bambina e appena ho potuto sono partito anch'io. E là, in un obitorio, ho visto il suo cadavere, irriconoscibile. L'avevano trovata impiccata da almeno venti giorni in un capannone abbandonato."

L'aria è ferma, so che non posso fare un solo passo senza che lui blocchi il suo racconto. Dove sei, Cantoni? Dove ti sei cacciato?

"Quando è rientrato in Italia, è andato da Luigi Barani e gli ha detto di Marta, vero?" continuo tentando di fare ancora qualche passo verso di lui.

"Mi ha lasciato entrare in casa sua con quel mezzo sorriso sulla faccia. Certo che gli ho detto di Marta." Piero fa una risata secca, amarissima. "Ha blaterato che non era colpa sua se mia figlia si era ammazzata. Della mia bambina non gliene importava nulla, l'aveva usata solo contro di me. Lui, il grande Luigi Barani, quello che avevo difeso e protetto e che mi aveva distrutto la vita! Lui e quella strega maledetta di sua moglie!"

"Se non gli importava nulla di Marta, allora perché si è suicidato?" chiedo, e il volto di Piero si trasfigura in un ghigno.

"Oh, gli ho dato io una buona motivazione. Gli ho portato tante belle lettere e mail scritte da sua moglie."

Rachele Rustici, una santa per tutti, ma per i figli e la nipote una donna pragmatica, con un concetto rigido di dovere e una strenua determinazione.

"Piero, Rachele sapeva che voi avreste lasciato mano libera alla multinazionale..."

"Saperlo?" Piero di nuovo piega le labbra in una smorfia disgustata. "Macché morire per il dispiacere, aveva pianificato tutto Rachele. L'accordo con la multinazionale lo aveva fatto lei. I documenti gli hanno dimostrato che non siamo stati Tavelli, Porta e io a tradirlo. Rachele sapeva che Luigi non avrebbe mai venduto alla multinazionale temendo i contraccolpi sui dipendenti, allora si è inventata il contratto con le clausole che prevedevano che come garanti ci fossimo noi. Rachele non fece certo fatica a convincere Tavelli e Porta. Nel mio caso, mi convinse che era per il bene di Luigi ormai stanco e sfiancato dal lavoro, che poi tutto si sarebbe sistemato, che lui avrebbe capito, che era la scelta migliore per tutti e lui credette a quell'accordo fasullo."

"Per questo, quando è tornato da Amsterdam, per prima cosa ha rovinato la targa dello spazio estivo?"

Lui non risponde, è perso in un momento del passato, nell'attimo in cui la sua vendetta si è compiuta, eppure il suo mondo è rimasto in mille pezzi comunque.

"Quando Luigi ha visto chi lo aveva tradito, allora sì che tutto è crollato per lui," continuo cercando di riagganciare l'attenzione di Piero, che non sapeva di essere arrivato con la sua vendetta su un uomo già indebolito dalla mortificazione per la truffa di Cerri.

"Luigi è morto lì, quando ha saputo della sua Rachele, non quando si è appeso. Ma di appendersi gliel'ho detto io, perché se non moriva per il dispiacere per Marta, volevo che almeno crepasse come la mia bambina."

"E ora perché anche lei, Piero?" Lo so già il perché. Perché ha fatto tutto quello che poteva, che doveva, oggi è il compleanno di sua figlia, lui non vuole più nulla.

Piero resta attonito per un istante, poi si abbandona a un sospiro che sembra svuotarlo, infine scalcia lo sgabello. Le orecchie mi esplodono come per un urlo senza suono.

Ma Cantoni invece è lì. Non ho idea di come sia riuscito a passare senza attirare l'attenzione di Piero, ma lo afferra prima che i piedi siano nel vuoto e lo tiene su. Corro là anch'io, afferro una forbice da potatura da un secchio, sposto il tavolo sotto al portico, ci monto sopra e comincio a tagliare la corda.

Non si taglia, non si taglia.

Cantoni continua a tenere su Piero che si ribella. E io fibra dopo fibra taglio e taglio.

La corda finalmente cede.

Piero scivola fra le braccia di Cantoni che lo blocca per terra mentre urla e piange così forte che il suo dolore spacca l'aria.

Mentre Cantoni lo immobilizza, io barcollo giù dal porticato e, dopo qualche passo nel viale, crollo sulle gambe in una nuvola di polvere.

E mentre una parte di me si abbandona al sollievo, un'altra si accascia e si dice che no, Cantoni non ha salvato Piero.

Nessuno temo possa più fare niente per lui.

46.

"Quindi mo' Pierone sta ricoverato e guardato a vista."

"Eh, sì," rispondo a Tonino mentre accarezzo la testa di Otto sulla mia gamba e intanto gratto Bergerac dietro l'orecchio pur di farlo tacere.

"Ma quindi non c'entrava nulla tutta la questione della ditta Barani e nemmeno gli affari loschi di Cerri."

"No," risponde Cantoni. "E se le forze dell'ordine avessero approfondito, restando sulla questione economica non avrebbero scoperto nulla. Alla fine il tuo carlino è stato essenziale, Anna. Quando Carl ha saputo che Piero lo voleva con sé, ha avuto paura che fosse per eliminare il testimone e quindi è fuggito più per quello che per non farsi castrare."

Sospiro. Chissà che fine ha fatto Carl. Non credo che Piero volesse toglierlo di mezzo, non si era accorto che il cane lo aveva visto. Chissà, forse voleva indietro anche quell'ultimo ricordo di Marta, quel dono che era certo che i Barani non meritassero.

Suona il campanello, Tonino apre la porta ed entrano Alessandro e Luca.

Li guardo stupefatta, non mi aspettavo venissero qui.

Alessandro mi abbraccia, mi bacia la fronte, proprio là dove ho ancora la cicatrice regalatami dalla mia imprudenza, mentre Luca comincia a trotterellare per la stanza con Otto e Bergerac che a quanto pare è poeta e introspettivo, ma con i bambini si stupidizza con una certa rapidità.

"Quanto testosterone in questa stanza!" commento guardando tutta la maschianza che mi circonda, in realtà per mascherare il mio imbarazzo. "Devo riportare qui le tartarughe per ripristinare un minimo di quote rosa."

"Non ti azzardare," mi ferma Cantoni mentre Alessandro si siede di fianco a me e mi osserva, forse per controllare che io non abbia ferite da arma da fuoco delle quali non si è accorto a una prima occhiata.

"Allora, spiegatemi, che al telefono non ho capito niente di quello che Anna mi ha detto."

"Quando Anna parla non si capisce quasi mai niente, Alessandro, è normale," risponde Cantoni. "Lo spazio espositivo dedicato alla signora Rachele era l'unico progetto per il quale Luigi restava in vita. Già indebolito dalle mortificazioni incassate da Cerri, quando ha scoperto ciò che aveva fatto sua moglie e quanto era successo a Marta, Luigi non ha detto di no alla corda che Piero gli porgeva."

Io non rispondo alla frecciata di Cantoni. Sono troppo stanca e ancora attonita per la presenza di mio marito e mio figlio.

"Secondo voi, Barani si lasciò davvero prendere in giro? Non è che quelle donazioni che stava facendo erano per i sensi di colpa per questa storia?" chiede Tonino.

"Temo che non immaginasse proprio nulla. Rachele, sia secondo Giorgio che per la nipote Ada, era scaltra e manipolatrice. Luigi si sentiva davvero in colpa per com'era andata la ditta con la nuova dirigenza. Non solo: la morte di Rachele, per lui e per tutti, era dovuta alla sofferenza per quanto era successo. Da un lato cercò di espiare il senso di colpa con le donazioni, ma da un altro crebbero anche il malessere e la rabbia per quanto accaduto, così che Luigi cominciò a vendicarsi accaparrandosi l'affetto di Marta, una ragazza già fragile di suo, allontanandola sempre di più da suo padre."

"E Piero perché non reagì a suo tempo, quando tutta la città se l'era presa con lui e la sua famiglia? Perché non rivelò allora la verità?" chiede Alessandro incuriosito.

"Non lo vedo il tipo, Alessa'," risponde Tonino. "Tutti lo descrivono come un uomo leale, non si sentì di fare il bastardo quando era pure morta la moglie di Luigi. E poi credeva davvero d'aver fatto la cosa giusta per l'uomo che era stato il suo benefattore."

"Finché non ha scoperto sulla pelle sua e di sua figlia che Luigi era a suo modo un mostro."

"Una cosa non capisco, però." Alessandro ormai è dentro al caso. "Perché Piero è così convinto che sua figlia sia morta? Ci si aggrappa a qualsiasi appiglio pur di ritenere ancora in vita chi si ama."

"Ci ha chiamato poco fa Paolo di AGS. I suoi colleghi dicono che Piero si era convinto che uno dei corpi in obitorio appartenesse a Marta, si era incaponito su un ciondolino fra le cose che le erano state trovate addosso e pareva sicuro fosse di sua figlia," risponde Tonino. "Il coroner gli aveva detto, viste le condizioni del cadavere, che l'unico modo per confermare la cosa sarebbe stato l'esame del DNA. Piero ha detto che si sarebbe fatto risentire e non lo ha più fatto. Era convinto e perso nel suo delirio, se n'è tornato in Italia senza avvisare."

"E nessuno si è accorto di come stava quest'uomo quando è rientrato?!"

"No, Alessandro. Piero ormai era un uomo solo, come e più di Luigi Barani. Tornato in Italia, prima è andato di fronte al cantiere e ha colpito la targa dedicata a Rachele con quello che aveva in macchina, una piccozza rossa del suo set di strumenti da giardinaggio. Gliel'abbiamo trovata in auto: era proprio quella che ha lasciato strisciate di vernice sull'incisione, ma che di sera, alla luce dei lampioni ho visto come grigio scure e non mi hanno fatto collegare l'evento a Piero. Poi, qualche giorno dopo lui si è recato da Barani sapendo esattamente cosa fare."

"E quando Barani si è impiccato, Piero è rimasto a lungo nella stanza con il corpo dondolante," prosegue Cantoni. "Poi, confuso, ha deciso di andarsene, ma ha lasciato i suoi occhiali, prendendo per errore quelli di Luigi."

"Ed è partito con la sua auto malconcia sotto gli occhi della vecchia civetta."

Luca passa di corsa seguito dai due cani, che nello spazio esiguo sbattono ovunque, ma non se ne preoccupano.

"Io voglio bene a mamma e papà!" e dà un bacio prima a me e poi ad Alessandro.

"E ché, piccirill', neanche un'abbracciatona a zio Tonino?!" e allora Luca si tuffa fra le braccia di Tonino che lo avvolge mentre Otto cerca di partecipare alla coccola schiaffeggiando con la coda il muso di Bergerac che nel frattempo si è messo ad ascoltarci attento.

"Perdonate l'interruzione," interviene infatti con un guaito commosso. "Questa storia mi sconvolge, amicizia, amore e morte… posso comporre un sonetto?"

"No," rispondo, ma mi accorgo che gli umani presenti non capiscono il senso della mia perentoria negazione, allora indico il cane e Cantoni mi scarica addosso un'espressione sfiancata.

"Alessandro, come mai sei qui?" chiedo per deviare l'attenzione.

"Mi hanno chiamato Cantoni e Tonino," e fa un cenno verso di loro. "Mi hanno detto che sei stata brava, giudiziosa, prudente, ma anche coraggiosa."

Inchiodo Cantoni con uno sguardo scintillante e un sorriso mentre sento che mi sto gonfiando come un pallone aerostatico.

"Queste cose le ha dette Tonino, ovviamente, non io," chiarisce Cantoni. "E ora ve ne andate a casa. Anche tu Tonino, dai. Forza, fuori dai piedi. Luca, vuoi restare tu un pochino con zio Giovanni?"

"Eh no, che poi mi restituisci il figlio insieme al cane poeta," dico prima che accada qualcosa che ho già visto succedere con le tartarughe.

Cantoni ridacchia mentre andiamo verso la porta per abbandonarlo alle sue scartoffie con Otto e Bergerac a supporto.

E in quel momento Bergerac mugugna un: "Di grazia, giacché l'arte resta indomita urgenza, per cui prevedo di comporre un'opera intera su codesta storia tremenda, posso chiedervi che strana foggia di canide sia il carlino del quale tanto parlate? E come mai depallizzare un povero testimone? Come potete pretendere collaborazione con codeste brutali maniere?".

"Bergerac, è una storia un po' lunga, te la spiego domani," dico spingendo Luca fuori della porta. "Ma il carlino è un cagnetto di razza, piccolo, tozzo, con il muso schiacciato e la coda arricciata."

"Vi levate dai piedi?" sbuffa Cantoni.

"Ah, un cane come quello che è arrivato da qualche giorno in fattoria dalla Brunetta," continua Bergerac.

Torno dentro. "Fermi tutti, Bergerac, dov'è questo cagnetto di cui parli? Ragazzi, sapete dove si trovi la fattoria dalla Brunetta?" Ora tutti gli umani hanno la mia attenzione, ma dai loro occhi capisco che il luogo è sconosciuto.

"Ma no, la Brunetta è una mucca mia amica." Bergerac ha capito di avere la situazione in pugno e si siede tutto compunto. "Poco prima di essere incidentato, parlando con lei al suo recinto... lei sì che ama le poesie, compongo anche haiku stupendi."

"Bergerac, parla."

"Insomma, la Brunetta mi ha detto che era arrivato un coso che non capiva se fosse un gatto o un porcellino, però abbaiava e poco dopo ha iniziato ad avere uno strano interesse per le galline. Comunque fino a qualche giorno fa era là, l'ho anche conosciuto. Ha l'aria del rocker maledetto, penso anche che si droghi."

"È Carl, senza dubbio! Cantoni, è Carl! Dov'è questo posto, Bergerac?"

"La fattoria della Brunetta è conosciutissima. Si chiama Agriqualcosa dei tre pini."

"Agriturismo dei Tre Pini, Cantoni!"

"So dov'è," dice lui saltando in piedi, ma mentre sto per dire che vado anch'io mi ferma. "No, Anna. Ci vado da solo. Alessandro, levami tua moglie di torno. Vedrai che recupero Carl".

Perché io no?!

Scendiamo in strada e, mentre Cantoni scompare in fretta in direzione della sua macchina, Tonino continua a tenere per mano Luca che trotterella allegro al suo fianco. Sono perplessa, ma lo divento anche di più quando arriviamo di fianco alla mia auto perché il gigante e il nanetto non si fermano.

"Un momento, Tonino, dove andate?"

"Stasera quei due restano insieme." Alessandro e Tonino si sorridono e Luca mi fa ciao con la manina.

"Questa sera zio Tonino ti fa assaggiare un panino che è una bomba proprio!"

"Tì!" esclama entusiasta Luca. Ma cosa succede? Cos'è questa storia? Ma come, bambino mio?! Niente mamma con te e non ti disperi, neanche una scenata? Sento il mio istinto mammesco emergere in mezzo a terrorifiche immagini di un bambino che viene divorato da due fette di pane con in mezzo mortadellacremadicioccolotamaionesevitellotonnatosalsatartara.

"Ciao Tonino, grazie. Passiamo a casa tua stasera per le dieci." È la voce di Alessandro e mi volto verso di lui stranita. "Adesso io e te andiamo a cena fuori, che ne dici, moglie?"

Resto un attimo senza parole.

"Ale, sai che in vent'anni che ci conosciamo tu non hai mai fatto una cosa del genere, vero?"

"Lo so, ma in questa famiglia non crederai di essere capace di cambiare solo tu," e poi mi sorride mentre mi apre la portiera.

47.

Appena fermiamo l'auto e gli apriamo, Carl scende e si mette a correre in quella sua maniera bislacca e sfasata verso la panchina.

Un giorno, solo un giorno c'è voluto dopo aver risolto il caso perché lui si facesse scovare.

Cane dispettoso perfino nel suo tempismo, determinato a essere fastidioso e inutile a prescindere da tutto e tutti. E invece sono così contenta di averlo ritrovato.

Quando Cantoni è andato all'Agriturismo dei Tre Pini, Carl non c'era, ma i proprietari gli hanno confermato che in quei giorni un cane strano gironzolava fra la stalla e il cortile, molestava le galline e si innamorava delle mucche che brucavano nel prato. Mangiava un po' di pastone per i gatti che irritati lo sgraffignavano e finiva per nascondersi nel fienile. Sul fatto che quella strana bestia fosse un carlino però erano dubbiosi.

Il giorno dopo Cantoni e io siamo tornati all'agriturismo e abbiamo capito il perché. Appostati dietro un muro, abbiamo atteso che la signora posasse la pentolina con il cibo per i gatti e poco dopo è spuntato dal nulla un blocco semovente di terra ed erba: Carl era talmente coperto di fango e foglie da aver perso la sua già originale forma.

Come ci ha visti ha sbarrato gli occhi, ma rassicurato subito sul fatto che tutto era stato risolto, che nessuno gli avrebbe fatto del male o tolto pezzi dell'armamentario, si è accasciato per terra rilassato, quasi svenuto. La vita da fuggiasco non faceva proprio per lui.

"Carl, ma come sei conciato?"

"Cosa ridi, donna?! Ero perfettamente mimetizzato. E poi sono finito in una pozzanghera, sabbie mobili praticamente. Poi la vita, le intemperie, le foglie, la ghiaia..."

"Puzzi di sterco."

"Le mucche se le guardi da dietro e non ti sposti in tempo..."

Insomma, Carl una volta recuperato da noi si è fatto lavare, pulire, coccolare e non vedeva l'ora di tornare agli agi della vita d'appartamento. Era magro e provato, ma vivo.

Carl aveva visto poche volte Piero, ma abbastanza da riconoscerlo la sera della morte di Barani e, quando aveva sentito che Andrea Barani parlava al telefono proprio con lui e aveva capito che voleva venirlo a prendere programmando anche una subitanea castrazione, aveva avuto una crisi di panico ed era fuggito. O meglio, aveva cercato di raggiungere la casa di Oxana finendo presto per perdersi per le campagne e nascondersi nel primo posto dove si aggiravano umani fornitori di cibo. I proprietari dei Tre Pini, non seguendo TG locali né leggendo i periodici cittadini, non avevano visto i nostri disperati annunci di ricerca del cane. La palletta di terra con zampe così si aggirava da giorni per l'aia e provava a sopravvivere sfruttando la tipica, cruda accoglienza delle campagne dove ce n'è per tutti, ma ognuno si arrangia da sé.

Carl ora corre felice verso Oxana, in piedi di fianco alla sua signora Pina.

Mugola commosso, si rotola sulla pancia come un cucciolo e Oxana si inchina e lo accarezza sorridente: "Bimbo! Bimbo!".

Oxana sa già che potrà tenere Carl, l'abbiamo avvisata subito dopo il suo ritrovamento.

Restiamo lì a guardarli mentre si salutano, si cercano, si tengono vicini, si allontanano solo per la gioia di toccarsi di nuovo e sapersi insieme, e la signora Pina resta con i suoi occhi persi in un punto lontano, non si accorge di niente.

Oxana si tira su, ci fa un cenno di ringraziamento con la testa. Non c'è bisogno di altro.

Cantoni e io rispondiamo con un sorriso e stiamo per tornare alla macchina, quando la voce di Oxana si posa su di noi con un: "Signor Cantoni, tanti anni fa grazie per aver pagato l'affitto arretrato per me e per la mia vecchietta".

Cantoni resta immobile, non si volta. Poi fa un piccolo cenno con la mano e con la testa bassa continua a camminare verso la macchina.

Quando ripartiamo, Oxana ci saluta, poi inizia a spingere la sedia a rotelle di Pina verso casa con Carl che saltella felice e sembra quasi un cane normale.

Nel viaggio di ritorno, il silenzio fra me e Cantoni è un silenzio buono, denso.

Perché le parole riempiono vuoti, e invece entrambi sappiamo che ora tutto ciò che deve esserci semplicemente c'è.

48.

No, il cadavere della ragazza trovata in Olanda non era quello di Marta. Lo ha confermato l'analisi del DNA fatta grazie alla collaborazione di sua madre.

Marta chissà dov'è. C'è una parte di me che sogna che un giorno lei torni a casa, sappia come sono andate le cose, che suo padre ha fatto molti errori e mostruosità, ma non ha tradito i Barani, che per un qualche complicatissimo incastro del destino non è stata colpa sua, che lui così come lei sono stati vittime del loro senso di gratitudine. Immagino anche che lei vada a trovare suo padre, ma poi lì mi fermo.

Mi blocco per rispetto, per lasciare perfino nella mia mente che abbiano uno spazio e un tempo solo loro, non spazzato dai venti urlanti delle esigenze e delle bruttezze degli altri.

E poi penso ad altri figli o quasi figli che si trovano a fare i conti con realtà difficili. Cosa si muova dentro di loro non lo so e non ho il diritto di saperlo, però per ora Giorgio, Andrea Barani e Ada sembra che vogliano creare qualcosa di buono da questi cumuli di macerie. Hanno deciso di portare a termine lo spazio espositivo, ma di far sì che diventi un'officina per aiutare i giovani in difficoltà a esprimersi attraverso le arti più differenti. E ora che si prospetta la chiusura della Barani, è probabile che aumentino in città i ragazzi ai quali servirà un supporto per continuare a coltivare sogni e speranze. Ada darà il suo aiuto specialistico con la collaborazione di alcune colleghe, nonché della sua gatta – anche se lei di quest'ultima collaborazione non sa nulla. Padre Giorgio resterà per un po' nella giungla urbana in quanto saggia anima di frate, ma anche esperto massimo in minchiate giovanili. Non oso pensare ai bicchieri d'acqua che offrirà e a quanti giri faranno i sassi ornamentali del suo giardino. Andrea Barani se ne starà a Milano a fare l'Andrea Barani, ma è stato lui a proporre che la cifra che suo padre voleva devolvere in beneficenza, sia interamente investita per i ragazzi che usufruiranno della scuola e dei corsi presso la sala, una sala che per ora non sanno come chiamare.

Quanto a gusti, mettere insieme quelle tre teste così differenti la vedo dura, però ho chiesto al gatto del quartiere cosa ne pensa e lui ha proposto "La polpetta al sugo", "Per favore, il guanciale e non la pancetta", ma anche "Lo spazio diverso", una versione che sembra non dispiacere troppo a Giorgio, Andrea e Ada.

Per il resto infuria lo scandalo per l'indagine Rete di Ragno. Come previsto da Luisa, anche Cerri è in stato di fermo, ma tutta la città è ben più in fermento per la questione della ditta Barani e del suo previsto smantellamento. Saverio Conti ha reso nota la cosa alla stampa. Non avrebbe potuto per un obbligo legato al segreto aziendale, ma lo ha fatto comunque. Non ho idea di che danno questo gli comporterà, ma forse ha pensato che di silenzi ce n'erano stati già troppi e che esiste poco di peggio rispetto al fatto di convivere con il rimorso per tutta la vita che resta.

Plip plop di Cantoni.

– Cosa ci fa un mezzo cinghiale con il collare nel nostro ufficio? Vieni immediatamente a portartelo via!

Adesso, cinghiale… è un maiale nano vietnamita di poco più di sessanta chili, ancora un cucciolone e si chiama Quan.

La dirimpettaia della cugina della mia amica Simona si trasferisce all'estero e non può portarlo con sé. Non potevo lasciarlo a un destino di abbandono che nel caso di un suino poteva anche configurarsi in un futuro sotto forma di salume. E poi è solo questione di qualche giorno: non so perché, ma già me lo vedo sul divano di fianco ad Alberto il fisioterapista a bere birrette insieme e guardare il rugby alla tivvù.

I miei pensieri scivolano su onde fatte di voci di bambini: Luca corre nel giardino della scuola e lo osservo mentre non mi vede. Domani verrà a prenderlo il suo papà e io lavorerò più tranquillamente. Non ho nulla di particolare da fare, ma adesso Alessandro alcuni giorni alla settimana esce prima dall'ufficio.

È dura. È dura per lui abbandonare l'ottica per la quale se va a prendere suo figlio o si occupa di più delle incombenze famigliari non è per farmi una cortesia o perché è bravo e tale si sente, ma solo perché è naturale che sia così. Ed è dura per me non sentirmi in colpa quando lo fa, per le mille ragioni inconsce che l'ultramoderna donna di oggi porta con sé come retaggio millenario, così come mi è dura imparare a parlare al posto di trasformare il senso di oppressione in frecciate e ritorsioni.

Si possono creare equilibri, ma che il concetto di equilibrio non corrisponda a quello di equità è qualcosa di banale che a me, a noi, sfuggiva. Così ora siamo in un disequilibrio sofferto, ma ben più equo. Interiorizzeremo, forse non interiorizzeremo mai, ma intanto facciamo.

Oggi è il mio turno di andare a prendere Luca e lo spio anche se so che non dovrei.

Lui attraversa il prato, raccoglie un piccolo fiore.

Poi gli si avvicina una bambina con i capelli lunghi e castani, l'ho notata spesso. Si chiama Giada, Luca non la nomina mai. Luca a dir la verità non nomina mai nessuno, porta con sé le giornate di scuola senza raccontarmele, le fa semplicemente diventare occhi stanchi e malumore o sorrisi e allegria stupidina.

Giada prende la mano di Luca e si mettono a correre insieme verso una collinetta, fino ai piedi di un albero dove arriva anche un altro bambino e tutti e tre cominciano a scavare con dei bastoncini. Stanno lì, testa contro testa, concentrati con un unico scopo da portare a termine insieme nei dieci minuti che mancano all'uscita: liberare un sasso dalla terra, esplorare il magico mondo del sottosuolo, scovare il forziere di uno gnomo o fare una buchetta che parta da lì e attraversi tutto il pianeta, chi lo sa.

Spio mio figlio nel dubbio che sia differente dall'immagine che me ne sono fatta, per capire quanto sia grande la parte del suo mondo che è molto al di là di me.

Chissà se un giorno lui si chiederà com'è il mondo della sua mamma al di là di lui. Non ho mai spiato i miei genitori, come se avessi l'incrollabile certezza che fossero esattamente così come li ho sempre avuti nella mente, sagome di cartone dai bordi netti e lisci, bordi spesso tagliati dai miei giudizi sommari e dalla mia necessità di certezze facili. Ora è tempo di ridefinire anche quelli. Quando deve fare le terapie, mio padre viene affiancato da Lavinia, Caterina e me secondo un calendario che abbiamo organizzato insieme: ci ignora per tutto il viaggio sia di andata che di ritorno, per lo più telefona ai colleghi dell'Università per parlare d'altro e noi accettiamo che sia così. Interiorizzeremo, forse non interiorizzeremo mai, ma intanto facciamo.

Claudio è partito per l'Inghilterra un paio di gorni fa. Dovrà passare qualche mese abbondante prima del suo ritorno e della sua assegnazione qui in zona, ma vedo mia sorella molto serena. Oggi, domani chissà. Seguirà i lavori di ristrutturazione dell'attico del suo fidanzato. Intanto ha una compagnia per le sere lunghe e buie: Bergerac, che le ho prontamente appioppato. O meglio, ho fatto il tentativo azzardato di portare Bergerac a casa sua preparandomi a un "Ma sei pazza?!" e invece mi ha detto un "Che carino, appoggialo lì", che non mi sembrava una gran partenza, e invece umana e cane da una settimana vanno d'amore e d'accordo. Tra l'altro Bergerac, che sembrava intenzionato a darsi nuovamente al suo randagismo molto bohémien, ora è interessatissimo a stare di fianco a quella umana in deliquio sentimentale da amore lontano. E io con il cane che si prende cura di mia sorella mi sento più tranquilla.

Luca si volta, mi vede, sorride. Leggo sul labiale un "mamma!" mentre i suoi occhi scintillano. Butta il bastoncino e fa per correre da me, ma gli faccio un cenno con la mano: resto lì e non vado via, che giochi tranquillo.

Allora lui si china nuovamente e ricomincia a scavare con impegno, di nuovo è concentrato, di nuovo il mondo è tutto terra, lombrichi, foglie e respiro di bambini.

E io, fuori dalla recinzione, provo a imparare l'arte difficile dell'aspettare chi si ama.

Ringraziamenti

Prima di tutto, grazie a te che hai dato fiducia a questa storia, l'hai accolta e letta dedicandole il tuo tempo e la tua attenzione.

Grazie infinite alla mia famiglia e a tutte le persone amiche che non mi hanno fatto mai mancare il loro affetto e il loro sostegno. Avrei così tanti nomi da scrivere che ci vorrebbe un altro libro intero, così non nomino nessuno, che tanto chi c'è nel suo cuore lo sa già.

Grazie alle mie guide sagge, pazienti e generose: Laura Cerutti, Carlo Buga e Fabiano Massimi.

E poi grazie a trecentosessanta gradi, un grazie sempre e comunque.

Perché proprio quando tutto sembra crollare, l'unica strada possibile è quella di scegliere di guardare a ciò che c'è e non a quello che manca.

E se faccio in questo modo, non posso che sentirmi fortunata oltre ogni immaginazione e sicuramente molto più di quanto non mi meriti.

Grazie!